王必胜 ◇ 主编

· 中国百年散文典藏书系 ·

乡村卷

带着故乡上路

周作人 郁达夫 等 / 著

人民日报出版社

图书在版编目（CIP）数据

带着故乡上路 / 周作人等著. —北京：人民日报出版社，2013.12
(中国百年散文典藏书系 / 王必胜主编)
ISBN 978-7-5115-2096-8

Ⅰ.①带… Ⅱ.①周… Ⅲ.①散文集－中国－现代②散文集－中国－当代 Ⅳ.①I266

中国版本图书馆 CIP 数据核字（2013）第 208298 号

书　　名：带着故乡上路
著　　者：周作人等

出 版 人：董　伟
责任编辑：宋　娜　张　扬
装帧设计：金刚创意

出版发行：人民日报出版社
社　　址：北京金台西路 2 号
邮政编码：100733
发行热线：(010) 65369527　65369846　65369509　65369510
邮购热线：(010) 65369530　65363527
编辑热线：(010) 65369521
网　　址：www.peopledailypress.com
印　　刷：北京中新伟业印刷有限公司

开　　本：880mm×1230mm　1/32
字　　数：185 千字
印　　张：8
版　　次：2014 年 2 月第 1 版　　2014 年 2 月第 1 次印刷

书　　号：ISBN 978-7-5115-2096-8
定　　价：29.00 元

序

散文这个精灵

王必胜

尽管散文是一个没有确切定义的文体，尽管散文的历史是一个没有定论的悬案，尽管散文也曾不被某些作者所认可——有所谓雕虫小技、壮夫不为的戏言。然而，散文的实际状况是它的生命是强盛而博大的，她是文坛一株大树，她是文学的一个精灵，无远弗届，无所不在，从古至今，林林总总，留下了众多精品，制造了许多经典。对于文化的传承，对于文学的发展，对于人生的精神引领，散文之功，善莫大焉。可以说，泱泱华夏文坛，散文成为一个漂浮于人生和社会之上的文学精灵，对社会和文坛的影响，不可忽略。设若没有散文，中华典籍会留下多少空白和遗憾。即便自现当代文学实际看，散文成就了许多大家，也是各类高手们一试天地的园地。所以，散文这个文学精灵，游荡于文学的天空中，也裨益于社会人生，成为许多读者心中的爱神。文学，是一个经典不断被传承的活动。当我们面对诸多散文经典时，我们不能不以一种敬畏虔诚的心，享受着散文大家给予的精神滋养，也享受着散文佳作带给我们的阅读愉悦。

这就是，为什么当下文学并不太为读者所青睐，而散文或可一枝独秀，仍有不少读者追捧，仍有众多的集子和年度选本行销于世。在灿烂的文学天空，散文的绚烂光影，灵动而优雅的姿态，温暖而亲和的面容，装点出无边的风景。

为什么，一个并没有明确的文本定义、杂糅了诸多文学样式之长的文体，一个亦古亦新的文本样式，在如今文学分工越来明确、细化之时，仍有相当的人气，在创作和阅读两个端点上仍然相得益彰，为当下其他文学形式所鲜见。除了她轻巧的文本样式，灵动的文学情志，雅致的文化情怀，摇曳的文体风格等等之外，我以为，这个文学宝库中，屹立着若许的文学精品，众多的文本经典，成就了这一文学形式有如高山大原般的气象。这些出自不同时期、有着不同风格的佳作，如同厚厚的基石，构成了散文文本的经典性，形成了散文世界的斑斓景观。散文这株文学长青树，其生命葳蕤，其枝繁叶茂。

于是，在浩繁而迹近泛滥的散文选本中，人民日报出版社郑重地推出一套《中国百年散文典藏书系》，以七个不同的专题，收纳了四百余篇、二百余位作家的佳作，让我们从气势和规模上，感受到泱泱中华散文王国里，草长莺飞，洋洋大观；这条文学的山阴道上，目迷五色，气象万千。散文的选题，是开阔而多彩的，散文的写作手法，是开放而不拘泥的，散文的语言，是多彩而个性独特的。我们可以从这数百篇文学名篇佳作中，体味到散文文本的经典气象，领悟到不同的人生和社会内容，其包罗万象，妖娆多姿，其情怀悠悠，风致卓然。我们也可以从这个选本中读到，在文学王国里，那些亲情、友爱、恋情，这事关人生普通情感的诸多题旨，其丰厚的内涵和感人的情怀；也可从中体会到大千世界、浮世人生，所持守的人类基本情怀；我们还可以看到，这些人情世情，自然人文，如何在大家们的笔下，表达的如许精微，如许的热烈，也如许的透彻。当然，那些高情大义、普世情怀，那些相濡以沫，危难与共，或者那些相忘于江湖，君子之交等等，不同的情与义，相同的人情与友爱等话题，在众多的作品中，有充分的展现和精彩的描绘，让读者产生共鸣。当然，作为时下丰富而轻捷地展示社会人生，书写时代精神与个人情怀的散文，在更广阔的视野上关注现实，展示民生，描写情怀，丛书选题也相应地以城市、乡村、自然、哲理等不同部分划分，有的甚至是相同的题旨下选同题文章，更有一种特别的意义。自近代以降，散文大家英雄辈出，几代人在不同的时空中，共同书写相同的题旨内容，它们被纳入其中，这虽是编辑的巧妇之作，却权当一次有如穿越性的文学同题竞技，其意义独特，足可玩味，让读者诸君从这些同题目、或同题材的展示中，更为丰富地理解散文对于人生情感和自然人文，别有情致的书写。同时，也可以体会到不同作家们的功力与魅力。无论是老者，那些上世纪初年驰骋文坛的泰斗宿将，还是后来者，那些晚出几十年后才活跃文场的新进后生，他们对于社会人生的感受，人各有异，着眼点不一，却能够在不同的背景上展示出自我，展现一个人独有的文学世界、一个人特殊的心路情怀。这种老与新、传统与现代，互为交集的文学景象，很有意义。作家们倾力倾情地写出心中的自然，写出变化的城市与乡村，写出现代文明下的精神求索，包括种种认同与抗拒，寻找和皈依，等等，无论是正面的书写，还是质询与期待，出于人生的一种大爱，出于对社会人文、自然生态等等的敬畏与尊重，在多姿多彩的散文世界里，打造了一个集合型的文学的人文精神，书写出一个整体性的人生世界。

对散文的经典性认定，没有明确统一的标尺，但读文相类于识人，大体是雅致清丽，有品位，有情味者，方可为大雅之作。如是，这套丛书放在你面前，你可从容地品评，或许，从这众多佳作中，看到了编辑们的心血，或者，读它们，有了一次关于散文的有意味的文学之旅，那就够了。对于散文来说，丰富了我们的生活，增加了人生的某种见识，得到了文学的快乐，甚至引发出阅读后的感悟，找到了自己的某些共鸣。这样，编者万幸，文学也是有幸。

文学的经典，可以是恒定的，有时也是一个活的流动体，或者，它是在不断的开掘和发现中阐释其特殊的意义的。

是为序。

写于 2013 年 12 月 10 日

目录
CONTENTS

从百草园到三味书屋 / 鲁　迅　001

故乡的野菜 / 周作人　006

还乡后记 / 郁达夫　009

藕与莼菜 / 叶圣陶　019

香　市 / 茅　盾　022

青纱帐 / 王统照　025

故乡的风采 / 冰　心　028

打橘子 / 俞平伯　032

旧家的火葬 / 夏　衍　037

故乡的杨梅 / 鲁　彦　041

素　心 / 石评梅　045

酸梅汤和糖葫芦 / 梁实秋　050

乡　心 / 巴　金　053

乡　愁 / 罗黑芷　055

一个消逝了的山村 / 冯　至　058

家乡的过年食品 / 叶灵凤　063

野　店 / 臧克家　065

山　屋 / 吴伯箫　069

桃园杂记 / 李广田　073

土地的誓言 / 端木蕻良　078

下雨天，真好 / 琦　君　080

芙蓉城 / 罗念生　086

枣花香 / 李健吾　090

水　碓 / 陆　蠡　093

野　渡 / 柯　灵　096

吃家乡饭 / 张中行　099

月是故乡明 / 季羡林　104

老　家 / 孙　犁　107

水仙花 / 钟敬文　109

我所生长的地方 / 沈从文　111

桥乡醉乡 / 陈从周　115

乡居闲情 / 钟梅音　119

绵绵土 / 牛　汉　122

故乡情 / 茹志鹃　125

脚　印 / 王鼎钧　131

故乡的胡同 / 史铁生　135

愁乡石 / 张晓风 138

乡　魂 / 冯骥才 142

乡　愁 / 三　毛 146

忆汉家寨 / 张承志 149

故乡在远方 / 张抗抗 154

我心归去 / 韩少功 157

绝版的周庄 / 王剑冰 160

静虚村记 / 贾平凹 163

还　乡 / 雷　达 168

大地的语言 / 阿　来 178

前　方 / 曹文轩 190

祖　籍 / 苏　童 193

西藏大地 / 马丽华 195

水乡茶居 / 杨羽仪 198

望柳庄 / 王宗仁 202

黑土地 / 韩静霆 212

野旷天低树 / 杨闻宇 215

铁匠铺的雨声 / 葛水平 218

在民俗里蹲着的村庄 / 李雪峰 222

带着村庄上路 / 卢年初　230

乡间的浪漫 / 吴锡平　233

我的家在八个家草原 / 阿拉旦·淖尔　235

从百草园到三味书屋

■鲁　迅

　　我家的后面有一个很大的园，相传叫作百草园。现在是早已并屋子一起卖给朱文公的子孙了，连那最末次的相见也已经隔了七八年，其中似乎确凿只有一些野草；但那时却是我的乐园。

　　不必说碧绿的菜畦，光滑的石井栏，高大的皂荚树，紫红的桑葚；也不必说鸣蝉在树叶里长吟，肥胖的黄蜂伏在菜花上，轻捷的叫天子（云雀）忽然从草间直窜向云霄里去了。单是周围的短短的泥墙根一带，就有无限趣味。油蛉在这里低唱，蟋蟀们在这里弹琴。翻开断砖来，有时会遇见蜈蚣；还有斑蝥，倘若用手指按住它的脊梁，便会拍的一声，从后窍喷出一阵烟雾。何首乌藤和木莲藤缠络着，木莲有莲房一般的果实，何首乌有臃肿的根。有人说，何首乌根是有像人形的，吃了便可以成仙，我于是常常拔它起来，牵连不断地拔起来，也曾因此弄坏了泥墙，却从来没有见过有一块根像人样。如果不怕刺，还可以摘到覆盆子，像小珊瑚珠攒成的小球，又酸又甜，色味都比桑椹要好得远。

　　长的草里是不去的，因为相传这园里有一条很大的赤练蛇。

　　长妈妈曾经讲给我一个故事听：先前，有一个读书人住在古庙里用功，晚间，在院子里纳凉的时候，突然听到有人在叫他。答应着，四面看时，却见一个美女的脸露在墙头上，向他一笑，隐去了。他很高兴；但竟给那走来夜谈的老和尚识破了机关。说他脸上有些妖气,一定遇见"美女蛇"了;这是人首蛇身的怪物,能唤人名,倘一答应,夜间便要来吃这人的肉的。他自然吓得要死,而那老和尚却道无妨,给他一个小盒子,说只要放在枕边,便可高枕而卧。他虽然照样办,却总是睡不着,——当然睡不着的。到半夜,果然来了,沙沙沙!门外像是风雨声。他正抖作一团时,却听得豁的一声,一道金光从枕边飞出,外面便什么声音也没有了,那金光也就飞回来,敛在盒子里。后来呢?后来,老和尚说,这是飞蜈蚣,它能吸蛇的脑髓,美女蛇就被它治死了。

结末的教训是:所以倘有陌生的声音叫你的名字,你万不可答应他。

这故事很使我觉得做人之险,夏夜乘凉,往往有些担心,不敢去看墙上,而且极想得到一盒老和尚那样的飞蜈蚣。走到百草园的草丛旁边时,也常常这样想。但直到现在,总还没有得到,但也没有遇见过赤练蛇和美女蛇。叫我名字的陌生声音自然是常有的,然而都不是美女蛇。

冬天的百草园比较的无味;雪一下,可就两样了。拍雪人(将自己的全形印在雪上)和塑雪罗汉需要人们鉴赏,这是荒园,人迹罕至,所以不相宜,只好来捕鸟。薄薄的雪,是不行的;总须积雪盖了地面一两天,鸟雀们久已无处觅食的时候才好。扫开一块雪,露出地面,用一支短棒支起一面大的竹筛来,下面撒些秕谷,棒上系一条长绳,人远远地牵着,看鸟雀下来啄食,走到竹筛底下的时候,将绳子一拉,便罩住了。但所得的是麻雀居多,也有白颊的"张飞鸟",性子很躁,养不过夜的。

这是闰土的父亲所传授的方法,我却不大能用。明明见它们进去了,拉了绳,跑去一看,却什么都没有,费了半天力,捉住的不过三四只。闰土的父亲是小半天便能捕获几十只，装在叉袋里叫着撞着的。我曾经问他得失的缘由，他只静静地笑道：你太性急，来不及等它走到中间去。

我不知道为什么家里的人要将我送进书塾里去了，而且还是全城中称为最严厉的书塾。也许是因为拔何首乌毁了泥墙罢，也许是因为将砖头抛到间壁的梁家去了罢，也许是因为站在石井栏上跳了下来罢，……都无从知道。总而言之：我将不能常到百草园了。Ade，我的蟋蟀们！ Ade，我的覆盆子们和木莲们！……

出门向东，不上半里，走过一道石桥，便是我的先生的家了。从一扇黑油的竹门进去，第三间是书房。中间挂着一块扁道：三味书屋；扁下面是一幅画，画着一只很肥大的梅花鹿伏在古树下。没有孔子牌位，我们便对着那扁和鹿行礼。第一次算是拜孔子，第二次算是拜先生。

第二次行礼时，先生便和蔼地在一旁答礼。他是一个高而瘦的老人，须发都花白了，还戴着大眼镜。我对他很恭敬，因为我早听到，他是本城中极方正，质朴，博学的人。

不知从那里听来的，东方朔也很渊博，他认识一种虫，名曰"怪哉"，冤气所化，用酒一浇，就消释了。我很想详细地知道这故事，但阿长是不知道的，因为她毕竟不渊博。现在得到机会了，可以问先生。

"先生，'怪哉'这虫，是怎么一回事？……"我上了生书，将要退下来的时候，赶忙问。

"不知道！"他似乎很不高兴，脸上还有怒色了。

我才知道做学生是不应该问这些事的，只要读书，因为他是渊博的宿儒，决不至于不知道，所谓不知道者，乃是不愿意说。年纪比我大的人，往往如此，我遇见过好几回了。

我就只读书，正午习字，晚上对课。先生最初这几天对我很严厉，后来却好起来了，不过给我读的书渐渐加多，对课也渐渐地加上字去，从三言到五言，终于到七言。

三味书屋后面也有一个园，虽然小，但在那里也可以爬上花坛去折腊梅花，在地上或桂花树上寻蝉蜕。最好的工作是捉了苍蝇喂蚂蚁，静悄悄地没有声音。然而同窗们到园里的太多，太久，可就不行了，先生在书房里便大叫起来：

"人都到那里去了？！"

人们便一个一个陆续走回去；一同回去，也不行的。他有一条戒尺，但是不常用，也有罚跪的规则，但也不常用，普通总不过瞪几眼，大声道：

"读书！"

于是大家放开喉咙读一阵书，真是人声鼎沸。有念"仁远乎哉我欲仁斯仁至矣"的，有念"笑人齿缺曰狗窦大开"的，有念"上九潜龙勿用"的，有念"厥土下上上错厥贡苞茅橘柚"的……。先生自己也念书。后来，我们的声音便低下去，静下去了，只有他还大声朗读着：

　　铁如意，指挥倜傥，一座皆惊呢～～～；金叵罗，颠倒淋漓噫，千杯未醉嗬～～～……

我疑心这是极好的文章，因为读到这里，他总是微笑起来，而且将头仰起，摇着，向后面拗过去，拗过去。

先生读书入神的时候，于我们是很相宜的。有几个便用纸糊的盔甲套在指甲上做戏。我是画画儿,用一种叫作"荆川纸"的,蒙在小说的绣像上一个个描下来,像习字时候的影写一样。读的书多起来,画的画也多起来;书没有读成,画的成绩却不少了,最成片段的是《荡寇志》和《西游记》的绣像,都有一大本。后来,因为要钱用,卖给一个有钱的同窗了。他的父亲是开锡箔店的;听说现在自己已经做了店主,而且快要升到绅士的地位了。这东西早已没有了罢。

故乡的野菜

■ 周作人

我的故乡不止一个,凡我住过的地方都是故乡。故乡对于我并没有什么特别的情分,只因钓于斯游于斯的关系,朝夕会面,遂成相识,正如乡村里的邻舍一样,虽然不是亲属,别后有时也要想念到他。我在浙东住过十几年,南京东京都住过六年,这都是我的故乡;现在住在北京,于是北京就成了我的家乡了。

日前我的妻往西单市场买菜回来,说起有荠菜在那里卖着,我便想起浙东的事来。荠菜是浙东人春天常吃的野菜,乡间不必说,就是城里只要有后园的人家都可以随时采食,妇女小儿各拿一把剪刀一只"苗篮",蹲在地上搜寻,是一种有趣味的游戏的工作。那时小孩们唱道:"荠菜马兰头,姊姊嫁在后门头。"后来马兰头有乡人拿来进城售卖了,但荠菜还是一种野菜,须得自家去采。关于荠菜向来颇有风雅的传说,不过这似乎以吴地为主。《西湖游览志》云,"三月三日男女皆戴荠菜花。谚云,三春戴荠花,桃李羞繁华。"顾禄的《清嘉录》上亦说:"荠菜花俗呼野菜花,因谚有三月三蚂蚁上灶山之语,三日人家皆以野菜花置灶陉上。以厌虫蚁。侵晨村童叫卖不绝。或妇女簪髻上以祈清目,俗号眼亮花。"但浙东却不很理会这些事情,只是挑来做菜或炒年糕吃罢了。

黄花麦果通称鼠曲草,系菊科植物,叶小微圆互生,表面有白色,

花黄色，簇生梢头。春天采嫩叶，捣烂去汁，和粉作糕，称黄花麦果糕。小孩们有歌赞美之云，

> 黄花麦果韧结结，
> 关得大门自要吃，
> 半块拿弗出，一块自要吃。

清明前后扫墓时，有些人家——大约是保存古风的人家——用黄花麦果做供，但不作饼状，做成小颗如指顶大，或细条如小指，以五六个作一攒，名曰茧果，不知是什么意思，或因蚕上山时设祭，也用这种食品，故有是称，亦未可知。自从十二三岁时外出不参与外祖家扫墓以后，不复见过茧果，近来住在北京，也不再见黄花麦果的影子了。日本称为"御形"，与荠菜同为春天的七草之一，也采来做点心用，状如艾饺，名曰"草饼"，春分前后多食之，在北京也有，但是吃去总是日本风味，不复是儿时的黄花麦果糕了。

扫墓时候所常吃的还有一种野菜，俗称草紫，通称紫云英。农人在收获后，播种田内，用作肥料，是一种很被贱视的植物，但采取嫩茎瀹食，味颇鲜美，似豌豆苗。花紫红色，数十亩接连不断，一片锦绣，如铺着华美的地毯，非常好看，而且花朵状若蝴蝶，又如鸡雏，尤为小孩所喜。间有白色的花，相传可以治痢，很是珍重，但不易得。日本《俳句大辞典》云："此草与蒲公英同是习见的东西，从幼年时代便已熟识。在女人里边，不曾采过紫云英的人，恐未必有吧。"中国古来没有花环，但紫云英的花球却是小孩常玩的东西，这一层我还替那些小人们欣幸的。浙东扫墓用鼓吹，所以少年们常

随了乐音去看"上坟船里的姣姣";没有钱的人家虽没有鼓吹,但是船头上篷窗下总露出些紫云英和杜鹃的花束,这也就是上坟船的确实的证据了。

还乡后记

■ 郁达夫

  风烟俱净，天山共色，从流飘荡，任意东西，自富阳至桐庐一百许里，奇山异水，天下独绝。水皆缥碧，千丈见底，游鱼细石，直视无碍，急湍甚箭，猛浪若奔，隔岸高山，皆生寒树，负势竞上，互相轩邈，争高直指，千百成群。泉水激石，冷冷作响，好鸟相鸣，嘤嘤成韵。蝉则千啭不穷，猿则百叫无绝，鸢飞戾天者，望峰息心，经纶世务者，窥谷忘反，横柯上蔽，在昼犹昏，疏条交映，有时见日。

吴均

一

Qù Peut-on être mieux qu' au sein de sa famille?

法国古歌

  "比在家庭的怀抱里觉得更好的地方，是什么地方？"像这样的地方，当然是没有的，法国的这一句古歌，实在是把人情世态道尽了。当微雨潇潇之夜，你若身眠古驿，看看萧条的四壁，看看一点欲尽的寒灯，倘不想起家庭的人，这人便是没有心肠者，任它草堆也好，破窑也好，你儿时放摇篮的地方，便是你死后最好的葬身之所呀！我们在客中卧病的时候，每每要想及家乡，岂不就是这事的明证。

我空拳只手的奔回家去。到了杭州,又把路费用尽,在赤日的底下,在车行的道上,我就不得不步行出城。缓步当车,说起来倒是好听,但是在二十世纪的堕落的文明里沉沦过的我,生得又贫贱多骄,喜张虚势,更何况一向以享乐为主义的我,自然那里能够安贫守分,蹀躞泥中呢!

这一天阴历的六月初三,天气倒好得很。但是炎炎的赤日,只能助长有钱有势的人的纳凉佳兴,与我这行路病者,却是丝毫无补的!我慢慢的出了凤山门,立在城河桥上,一边用了我那半旧的夏布长衫襟袖,揩拭汗水,一边回头来看看杭州的城市,与杭州城上盖着的青天和城墙界上的一排山岭,真有万千的感慨,横亘在胸中。预言者自古不为其故乡所容,我今朝却只能对了故里的丘山,来求最后的荫庇,五柳先生的心事,痛可知了。

啊啊!亲爱的诸君,请你们不要误会,我并非是以预言者自命的人,不过说我流离颠沛,却是与预言者的境遇相同,社会错把我作了天才看待罢了。即使罗秀才能行破石飞鸡的奇迹,然而他的品格,岂不和飘泊在欧洲大陆,猖狂乞食的寄泊栖(gipsy)一样的卑下的么?

我勉强走到了江干,腹中饥饿得很了。回故乡去的早班轮船,当然已经开出,等下午的快船出发,还有三个钟头。我在杂乱窄狭的南星桥市上飘流了一会,在靠江的一条冷清的夹道里找出了一家坍败的饭馆来。

饭店的房屋的骨格,同我的胸腔一样,肋骨一条一条地数得出来了。幸亏还有左侧的一根木椽,从邻家墙上,横着支住在那里,否则怕去秋的潮汛,早好把它拉入了江心,作伍子胥的烧饭柴火了。店里的几张板凳桌子,都积满了灰尘油腻,好像是前世纪的遗物。

账柜上坐着一个四十内外的女人,在那里做鞋子。灰色的店里,并没有什么生动的气象,只有在门口柱上贴着翅一张"安寓客商"的尘蒙的红纸,还有些微现世的感觉。我因为脚下的钱已快完,不能更向热闹的街心去寻辉煌的菜馆,所以就慢慢的踱了进去。

啊啊,物以类聚!你这短翼差池的饭馆,你若是二足的走兽,那我正好和你分庭抗礼结成它一对的兄弟哩。

二

假使天公下一阵微雨,把钱塘江两岸的风景,罩得烟雨模糊,把江边的泥路,浸得污浊难行,那么这时候江干的旅客,必要减去一半,那么我乘船归去,至少可以少遇见几个晓得我的身世的同乡;即使旅客不因之而减少,只教天上有暗淡的愁云浮着,阶前屋外有雨滴的声音,那么围绕在我周围的空气和自然的景物,总要比现在更带有些阴惨的色彩,总要比现在和我的心境更加相符。若希望再奢一点,我此刻更想有一具黑漆棺木在我的旁边。最好是秋风凉冷的九十月之交,叶落的林中,阴森的江上,不断地筛着渺濛的秋雨。我在凋残的芦苇里,雇了一叶扁舟,当日暮的时候,送灵柩归去。小船除舟子而外,不要有第二个人。棺里卧着的,若不是和我寝处追随的一个年少妇人,至少也须是一个我的至亲骨肉。我在灰暗微明的黄昏江上,雨声淅沥的芦苇丛中,赤了足,张了油纸雨伞,提了一张灯笼,摸上船头上去焚化纸帛。

我坐在靠江的一张破桌子上,等那柜上的妇人下来替我炒蛋炒饭的时候,看看西兴对岸的青山绿树,看看江上的浩荡波光,又看看在江边沙渚的晴天赤日下来往的帆樯肩舆和舟子牛车,心里忽起了一种怨恨天帝的心思。我怨恨了一阵,痴想了一阵,就把我的心愿,原原本本的排演了出来。我一边在那里焚化纸帛,一边却对棺里的人说:"Jeanne!我们要回去了,我们要开船了!怕有野鬼来麻烦,你就拿这一点纸帛送给他们罢!你可要饭吃?你可安稳?你可觉得伤心?你不要怕,我在这里,我什么地方都不去了,我只在你的边上。……"

我幽幽的讲到了最后的一句,咽喉就塞住了。我在座上拱了两手,把头伏了下去,两面额上,只感着一道热气。我重新把我所欲爱的女人,一个一个想了出来,见她们闭着口眼,冰冷的直卧在我的前头。我觉得隐忍不住了,竟任情的放了一声哭声。那个在炉灶上的妇人,以为我在催她的饭,她就同哄小孩子似的用了柔和的声气说:

"好了好了!就快好了,请再等一忽儿!"

啊啊!我又想起来了,我又想起来了,年幼的时候,当我哭泣的时候,祖母母亲哄我的那一种声气!

"已故的老祖母,倚闾的老母亲!你们的不肖的儿孙,现在正落魄了在江干等回故里的船呀!"

我在自己制成的伤心的泪海里游泳了一会,那妇人捧了一碗汤,一碗炒饭,摆上了我的面前。我仰起头来对她一看,她倒惊了一跳。对我呆看了一眼,她就去绞了一块手巾来递给我,叫我擦一擦面。我对了这半老妇人的殷勤,心里说不出的只在感谢。几日来因为睡眠不足,营养不良的缘故,已经是非常感到衰弱,动着就要流泪的我,对她的这一种感谢。也变成了两行清泪,噗嗒的滴下了腮来,她看了这种情形,就问我说:

"客人,你可是遇见了坏人?"

我摇一摇头,勉强的对她笑了一笑,什么话也不能回答。她呆呆的立了一回,看我不能讲话,也就留了一句:"饭不够吃,好再炒的。"安慰我的话,走向她的柜上去了。

三

我吃完了饭，付了她二角银角子，把找回来的八九个铜子，也送给了她，她却摇着头说："客人，你是赶船的么？船上要用钱的地方多得很哩，这几个铜子你收着用罢！"

我以为她怪我吝啬，只给她几个铜子的小账，所以又摸了两角银角子出来给她。她却睁大了眼睛对我说：

"咿咿！这算什么？这算什么？"

她硬不肯收，我才知道了她的真意，所以说：

"但是无论如何，我总要给你几个小账的。"

她又推了一回，才收了三个铜子说：

"小账已经有了。"

啊啊，我自回中国以来，遇见的都是些卑污贪暴的野心狼子，我万万想不到在浇薄的杭州城外，有这样的一个真诚的妇人的。妇人呀妇人，你的坍败的屋椽，你的凋零的店铺，大约就是你的真诚的结果，社会对你的报酬！啊啊，我真恨我没有黄金十万，为你建造一家华丽的大酒楼。

"再会再会！"

"顺风顺风！船上要小心一点。"

"谢谢！"

我受妇人的怜惜，这可算是平生的第一次。

我出了饭馆，从太阳晒着的冷静的这条夹道，走上轮船公司的那条大街上去。大约是将近午饭的时候了，街上的行人，比曩时少了许多。我走到轮船公司门口，向窗里一看，见账房内有五六个男子围了桌子，赤了膊在那里说笑吃饭。卖票的窗前的屋里，在角头椅上,只坐着两个乡下人,在那里等候,从他们的衣服态度上看来,他们想必是临浦萧山一带的农民,也不知他们有什么心事,他们的眉毛却蹙得紧紧的。

我走近了他们,在他们旁边坐下之后,两人中间的一个看了我一眼,问我说:

"鲜散(先生)!到临浦严办(烟篷)几个脸(钱)?"

"我也不知道,大约是一二角角子罢。"

"喏(你)到啥地方起(去)咯?"

"我上富阳去的。"

"哎(我们)是为得打官司到杭州来咯。"

我并不问他,他却把这一回因为一个学堂里出身的先生告了他的状,不得不到杭州来的事情对我详细地诉说了:

"哎真勿要打官司啦!格煞(现在)田里已(又)忙,宁(人)也走勿开,真真苦煞哉啦!汉(那)个学堂里个(的)鲜散,心也脱凶哉,哎请啦宁刚(讲)过好两遍,情愿拿出八十块洋钿不(给)其(他),其(他)要哎百念块。喏(你)看,格煞五荒六月,教哎啥地方去变出一百念块洋钿来呢!"

他说着似乎是很伤心的样子。

"唉唉!你这老实的农民,我若有钱,我就给你一百二十块钱救你出险了。但是

> Thou's met me in an evil hour;
> ……
> To spare thee now is past my power,

我心里这样的一想，又重新起了一阵身世之悲。他看我默默的不语，便也住了口，仍复沉入悲愁的境里去了。

四

我坐在轮船公司的那只角上，默默地与那农民相对，耳里断断续续的听了些在账房里吃饭的人的笑语，只觉得一阵一阵的衷心隐痛，绝似临盆的孕妇，要产产不出来的样子。

杭州城外，自闸口至南星，统江干一带，本是我旧游之地，我记得没有去国之先，在岸边花艇里，金尊檀板，也曾眠醉过几场。江上的明月，月下的青山，与越郡的鸡酒，佐酒的歌姬，当然依旧在那里助长人生的乐趣。但是我呢？我身上的变化呢？我的同干柴似的一双手里，只捏了三个两角的银角子，在这里等买船票！

过了一点多钟，轮船公司的那间屋里，挤满了旅人，我因为怕逢着认识我的同乡，只俯了首，默默的坐着不敢吐气。啊啊，窗外的被阳光晒着的长街，在街上手轻脚健快快活活来往的行人，请你们饶恕我的罪罢，这时候我心里真恨不得丢一个炸弹，与你们同归于尽呀。

跟了那两个农民，在窗口买了一张烟篷船票，我就走出公司，走上码头，走上跳板，走上驳船去。

原来钱塘江岸，浅滩颇多，码头下有一排很长的跳板，接在那里。我跟了众人，一步一步的从跳板上走到驳船里去的时候，却看见了一个我自家的影子，斜映在江水里，慢慢地在那里前进。等走到跳板尽处，将上驳船的时候，我心里忽而想起了一段我女人写给我的信上的话来：

    我从来没有一个人单独出过门，那天晚上，我对你说的让我一个人回去的话，原是激于一时的意气而发，我实不知道抱着一个六个月的孩子的妇人的单独旅行，是如何苦法。那天午后，你送我上车，车开之后，我抱了龙儿，看看车里坐着的男女，觉得都比我快乐。我又探头出来，遥向你住着的上海一望，只见了几家工厂，和屋上排列在那里的一列烟囱。我对龙儿看了一眼，就不知不觉的涌出了两滴眼泪。龙儿看了我这样子，也好像有知识似的对我呆住了。他跳也不跳了，笑也不笑了，默默的尽对我呆看。我看了这种样子，更觉得伤心难耐，就把我的颜面俯上他的脸去，紧紧地吻了他一回。他呆了一会，就在我的怀里睡着了。

　　火车行行前进，我看看车窗外的野景，忽而想起去年你带我出来的时候的景象。啊啊！去岁的初秋，你我一路出来上A地去的快乐的旅行，和这一回惨败了回来的情状一比，当时的感慨如何，大约是你所能推想得出的。

　　在江干的旅馆里过了一夜，第二天的早晨，我差茶房送了一个信给住在江干的我的母舅，他就来了。把我的行李送上轮船之后，买了票子，他又来陪我上船去。龙儿硬不要他抱，所以我只能抱着龙儿，跟在他后面，一步一步的走上那骇人的跳板，等跳板走尽的时候，我想把龙儿交给母舅，纵身一跳，跳入钱塘江里去的。但是仔细一想，在昏夜的扬子江边还淹不死的我，在白日的这浅渚里，又那里能达到我的目的？弄得半死不活，走回家去，反而要被人家笑话，还不如忍着罢。

　　我到家以后，这几天里，简直还没有取过饮食，所以也没有气力写信给你，请你谅我。……

五

　　啊啊，贫贱夫妻百事哀！我的女人呀，我累你不少了。

我走上了驳船,在船篷下坐定之后,就把三个月前,在上海北站,送我女人回家的事情想了出来。忘记了我的周围坐着的同行者,忘记了在那里摇动的驳船,并且忘记了我自家的失意的情怀,我只见清瘦的我的女人抱了我们的营养不良的小孩在火车窗里,在对我流泪。火车随着蒸气机关在那里前进,她的眼泪洒满的苍白的脸儿,也和车轮合着了拍子,一隐一现的在那里窥探我。我对她点一点头,她也对我点一点头。我对她手招一招,教她等我一忽,她也对我手招一招。我想使尽我的死力,跳上火车去和她坐一块儿,但是心里又怕跳不上去,要跌下来。我迟疑了许久,看她在窗里的愁容,渐渐的远下去,淡下去了,才抱定了决心,站起来向前面伸出了一只手去。我攀着了一根铁杆,听见了一声咚咚的冲击的声音,纵身向上一跳,觉得双脚踏在木板上了。忽有许多嘈杂的人声,逼上我的耳膜来,并且有几只强有力的手,突突的向我背后推打了几下。我回转头来一看,方知是驳船到了轮船身边,大家在争先的跳上轮船来,我刚才所攀着的铁杆,并不是火车的回栏,我的两脚也并不是在火车中间,却踏在小轮船的舷上了。

我随了众人挤到后面的烟篷角上去占了一个位置,静坐了几分钟,把头脑休息了一下,方才从刚才的幻梦状态里醒了转来。

向船外一望,我看见透明的淡蓝色的江水,在那里反射日光。更抬头起来,望到了对岸,我看见一条黄色的沙滩,一排苍翠的杂树,静静的躺在午后的阳光里吐气。

我弯了腰背孤伶仃的坐了一忽,轮船开了。在闸口停了一停,这一只同小孩子的玩具似的小轮船就仆独仆独的奔向西去。两岸的树林沙渚,旋转了好几次,江岸的草舍,农夫,和偶然出现的鸡犬小孩,都好像是和平的神话里的材料,在那里等赫西奥特(Hesiod)

的吟咏似的。

　　经过了闻家堰，不多一忽，船就到了东江嘴，上临浦义桥的船客，是从此地换入更小的轮船，溯支江而去的。买票前和我坐在一起的那两个农民，被茶房拉来拉去的拉到了船边，将换入那只等在那里的小轮船去的时候，一个和我讲话过的人，忽而回转头来对我看了一眼，我也不知不觉的回了他一个目礼。啊啊！我真想跟了他们跳上那只小轮船去，因为一个钟头之后，我的轮船就要到富阳了，这回前去停船的第一个码头，就是富阳了，我有什么面目回家去见我的衰亲，见我的女人和小孩呢？

　　但是命运注定的最坏的事情，终究是避不掉的。轮船将近我故里的县城的时候，我的心脏的鼓动也和轮船的机器一样，仆独仆独的响了起来。等船一靠岸，我就杂在众人堆里，披了一身使人眩晕的斜阳，俯着首走上岸来。上岸之后，我却走向和回家的路径方向相反的一个冷街上的土地庙去坐了两点多钟。等太阳下山，人家都在吃晚饭的时候，我方才乘了夜阴，走上我们家里的后门边去。我侧耳一听，听见大家都在庭前吃晚饭，偶尔传过来的一声我女人和母亲的说话的声音，使我按不住的想奔上前去，和她们去说一句话，但我终究忍住了。乘后门边没有一个人在，我就放大了胆，轻轻推开了门，不声不响的摸上楼上我的女人的房里去睡了。

　　晚上我的女人到房里来睡的时候，如何的惊惶，我和她如何的对泣，我们如何的又想了许多谋自尽的方法，我在此地不记下来了，因为怕人家说我是为欲引起人家的同情的缘故，故意的在夸张我自家的苦处。

藕与莼菜

■ 叶圣陶

同朋友喝酒，嚼着薄片的雪藕，忽然怀念起故乡来了。若在故乡，每当新秋的早晨，门前经过许多乡人：男的紫赤的胳膊和小腿肌肉突起，躯干高大且挺直，使人起健康的感觉；女的往往裹着白地青花的头巾，虽然赤脚，却穿短短的夏布裙，躯干固然不及男的那样高，但是别有一种健康的美的风致；他们各挑着一副担子，盛着鲜嫩的玉色的长节的藕。在产藕的池塘里，在城外曲曲弯弯的小河边，他们把这些藕一再洗濯，所以这样洁白。仿佛他们以为这是供人品味的珍品，这是清晨的画境里的重要题材，倘若涂满污泥，就把人家欣赏的浑凝之感打破了；这是一件罪过的事，他们不愿意担在身上，故而先把它们洗濯得这样洁白，才挑进城里来。他们要稍稍休息的时候，就把竹扁横在地上，自己坐在上面，随便拣择担里过嫩的"藕枪"或是较老的"藕朴"，大口地嚼着解渴。过路的人就站住了，红衣衫的小姑娘拣一节，白头发的老公公买两枝。清淡的甘美的滋味于是普遍于家家户户了。这样情形差不多是平常的日课，直到叶落秋深的时候。

在这里上海，藕这东西几乎是珍品了。大概也是从我们故乡运来的。但是数量不多，自有那些伺候豪华公子硕腹巨贾的帮闲茶房们把大部分抢去了；其余的就要供在较大的水果铺里，位置在金山苹果吕宋香芒之间，专待善价而沽。至于挑着担子在街上叫卖的，也并不是没有，但不是瘦得像乞丐的臂和腿，就是涩得像未熟的柿子，实在无从欣羡。因此，除了仅有的一回，我们今年竟不曾吃过藕。

这仅有的一回不是买来吃的，是邻舍送给我们吃的，他们也不是自己买的，是从故乡来的亲戚带来的。这藕离开它的家乡大约有好些时候了，所以不复呈玉样的颜色，却满被着许多锈斑。削去皮的时候，刀锋过处，很不爽利。切成片送进嘴里嚼着，有些儿甘味，但是没有那种鲜嫩的感觉，而且似乎含了满口的渣，第二片就不想吃了。只有孩子很高兴，他把这许多片嚼完，居然有半点钟工夫不再作别的要求。

想起了藕就联想到莼菜。在故乡的春天，几乎天天吃莼菜。莼菜本身没有味道，味道全在于好的汤。但是嫩绿的颜色与丰富的诗意，无味之味真足令人心醉。在每条街旁的小河里，石埠头总歇着一两条没篷的船，满舱盛着莼菜，是从太湖里捞来的。取得这样方便，当然能日餐一碗了。

而在这里上海又不然，非上馆子就难以吃到这东西。我们当然不上馆子，偶然有一两回去叨扰朋友的酒席，恰又不是莼菜上市的时候，所以今年竟不曾吃过。直到最近，伯祥的杭州亲戚来了，送他瓶装的西湖莼菜，他送给我一瓶，我才算也尝了新。

向来不恋故乡的我，想到这里，觉得故乡可爱极了。我自己也不明白，为什么会起这么深浓的情绪？再一思索，实在很浅显：因为在故乡有所恋，而所恋又只在故乡有，就萦系着不能割舍了。譬如亲密的家人在那里，知心的朋友在那里，怎得不恋恋？怎得不怀念？但是仅仅为了爱故乡么？不是的，不过在故乡的几个人把我们牵系着罢了。若无所牵系，更何所恋念？像我现在，偶然被藕与莼菜所牵系，所以就怀念起故乡来了。

所恋在那里，那里就是我们的故乡了。

香 市

■ 茅 盾

"清明"过后,我们镇上照例有所谓"香市",首尾大约半个月。

赶"香市"的群众,主要是农民。"香市"的地点,在社庙。从前农村还是"桃源"的时候,这"香市"就是农村的"狂欢节"。因为从"清明"到"谷雨"这二十天内,风暖日丽,正是"行乐"的时令,并且又是"蚕忙"的前夜,所以到"香市"来的农民一半是祈神赐福(蚕花二十四分),一半也是预酬蚕节的辛苦劳作。所谓"借佛游春"是也。

于是"香市"中主要的节目无非是"吃"和"玩"。临时的茶棚,戏法场,弄缸弄瓮,走绳索,三上吊的武技班,老虎,矮子,提线戏,髦儿戏,西洋镜,——将社庙前五六十亩地的大广场挤得满满的。庙里的主人公是百草梨膏糖,花纸,各式各样泥的纸的金属的玩具,灿如繁星的"烛山",熏得眼睛流泪的檀香烟,木拜垫上成排的磕头者。庙里庙外,人声和锣鼓声,还有孩子们手里的小喇叭、哨子的声音,混合成一片骚音,三里路外也听得见。

我幼时所见的"香市",就是这样热闹的。在这"香市"中,我不但赏鉴了所谓"国技",我还认识了老虎、豹、猴子、穿山甲。所以"香市"也是儿童们的狂欢节。

"革命"以后,据说为的要"破除迷信",接连有两年不准举行"香市"。社庙的左屋被"公安分局"借去做了衙门,而庙前广场的一角也筑了篱笆,据说将造公园。社庙的左起殿上又有什么"蚕种改良所"的招牌。

然而从去年起,这"迷信"的"香市"忽又准许举行了。于是我又得机会重温儿时的旧梦,我很高兴地同三位堂妹子(她们运气不好,出世以来没有见过像样的热闹的"香市"),赶那"香市"去。

天气虽然很好,"市面"却很不好。社庙前虽然比平日多了许多人,但那空气似乎很阴惨。居然有锣鼓的声音。可是那声音单调。庙前的乌龙潭一泓清水依然如昔,可是潭后那座戏台却坍塌了,屋椽子像瘦人的肋骨似的暴露在"光风化日"之下。一切都不像我儿时所见的"香市"了!

那么姑且到惟一的锣鼓响的地方去看一看罢。我以为这锣鼓响的是什么变把戏的,一定也是瘪三式的玩意了。然而出乎意料,这是"南洋武术班",上海的《良友画报》六十二期揭载"卧钉床"的大力士就是其中的一员。那不是无名的"江湖班"。然而他们只售平价十六枚铜元。看客却也很少,不满二百(我进去的时候,大概只有五六十)。武术班的人们好像有点失望,但仍认真地表演了预告中的五六套:马戏,穿剑门,穿火门,走铅丝,大力士……他们说:"今天第一回,人少,可是把式不敢马虎,——"他们三条船上男女老小总共有到三十个!

在我看来,这所谓"南洋武术班"的几套把式比起从前"香市"里的打拳头卖膏药的玩意来,委实是好看得多了。要是放在十多年前,怕不是挤得满场没个空隙儿么?但是今天第一天也只得二百来看客。往常"香市"的主角——农民,今天差不多看不见。

后来我知道，镇上的小商人是重兴这"香市"的主动者；他们想借此吸引游客"振兴"市面，他们打算从农民的干瘪的袋里榨出几文来。可是他们这计划失败了！

青纱帐

■ 王统照

稍稍熟悉北方情形的人,当然知道这三个字——青纱帐,帐子上加青纱二字,很容易令人想到那幽幽地,沉沉地,如烟如雾的趣味。其中大约是小簟轻衾吧?有个诗人在帐中低吟着"手倦抛书午梦凉"的句子;或者更宜于有个雪肤花貌的"玉人",从淡淡地灯光下透露出横陈的丰腴的肉体美来,可是煞风景得很!现在在北方一提起青纱帐这个暗喻格的字眼,汗喘气力,光着身子的农夫,横飞的子弹,枪、杀、劫掳,火光,这一大串的人物与光景,便即刻联想得出来。

北方有的是遍野的高粱,亦即所谓秫秫,每到夏季,正是它们茂生的时季。身个儿高,叶子长大,不到晒米的日子,早已在其中可以藏住人,不比麦子豆类隐蔽不住东西。这些年来北方,凡是有乡村的地方,这个严重的青纱帐季,便是一年中顶难过而要戒严的时候。

当初给遍野的高粱赠予这个美妙的别号的,够得上是位"幽雅"的诗人吧?本来如刀的长叶,连接起来恰像一个大的帐幔,微风过处,秆、叶摇拂,用青纱的色彩作比,谁能说是不对?然而高粱在北方的农产植物中是具有雄伟壮丽的姿态的。它不像黄云般的麦穗那么轻袅,也不是谷子穗垂头委琐的神气,高高独立,昂首在毒日的灼热之下,周身碧绿,满布着新鲜的生机。高粱米在东北几省中是一般家庭的普通食物,东北人在别的地方住久了,仍然还很欢喜吃高粱米煮饭。除那几省之外,在北方也是农民的主要食物,可以糊成饼子,摊作煎饼,而最大的用处是制造白干酒的原料,所以白干酒也叫做高粱酒。中国的酒类性烈易醉的莫过于高粱酒。可见这类农产物中所含精液之纯,与北方的土壤气候都有关系,但高粱的特性也由此可以看出。

为什么北方农家有地不全种能产小米的谷类,非种高粱不可?据农人讲起来自有他们的理由。不错,高粱的价值不要说不及麦、豆,连小米也不如。然而每亩的产量多,而尤其需要的是燃料。我们的都会地方现在是用煤,也有用电与瓦斯的,可是在北方的乡间因为交通不便与价值高贵的关系,主要的燃料是高粱秸。如果一年地里不种高粱,那末农民的燃料便自然发生恐慌。除去为作粗糙的食品外,这便是在北方夏季到处能看见一片高杆红穗的高粱地的缘故。

高粱的收获期约在夏末秋初。从前有我的一位族侄,——他死去十几年了,一位旧典型的诗人,——他曾有过一首旧诗,是极好的一段高粱赞:

"高粱高似竹,遍地参差绿。粒粒珊瑚珠,节节琅玕玉。"

农人对于高粱的红米与长杆子的爱惜,的确也与珊瑚琅玕相等。或者因为这等农产物品格过于低下的缘故,自来少见诸诗人的歌咏,不如稻、麦、豆类常在中国的田园诗人的句子中读得到。

但这若干年来,高粱地是特别的为人所憎恶畏惧!常常可以听见说:"青纱帐起来,如何,如何?……""今年的青纱帐季怎么过法?"因为每年的这个时季,乡村中到处遍布着恐怖,隐藏着杀机。通常在黄河以北的土匪头目,叫做"秆子头",望文思义,便可知道与青纱帐是有关系的。高粱杆子在热天中既遍地皆是,容易藏身,比起"占山为王"还要便利。

青纱帐，现今不复是诗人，色情狂者所想象的清幽与挑拨肉感的所在，而变成乡村间所恐怖的"魔帐"了！

多少年来帝国主义的迫压，与连年内战，捐税重重，官吏，地主的剥削，现在的农村已经成了一个待爆发的空壳。许多人想着回到纯洁的乡村，以及想尽方法要改造乡村，不能不说他们的"用心良苦"，然而事实告诉我们，这样枝枝节节，一手一足的办法，何时才有成效！

青纱帐季的恐怖不过是一点表面上的情形，其所以有散布恐惶的原因多得很呢。

"青纱帐"这三个字徒然留下了极淡漠的，如烟如雾的一个表象在人人的心中，而内里面却藏着炸药的引子！

故乡的风采

■ 冰 心

1911年冬天当我从波澜壮阔的渤海边的山东烟台,回到微波粼粼的碧绿的闽江边的福建福州时,我曾写过这样的惊喜的话:我只知道有蔚蓝的海/却原来还有这碧绿的江/这是我的父母之乡!

在这山青水秀、柳绿花红的父母之乡的大家庭温暖热闹的怀抱里,我度过了新年、元宵、端午、中秋等绚烂节日,但是使我永远不忘的却是端午节。

我的曾祖父是在端午那一天逝世的,所以在我们堂屋后厅的墙上,高高地挂着曾祖父的画像,两旁挂着一副祖父手书的对联是:

谁道五丝能续命

每逢佳节倍思亲

虽然每年的端午节,我们四房的十几个堂兄弟姐妹,总是互相炫示从自己的外婆家送来的红兜肚五色线缠成的小粽子和绣花的小荷包等,但是一看到祖父在这一天却是特别地沉默时,我们便悄悄地躲到后花园里去纵情欢笑。

对于我,故乡的"绿",最使我倾倒!无论是竹子也好,榕树也好……其实最伟大的还是榕树。它是油绿油绿的,在巨大的树干之外,它的繁枝,一垂到地上,就入土生根。走到一棵大榕树下,就像进入一片凉爽的丛林，怪不得人称福州为榕城，而我的二堂姐的名字，也叫做"婉榕"。

福州城内还有三座山：乌石山、于山和屏山。（1936年我到意大利的罗马时，当罗马友人对我夸说罗马城是建立在七座山头时，我就笑说：在我们中国的福建省小小的围墙内，也就有三座山。）我只记得我去过乌石山，因为在那座山上有两块很平滑的大石头，相倚而立，十分奇特，人家说这叫做"桃瓣李片"，因为它们像是一片桃子和一片李子倚在一起，这两片奇石给我的印象很深。

现在我要写的是："天下之最"的福州的健美的农妇！我在从闽江桥上坐轿子进城的途中，向外看时惊喜地发现满街上来来往往的尽是些健美的农妇！她们皮肤白皙，乌黑的头发上插着左右三条刀刃般雪亮的银簪子，穿着青色的衣裤，赤着脚，袖口和裤腿都挽了起来，肩上挑的是菜筐、水桶以及各种各色可以用肩膀挑起来的东西，健步如飞，充分挥洒出解放了的妇女的气派！这和我在山东看到的小脚女人跪在田地里做活的光景，心理上的苦乐有天壤之别。我的心底涌出了一种说不出来的痛快！在以后的几十年中，我也见到了日本、美国、英国、法国和苏联的农村妇女，觉得天下没有一个国家的农村妇女，能和我故乡的"三条簪"相比，在俊俏上，在勇健上，在打扮上，都差得太远了！

我也不要光谈故乡的妇女，还有几位长者，是我祖父的朋友，在国内也是名人：第一位是严复老先生，就是他把我的十七岁的父亲带到他任教的天津水师学堂去的。我在父亲的书桌上看到了严老先生译的英国名家斯宾塞写的《群学肆言》和穆勒写的《群己权界论》等等。这些社会科学的名著，我当然看不懂，但我知道这都是风靡一时的新书，在社会科学界评价很高。

在祖父的书桌上,我还看到一本线装的林纾译的《茶花女遗事》。那是一本小说,林纾老先生不懂外文,都是别人口述,由他笔译的。我非常喜欢他的文章,只要书店里有林纾译小说,我都去买来看。他的译文十分传神,以后我自己能读懂英文原著时,如《汤姆叔叔的小屋》,林译作《黑奴吁天录》,我觉得原文就不如译本深刻。

关于林纾(琴南)老先生,我还从梅兰芳先生那里听到一些轶事,那是五十年代中期,我们都是人大代表的时候,梅先生说:他和福芝芳女士结婚时,林老先生曾送他们一条横幅,"芝兰之室"。还有一次是为福建什么天灾(我记得仿佛那是我十三四岁时的事)募捐在北京演戏,梅先生不要报酬,只要林琴南老先生的一首诗,当时梅先生曾念给我听,我都记不完全了,记得是:

　　雪作精神玉不瑕
　　××××鬟堆鸦
　　剧怜宝月珠灯夜
　　吹彻银笙演葬花

此外还有林则徐老先生,他的丰功伟业,如毅然火烧英商运来的鸦片,以及贬谪后到了伊犁,为吐鲁番农民掘"坎儿井"的事,几乎家弦户诵不必多说了。我却记得我福州家里有他写的一副对联:

　　海纳百川有容乃大
　　壁立千仞无欲则刚

比他们年轻的一代,如在黄花岗七十二烈士碑上,我找到已知是福建人的有三位：方声洞、林觉民、陈可钧，而陈可钧还得叫我表姑呢。

一提起我的父母之乡，我的思绪就纷至沓来，不知从哪里说起，我的客人又多，这篇文章不知中断了几次，就此搁笔吧。在此我敬祝我的人杰地灵的父母之乡，永远像现在这样地繁荣富强下去！

打橘子

■ 俞平伯

陶庵说:"越中清馋无过余者,喜啖方物",其中有一种是塘栖蜜橘。(见梦忆卷四)这种橘子我小时候常常吃,我的祖母她是塘栖人。橘以蜜名却不似蜜,也不因为甜如蜜一般我才喜欢它。或者在明朝,橘子确是甜得可以的,或者今日在塘栖吃"树头鲜",也甜得不含胡的,但是我都不曾尝着过。我所记得,只是那个样子的:

橘子小到和孩子的拳头仿佛,恰好握在小手里,皮极薄,色明黄,形微扁,有的偶带小蒂和一两瓣的绿叶,瓤嫩筋细,水分极多,到嘴有一种柔和清新的味儿。所不满意的还是"不甜",这或者由于我太喜欢吃甜的缘故罢。

小时候吃的蜜橘都是成篓成筐的装着,瞪眼伸嘴地白吃,比较这儿所说杭州的往事已不免有点异样,若再以今日追溯从前,真好比换过一世界了。

城头巷三号的主人朱老太爷,大概也是个喜欢吃橘子的,那边便种了七八棵十来棵的橘子树。其种类却非塘栖,乃所谓黄岩也。本来杭州市上所常见的正是"黄岩蜜橘"。但据K君说,城头巷三号的橘子一种是黄岩而其他则否,是一是二我不能省忆而辨之,还该质之朱老太爷乎?

从橘树分栽两处看来,K君的话不是全无根据的。其一在对着我们饭厅的方天井里。长方形的天井铺以石板,靠东墙橘树一行,东北两面露台绕之。树梢约齐台上的阑干，我们于此伸开臂膊正碰着它。这天井里，也曾经打棍子，踢小皮球，竹竿拔河，追黄猫……可惜自来嬉戏总不曾留下些些的痕迹，尽管在我心头每有难言的惘惘，尽管在他们几个人的心上许有若干程度相似的怀感。后之来者只看见方方正正的石板天井而已，更何尝有什么温软的梦痕也哉！

另一处在花园亭子的尽北畸角上，太湖山石边，似不如方天井的那么多，那边有一排，这儿只几株橘子而已。地方又较偏僻，不如那边的位居冲要易动垂涎，所以著名之程度略减。可是亭子边也不是稀见我们的脚迹的，曾在其间攻关，保唐僧，打水炮，还要扔白菜皮。据说晾着预备腌的菜，有一年特别好吃，尽是白菜心，所以然者何？乃其边皮都被我们当了兵器耳。

这两处的橘子诚未必都是黄岩，在今日姑以黄岩论，我只记得黄岩而已。说得老实点，何谓黄岩也有点记它不真了：只是小橘子而已。小橘子啊，小橘子啊，再是一个小橘子啊。

黄岩橘的皮麻麻扎扎的蛮结实，不像塘栖的那么光溜那么松软，吃在嘴里酸浸浸更加不像蜜糖了。同住的姑娘先生们都有点果子癖，不论好歹只是吃。我却不然，虽橘子在诸果实中我最喜欢吃，也还是比他们不上，也还是不行。这也有点可气，倒不如干脆写我的"打橘子"，至于吃来啥味道，我不说！——活像我从来没吃过橘子似的。

当已凄清尚未寒冽的深秋，树头橘实渐渐黄了。这一半黄的橘子，便是在那边贴标语"快来吃"。我们拿着细竹竿去打橘子，仰着头在绿荫里希里霍六一阵，扑秃扑秃的已有两三个下来了。红的，黄的，红黄的，青的，一半青一半黄的，大的，小的，微圆的，甚扁的，带叶儿的，带把儿的，什么不带的，一跌就破的，跌而不破的，全都有，全都有，好的时候分来吃，不好的时候抢来吃，再不然夺来吃。抢,抢自地下,夺,夺自手中,故吃橘而夺,夺斯下矣。有时自己没去打,看见别人手里忽然有了橘子,走过去不问情由地说声"我吃!"分他个半只,甚而至于几瓣也是好的,这是讨来吃。

说得起劲,早已忘了那平台了。不是说过小平台阑干外,护以橘叶吗?然则谁要吃橘子伸手可矣,似乎当说抓橘子才对,夫何打之有?"然而不然"。无论如何,花园畸角的橘子总非一击不可。即以方天井而论,亦只紧靠阑干的几枝可采,稍远就够不着,愈远愈够不着了。况且近阑干的橘子总是寥落可怜,其原因不明。大概有人"近水楼台先得月"了,相传如此。

打橘有道,轻则不掉,重则要破。有时候明明打下来了,却不知落在何方,或者仍在树的枝叶间,如此之类弄得我们伸伸头毛毛腰,上边寻下边找,虽觉麻烦,亦可笑乐。若只举竿一击,便永远恰好落在手底心里,岂不也有点无聊吗。

然而用竿子打,究竟太不准确。往往看去很分明地一只通红的橘子在一不高不矮的所在,但竿子打去偏偏不是,再打依然不是,橘叶倒狼藉满地必狂捣一阵而后掉下来。掉下来的又必是破破烂烂的家伙,与我们的通通红的小橘子的期待已差得太多。不知谁想的好法子,在竿梢绕一长长的铅丝圈,只要看得准,捏得稳,兜往它往下一拉,要吃那个橘子便准有那个橘子可吃,从心之所欲,按图而索骥,不至于殃及池鱼,张冠李戴了。但是拉来吃,每每会连枝带叶地下来,对于橘子树未免有点说不过去哩。

有这么多的吃法,你们不要以为那儿的橘子尽被我们几个人吃完了。鸟雀们先吃,劳工们再吃,等我们来抓来拉,已经是残羹冷炙了。所以铺张其词来耽误读者救国的工夫,自己也觉得不很讨俏,脸上无光。但是恕我更不客气地说,这儿所记的往事只为着与它有缘的人写的,并不想会有这种好运气可夹入革命文学的队伍。若万一有人居然从这蹩脚的文词里猜着了梦呓的心一分二分,甚而至于还觉着"这也有点味儿",这于我不消说是"意表之外"的收获。其在天之涯乎?其在海之角乎?咫尺之间乎?又谁能知道!

老实说,打橘子及其前后这一段短短的生涯,恰是我的青春的潮热和儿童味的错综,一面儿时的心境隐约地回旋,却又杂以无可奈何的凄清之感。惟其如此,不得不郑重丁宁地致我的敝帚千金之爱惜,即使世间回响寂寞已万分。

拉拉扯扯吃着橘子,不知不觉地过了两三个年头,我自己南北东西的跑来跑去,更觉过得好快,快得莫名。移住湖楼不多久,几年苟且安居的江浙老百姓在黄渡浏河间开始听见炮声了。城头巷三号之屋我们去后,房主人又不来,听它空关着。六一泉的几十局象棋,雷峰塔的几卷残经,不但轻轻容易地把残夏消磨个干净,即秋容也渐渐老大了。只听得杭州城内纷纷搬家到上海,天气渐冷,游人顿稀,湖山寂寂都困着觉。一天,我进城去偶过旧居,信步徘徊而入,看门的老儿,大家叫他"老太公"的,居然还认得我。正房一带都已封锁,只从花园里踅进去,亭台池馆荒落不必说,只隔得半年已经有点陌生了。还走上楼梯,转过平台,看对面的高楼偏南的上房都是我住过的,窗户紧闭着。眼下觉得怪熟的,满树离离的红橘子。

再打它一两个罢!但是竹竿呢,铅丝呢?况且方天井虽近在眼底,但通那边的门儿深锁,橘子即打下也没处去找。我踌躇四顾,除了跟着来的老迈龙锺的老太公,便是我自己的影子,觉得一无可说的。歇了一歇,走近阑干,勉强够着了一只橘子,捏在手中低头一看,红圆可爱,还带着小小的翠叶短短的把。我揣着它,照样慢慢的踱出来，回到俞楼，好好的摆在书桌上。

原来满抵桩带回来给大家看，给大家讲的，可是H君其时已病了，他始终没有看见这一只橘子。匆忙凄苦之间，更有谁来慢慢的听我那《寻梦》的曲儿呢。该橘子久查无下落，大概是被我一人吃了，也只当是丢了吧。城头巷三号之屋我从此也没有再去过了。

到北京又是四年，江南的丹橘应该长得更大了。打橘子的人当然也是一样，各人奔着各人的道儿，都忙忙碌碌地赶着中年的生活去，不知道还想得起这回事吗？如果真想得起，又想出些什么来呢？若说我自己，于几天懒睡之后，总算写了这一篇，自己看看实在也看不出所以然来，也只好就这样麻麻胡胡的交了卷。

旧家的火葬

■夏　衍

半个月前,接到妻从上海寄来的信,说六月一日游击队打到杭州近郊,把我们的旧家放火烧了。因为那屋子被敌伪占领了之后,开了一所很大的茧厂,所以除出屋子全烧之外,还烧毁了敌人已经收买了的几十万元的茧子。妻在后附加着说:"我们觉得很痛快,这最少对于你们沈家的那些不肖子弟,给了一个不小的教训。"所谓不肖子弟,是指我的侄辈,他们一度逃出了之后又回到故居,将祖传的屋子租给敌伪,过着准汉奸的日子。

在将信将疑中,昨天深夜看到了中央社金华发的一个电报:"浙东我某部,于五月三十一日晚潜入杭垣,尚在太平门外与敌发生激战,毙敌甚多,并将敌仓库多所及安利、正大两茧行全部焚毁,一时烈焰熊熊,火光烛天,城内秩序大乱,是役敌除死伤外,损失三百万元以上。"

消息是证实了,正大茧行就是我的故居,我出生的旧家,竟在这样的情形下火葬了。和妻子一样,我也只能喊出了一句痛快。

四十年前我出生在这古旧的大屋子里。那是一所五开间,而又有七进深的庄院。地点是在杭县太平门外严家弄,离城三里,这屋子造于洪杨之前,所以一切都是老派,我懂得人事的时候,我们的家是凋落了,全家人不到十口,但是这一百年前造的屋子,说得毫不夸张,至少可住五百人以上,经过了洪杨之劫,许多雕花的窗棂之类是破损了，但是合抱的大圆柱，可以做一个网球场的大天井，依旧夸示着它昔日的面貌，我在这破旧而大得不得体的旧家，度过了十五个年头。辛亥革命之后，我的哥哥因为穷困，几次要把这屋子卖掉，但是在那时候竟找不着一个能够买下这大屋子的买主，哥哥瞒了母亲，从城里带一个人在估看，我只听见他们来回讨价还价，一会儿笑一会儿争之后，哥哥愤愤地说："单卖这几千块尺半方的大方砖和五百几十块青石板，也非三千块钱不可！"我才知道了这些日常在那里翻掘起来捉灰鳖虫的方砖，也是这样值钱的东西。

据母亲说，这屋子是我们祖上"全盛时代"在乡下建造了而不用的"别邸"，本家住在艮山门内的骆驼桥，这是每年春秋两季下乡祭祖时候用的临时公馆，出太平门不远，就可以望见这座大屋子的高墙。那高得可怕的粉墙，将里面住的"书香子弟"和外面矮屋子里的老百姓分开，所以不认识的人，只要一问沈家，那一带的人立刻就会知道："啊，墙里"。"墙里"变了太平门外沈家的代名，据说已经是近百年以来的事了。

但是，辛亥革命前后，我们的家衰落到无法生存的田地，这屋子周围的田地、池塘，都渐渐地给哥哥押卖了，只有这屋子，却因为母亲的反对，而保留着它破旧得像古庙一般的形态，夏天的黄昏会从蛀烂了的楼板里飞出成千成万的白蚁，没人住的空房间也会白昼走出狐狸和鼹鼠，但是，墙里和墙外的差分，却因为"墙里"人的日益穷困，而渐渐地撤废了，墙外的野孩子们也做了我的朋友，我记忆中也还鲜明地保留着一幅冬天自己拿了篮子到乡间去拾枯柴的图画。

假如我母亲还在世，今年已经是八十三岁了，在那个时代里，她算得是一个性格奇特的人，四十五岁死了我父亲之后，从不念过一句佛,从不烧过一次香,出嫁了的姊姊送她一串念珠,她却丢在抽斗里从来不去理会,不佞佛,当然不信耶稣,反对中医,有什么毛病专服西药。从这种性格推衍开去,她是一个富于民主精神的人,她从不讨厌邻近的穷孩子到我家里来,也从不禁止我和这些野孩子们在一起。把自己吃用的东西省下来给邻近的穷人,是她唯一的愉悦。我长大了之后从日本或者上海回来,总带给她一点糖果和食品,但是她自己并不吃,瞒着我们偷偷地送给那些终年赤脚的孩子,被我们看见的时候,她说:"我们吃得多了,这种东西,也许他们是一生也不会吃到的。"

但是,具有这种近代性格的人,对于这所古旧的屋子,她却怀抱着使人不能相信一般的留恋与执着,我中学毕业的那一年她郑重地对我说:"趁我活着,把这屋子分了吧,我一死,迟早会给你哥哥卖掉的。"

当时是五四之后,我根本就对这象征封建的"破庙"有了反感,所以我对于她苦心地保守了几十年的财产简直不加任何的考虑,随口地说:"我不要,让他卖去!"这句话伤了她的心,背着人哭泣了一整日,我也就从这时候离了"家"。"旧家"的影子在记忆里渐渐地淡忘了,一直到抗战开始那一年的初夏,接到母亲病笃而赶回到这屋子的时候。

随着时代的变迁,这旧家也有了几度的沧桑。第一次欧战之后,因为民族工业的勃兴,我哥哥也在这封建的屋子里开过一个现代式的工厂,用新式的"机子"织杭纺。在"城外"这屋子算是第一所"工场",浙江丝织业凋落了之后,"机子"停止了工作,于是这屋子在五年前又变了"正大茧厂"。那一年,因为哥哥要把母亲卧房侧面的"果园"改作屯茧的仓库,要把"果园"的枣树和橘子树斫掉,他们之间曾引起过一次很大的冲突,但是结果母亲失败了,我最后一次回家的时候,青葱的枣树园已经变了煞风景的"茧灶"了。我虽则不曾亲耳听见丁丁的伐木声音,但是"樱桃园"最后一场的主人公们的心境,我是感受得到的。

在斗争剧烈的时候,我屡次感觉到潜伏在我意识深底的一种要将我拖留在前一个阶段的力量,我挣扎,我残忍地斫伐过我自己的过失,廉价的人道主义,犬儒式的洁癖,对于残酷的斗争的忌避,这都是使我回想到那旧家又要使我恼怒于自己的事情。而现在,一把火把象征着我意识底层之潜在力量的东西,完全地火葬了,将隔离了穷人的书香人家的墙,在烈火中烧毁了。

我感到痛快,我感觉到一种摆脱了牵制一般的欢欣。

故乡的杨梅

■鲁　彦

过完了长期的蛰伏生活，眼看着新黄嫩绿的春天爬上了枯枝，正欣喜着想跑到大自然的怀中，发泄胸中的郁抑，却忽然病了。

唉，忽然病了。

我这粗壮的躯壳，不知道经过了多少炎夏和严冬，被轮船和火车抛掷过多少次海角与天涯，尝受过多少辛劳与艰苦，从来不知道颤栗或疲倦的呵，现在却呆木地躺在床上，不能随意的转侧了。

尤其是这躯壳内的这一颗心。它历年可是铁一样的。对着眼前的艰苦，它不会畏缩；对着未来的憧憬，它不肯绝望；对着过去的痛苦，它不愿回忆的呵，然而现在，它却尽管凄凉地往复的想了。

唉，唉，可悲呵，这病着的躯壳的病着的心。

尤其是对着这细雨连绵的春天。

这雨，落在西北，可不全像江南的故乡的雨吗？细细的，丝一样，若断若续的。

故乡的雨，故乡的天，故乡的山河和田野……还有那蔚蓝中衬着整齐的金黄的菜花的春天，藤黄的稻穗带着可爱的气息的夏天，蟋蟀和纺织娘们在濡湿的草中唱着诗的秋天，小船吱吱地触着沉默的薄冰的冬天……还有那熟识的道路，还有那亲密的故居……

不，不，我不想这些，我现在不能回去，而且是病着，我得让我的心平静；恢复我过去的铁一般的坚硬，告诉自己：这雨是落在西北，不是故乡的雨——而且不像春天的雨，却像夏天的雨。

不要那样想吧，我的可怜的心呵，我的头正像夏天的烈日下的汽油缸，将要炸裂了，我的嘴唇正干燥得将要迸出火花来了呢。让这夏天的雨来压下我头部的炎热，让……让……

唉，唉，就说是故乡的杨梅吧……它正是在类似这样的雨天成熟的呵。

故乡的食物，我没有比这更喜欢的了。倘若我爱故乡，不如就说我完全是爱的这叫做杨梅的果子吧。

呵，相思的杨梅！它有着多么惊异的形状，多么可爱的颜色，多么甜美的滋味呀。

它是圆的，和大的龙眼一样大小，远看并不稀奇，拿到手里，原来它是满身生着刺的哩。这并非是它的壳，这就是它的肉。不知道的人，一定以为这满身生着刺的果子是不能进口的了，否则也须用什么刀子削去那刺的尖端的吧？然而这是过虑。它原来是希望人家爱它吃它的。只要等它渐渐长熟，它的刺也渐渐软了，平了。那时放到嘴里，软滑之外还带着什么感觉呢？没有人能想得到，它还保存着它的特点，每一根刺平滑地在舌尖上触了过去，细腻柔软而且亲切——这好比最甜蜜的吻，使人迷醉呵。

颜色更可爱呢。它最先是淡红的，像娇嫩的婴儿的面颊，随后变成了深红，像是处女的害羞，最后黑红了——不，我们说它是黑的。然而它并不是黑，也不是黑红，原来是红的。太红了，所以像是黑。轻轻的啄开它，我们就看见了那新鲜红嫩的内部，同时我们已染上了一嘴的红水。说他新鲜红嫩，有的人也许以为一定像贵妃的肉色似的荔枝吧？嗳，那就错了。荔枝的光色是呆板的，像玻璃，像鱼目；

杨梅的光色却是生动的,像映着朝霞的露水呢。

滋味吗?没有十分成熟是酸带甜,成熟了便单是甜。这甜味可决不使人讨厌,不但爱吃甜味的人尝了一下舍不得丢掉,就连不爱吃甜味的人也会完全给它吸引住,越吃越爱吃。它是甜的,然而又依然是酸的,而这酸味,我们须待吃饱了杨梅以后,再吃别的东西的时候,才能领会得到。那时我们才知道自己的牙齿酸了,软了,连豆腐也咬不下了,于是我们才恍然悟到刚才吃多了酸的杨梅。我们知道这个,然而我们仍然爱它,我们仍须吃一个大饱。它真是世上最迷人的东西。

唉,唉,故乡的杨梅呵。

细雨如丝的时节,人家把它一船一船的载来,一担一担的挑来,我们一篮一篮的买了进来,挂一篮在檐口下,放一篮在水缸盖上,倒上一脸盆,用冷水一洗,一颗一颗的放进嘴里,一面还没有吃了,一面又早已从脸盆里拿起了一颗,一口气吃了一二十颗,有时来不及把它的核一一吐出来,便一直吞进了肚里。

"生了虫呢……蛇吃过了呢……"母亲看见我们吃得快,吃得多,便这样的说了起来,要我们仔细的看一看,多多的洗一番。

但我们并不管这些,它成了我们的生命,我们越吃越快了。

"好吃,好吃,"我们心里这样想着,嘴里却没有余暇说话。待肚子胀上加胀,胀上加胀,眼看着一脸盆的杨梅吃得一颗也不留,这才呆笨地挺着肚子,走了开去,叹气似的嘘出一声"咳"来……

唉,可爱的故乡的杨梅呵。

一年,二年……我已有十六七年不曾尝到它的滋味了。偶而回到故乡,不是在严寒的冬天,便是在酷热的夏天,或者杨梅还未成熟,或者杨梅已经落完了。这中间,曾经有两次,在异地见到过杨梅，比故乡的小，比故乡的酸，颜色又不及故乡的红。我想回味过去，把它买了许多来。

"长在树上，有虫爬过，有蛇吃过呢……"

我现在成了大人，有了知识，爱惜自己的生命甚于杨梅了。我用沸滚的开水去细细的洗杨梅，觉得还不够消除那上面的微菌似的。

于是它不但更不像故乡的，简直不是杨梅了。我只尝了一二颗，便不再吃下去。

最后一次我终于在离故乡不远的地方见到了可爱的故乡的杨梅。

然而又因为我成了大人，有了知识，爱惜自己的生命甚于杨梅，偶然发现一条小虫，也就拒绝了回味的欢愉。

现在我的味觉也显然改变了，即使回到故乡，遇到细雨如丝的杨梅时节，即使并不害怕从前的那种吃法，我的舌头应该感觉不出从前的那种美味了，我的牙齿应该不能像从前似的能够容忍那酸性了。

唉，故乡离开我愈远了。

我们中间横着许多鸿沟。那不是千万里的山河的阻隔，那是……

唉，唉，我到底病了。我为什么要想到这些呢？

看呵，这眼前的如丝的细雨，不是若断若续的落在西北的春天里吗？

素　心

■ 石评梅

我从来不曾一个人走过远路,但是在几月前我就想尝试一下这踽踽独行的滋味;黑暗中消失了你们,开始这旅途后,我已经有点害怕了!我搏跃不宁的心,常问我"为什么硬要孤身回去呢?"因之,我蜷伏在车箱里,眼睛都不敢睁,睁开时似乎有许多恐怖的目光注视着我,不知他们是否想攫住我?是否想加害我?有时为避免他们的注视,我抬头向窗外望望,更冷森地可怕,平原里一堆一堆的黑影,明知道是垒垒荒冢,但是我总怕是埋伏着的劫车贼呢。这时候我真后悔,为甚要孤零零一个女子,在黑夜里同陌生的旅客们,走向不可知的地方去呢?因为我想着前途或者不是故乡不是母亲的乐园?

天亮时忽然上来一个老婆婆,我让点座位给她,她似乎嘴里喃喃了几声,我未辨清是什么话;你是知道我的,我不高兴和生人谈话,所以我们只默默地坐着。

我一点都不恐怖了,连他们惊讶的目光,都变成温和的注视,我才明白他们是绝无攫住加害于我的意思,所以注视我的,自然因为我是女子,是旅途独行无侣的女子。但是我为什么要这样呢?因为我身旁有了护卫——不认识的老婆婆;明知道她也是独行的妇女,在她心里,在别人眼里,不见得是负了护卫我的使命,不过我确是有了勇气而且放心了。

靠着窗子睡了三点钟,醒来时老婆婆早不在了;我身旁又换了一个小姑娘,手里提着一个篮子,似乎很沉重,但是她不知道把它放在车板上。后来我忍不住了说:"小姑娘!你提着不重吗?为什么不放在车板上?"可笑她被我提醒后,她红着脸把它搁在我的脚底。

七月二号的正午,我换了正太车,踏入了我渴望着的故乡界域,车头像一条蜿蜒的游龙,有时飞腾在崇峻的高峰,有时潜伏在深邃的山洞。由晶莹小圆石堆集成的悬崖里,静听着水涧碎玉般的音乐;你知道吗?娘子关的裂帛溅珠,真有"苍崖中裂银河飞,空里万斛倾珠玑"的美观。

火车箭似的穿过夹道的绿林,牧童村女,都微笑点头,似乎望着缭绕来去的白烟欢呼着说:"归来呵!漂泊的朋友!"想不到往返十几次的轨道旁,这次才感到故乡的可爱和布置雄壮的河山。旧日秃秃的太行山,而今都披上柔绿;细雨里行云过岫,宛似少女头上的小鬟,因为落雨多,瀑布是更壮观而清脆,经过时我不禁想到 Undine。

下午三点钟,我站在桃花潭前的家门口了。一只我最爱的小狗,在门口卧着,看见我陌生的归客,它摆动着尾巴,挣直了耳朵,向我汪汪地狂叫。那时我家的老园丁,挑着一担水回来,看见我时他放下水担,颤巍巍向我深深地打了一躬,喊了声:"小姐回来了!"

我急忙走进了大门,一直向后院去,喊着母亲。这时候我高兴之中夹着酸楚,看见母亲时,双膝跪在她面前,扑到她怀里,低了头抱着她的腿哭了!

母亲老了,我数不清她鬓上的银丝又添几许?现在我确是一枝阳光下的蔷薇,在这温柔的母怀里又醉又懒。素心!你不要伤心你的漂泊,当我说到见了母亲的时候,你相信这刹那的快慰,已经是不可捉摸而消失的梦;有了团聚又衬出漂泊的可怜,但想到终不免要漂泊的时候,这团聚暂时的欢乐,岂不更增将来的怅惘?因之,我在笑语中低叹,沉默里饮泣。为什么呢?我怕将来的离别,我怕将来的漂泊。

只有母亲,她能知道我不敢告诉她的事!一天我早晨梳头,掉了好些头发,母亲忽然想起什么似的,问我这样一句说:"你在外边莫有生病吗?为什么你脸色黄瘦而且又掉头发呢?"素心!母亲是照见我的肺腑了,我不敢回答她,装着叫嫂嫂梳头,跑在她房里去流泪。

这几天一到正午就下雨,鱼缸里的莲花特别鲜艳,碧绿的荷叶上,银珠一粒粒的乱滚;小侄女说那是些"大珠小珠落玉盘"。家庭自有家庭的乐趣,每到下午六七点钟,灿烂的夕阳,美丽的晚霞,挂照在罩着烟云的山峰时,我陪着父亲上楼了望这起伏高低的山城,在一片清翠的树林里掩映着天宁寺的双塔,阳春楼上的钟声,断断续续布满了全城;可惜我不是诗人,不是画家,在这处处都是自然,处处都寓天机的环境里,我惭愧了!

你问到我天辛的消息时,我心里似乎埋伏着将来不可深恻的隐痛,这是一个恶运,常觉着我宛如一个狰狞的鬼灵,掏了一个人的心,偷偷地走了。素心!我那里能有勇气再说我们可怜的遭逢呵!十二日那晚上我接到天辛由上海寄我的信,长极了,整整的写了二十张白纸,他是双挂号寄来的。这封信里说他回了家的胜利,和已经粉碎了他的桎梏的好消息;他自然很欣慰地告诉我,但是我看到时,觉着他可怜得更厉害,从此后他真的孤身只影流落天涯,连这个礼教上应该敬爱的人都莫有了。他终久是空虚,他终久是失望,那富艳如春花的梦，只是心上的一刹那，素心！我眼睁睁看着他要朦胧中走入死湖，我怎不伤心？为了我忠诚的朋友。但是我绝无法挽救，在灿烂的繁星中，只有一颗星是他的生命，但是这颗星确是永久照耀着这沉寂的死湖。因此我朝夕绞思，虽在这温暖的母怀里有时感到世界的凄冷。自接了他这封长信后，更觉着这个恶运是绝不能幸免的；而深重的隐恨压伏在我心上一天比一天悲惨！但是素心呵！我绝无勇气揭破这轻翳的幕，使他知道他寻觅的世界是这样凄惨，淡粉的翼纱下，笼罩的不是美丽的蔷薇，确是一个早已腐枯了的少女尸骸！

　　有一夜母亲他们都睡了，我悄悄踱到前院的葡萄架下，那时天空辽阔清净像无波的海面，一轮明月晶莹地照着；我在这幸福的园里，幻想着一切未来的恶梦。后来我伏在一棵杨柳树上，觉着花影动了，轻轻地有脚步声走来，吓了我一跳。细看原来是嫂嫂，她伏着我的肩说："妹妹你不睡，在这里干吗？近来我觉着你似乎常在沉思，你到底为了什么呢？亲爱的妹妹！你告诉我？"禁不住的悲哀，像水龙一样喷发出来，索性抱着她哭起来；那夜我们莫有睡，两个人默默坐到天明。

　　家里的幸福有时也真有趣！告诉你一个笑话：家中有一个粗使的女仆，她五十多岁了！每当我们沉默或笑谈时，她总穿插其间，因之，嫂嫂送她绰号叫刘老老，昨天晚上母亲送她一件紫色芙蓉纱的裙子，是二十年前的古董货了。她马上穿上在院子里手舞足蹈的跳起来。我们都笑了，小侄女昆林，她抱住了我笑得流出泪来，母亲在房里也被我们笑出来了，后来父亲回来，她才跳到房里，但是父亲也禁不住笑了！在这样浓厚的欣慰中，有时我是可以忘掉一切的烦闷。

大概八月十号以前可以回京，我见你们时，我又要离开母亲了，素心！在这醺醉中的我，真不敢想到今天以后的事情！母亲今天去了外祖母家，清寂里我写这封长信给你，并祝福你！

酸梅汤和糖葫芦

■ 梁实秋

夏天喝酸梅汤，冬天吃糖葫芦，在北平是各阶级人人都能享受的事。不过东西也有精粗之别。琉璃厂信远斋的酸梅汤与糖葫芦，特别考究，与其他各处或街头小贩所供应者大有不同。

徐凌霄《旧都百话》关于酸梅汤有这样的记载：

> 暑天之冰，以冰梅汤为最流行，大街小巷，干鲜果铺的门口，都可以看见"冰镇梅汤"四字的木檐横额。有的黄底黑字，甚为工致，迎风招展，好似酒家的帘子一样，使过往的热人，望梅止渴，富于吸引力。昔年京朝大老，贵客雅流，有闲工夫，常常要到琉璃厂逛逛书铺，品品骨董，考考版本，消磨长昼。天热口干，辄以信远斋梅汤为解渴之需。

信远斋铺面很小，只有两间小小门面，临街是旧式玻璃门窗，拂拭得一尘不染，门楣上一块黑漆金字匾额，铺内清洁简单，道地北平式的装修。进门右手方有黑漆大木桶一，里面有一大白瓷罐，罐外周围全是碎冰，罐里是酸梅汤，所以名为冰镇，北平的冰是从什刹海或护城河挖取藏在窖内的，冰块里可以看见草皮木屑，泥沙秽物更不能免，是不能放在饮料里喝的。什刹海会贤堂的名件"冰碗"，莲蓬桃仁杏仁菱角藕都放在冰块上，食客不嫌其脏，真是不可思议。有人甚至把冰块放在酸梅汤里！信远斋的冰镇就高明多了。因为桶大罐小冰多，喝起来凉沁脾胃。他的酸梅汤的成功秘诀，是冰糖多、梅汁稠、水少，所以味浓而酽。上口冰凉，甜酸适度，含在嘴里如品纯醪，舍不得下咽。很少人能站在那里喝那一小碗而不再喝一碗的。抗战胜利还乡，我带孩子们到信远斋，我准许他们能喝多少碗都可以。他们连尽七碗方始罢休。我每次去喝，不是为解渴，是为解馋。我不知道为什么没有人动脑筋把信远斋的酸梅汤制为罐头行销各地，而一任"可口可乐"到处猖狂。

信远斋也卖酸梅卤、酸梅糕。卤冲水可以制酸梅汤，但是无论如何不能像站在那木桶旁边细啜那样有味。我自己在家也曾试做，在药铺买了乌梅，在干果铺买了大块冰糖，不惜工本，仍难如愿。信远斋掌柜姓萧，一团和气，我曾问他何以仿制不成，他回答得很妙："请您过来喝，别自己费事了。"

信远斋也卖蜜饯、冰糖子儿、糖葫芦。以糖葫芦为最出色。北平糖葫芦分三种。一种用麦芽糖，北平话是糖稀，可以做大串山里红的糖葫芦，可以长达五尺多，这种大糖葫芦，新年厂甸卖的最多。麦芽糖裹水杏儿（没长大的绿杏），很好吃，做糖葫芦就不见佳，尤其是山里红常是烂的或是带虫子屎。另一种用白糖和了粘上去，冷了之后白汪汪的一层霜，另有风味。正宗是冰糖葫芦，薄薄一层糖，透明雪亮。材料种类甚多，诸如海棠、山药、山药豆、杏干、葡萄、桔子、荸荠、核桃，但是以山里红为正宗。山里红，即山楂，北地盛产，味酸，裹糖则极可口。一般的糖葫芦皆用半尺来长的竹签，街头小贩所售，多染尘沙，而且品质粗劣。东安市场所售较为高级。但仍以信远斋所制为最精，不用竹签，每一颗山里红或海棠均单个独立，所用之果皆硕大无疵，而且干净，放在垫了油纸的纸盒中由客携去。

离开北平就没吃过糖葫芦,实在想念。近有客自北平来,说起糖葫芦,据称在北平这种不属于任何一个阶级的食物几已绝迹。他说我们在台湾自己家里也未尝不可试做,台湾虽无山里红,其他水果种类不少,沾了冰糖汁,放在一块涂了油的玻璃板上,送入冰箱冷冻,岂不即可等着大嚼?他说他制成之后将邀我共尝,但是迄今尚无下文,不知结果如何。

乡 心

■ 巴 金

我不想睡,趁大家酣睡的时候,跑到舱面上去走走。

我上了舱面就感到一股寒气,不由得扯起大衣的领子来。四周没有一个人,只有吵人的机器声时时来到我的耳边。

浪很小,船也平稳,风并不大。一轮明月照在万顷烟波之上,蓝色的水被月光镀上了银色。月光流在波上,就像千万条银鱼在海上游泳。我这时真想拿一根钓竿,把它们钓几尾上来。

我默默地在舱面上走着。明月陪伴着我,微风轻抚着我。有无涯的大海让我放观;有无数的回忆尽我思量。人生难得几良宵。是乐么,还是痛苦?

三十四天的旅行到此告了一个段落。明天太阳照眼时,我们就要踏上法国的土地了。这时候似乎又觉得船走快了些。现在对于海上的生活又感到留恋。这三十四天的生活的确是值得人留恋。然而明天我们一定要上岸了。

"明天要上岸了,"和以前在家时,在上海时,"明天就要走了"的思想一样,激动着我的心。这种时候要说是快乐吧,自己心里又不舒服;要说是痛苦吧,又是自己愿意做的事情。这是怎样的矛盾啊!我一生就是被这种矛盾支配了的。

不知道怎样,我竟然被无名的悲哀压倒了。四周有这么好的景致,我却不能欣赏,白白地拿烦恼来折磨自己。时候不早了,明天还得走一整天的路。倘若在家里，我的大哥一定会催我："四弟，睡得了——"现在呢，即使我走到天明，也没有人来管我。能看见我的，除了万顷烟波之外，就只有长空的皓月一轮。

"海上生明月，天涯共此时"；"共看明月应垂泪，一夜乡心五处同。"——锋镝余生的我，对此情景，能不与古诗人同声一哭！

然而过去的终于是过去了。我应该把它们完全忘掉，我需要休息。明天我还得以新的精力来过新的生活。

乡 愁

■ 罗黑芷

　　写了《死草的光辉》已经回到了十四年前去的这个主人,固然走入了淡淡的哀愁,但是想再回去到一个什么样的时候,终寻不出一个落脚的地方。这并非是十四年以前的时间的海洋里,竟看不见一点飘荡的青藻足以系住他的紫思,其实望见的只是茫茫的白水,须得像海鸟般在波间低徊,待到落下倦飞的双翼,如浮鸥似的贴身在一个清波上面,然后那仿佛正歌咏着什么在这暂时有了着落的心中的叹息,才知道这个小小的周围是很值得眷恋的。谁说,你但向前途寻喜悦,莫在回忆里动哀愁呢?

　　呵!哀愁也好,且回转去罢,去到那不必计算的一个时候。那时候是傍晚的光景;我不知被谁,大约是一个嬷嬷吧?抱在臂里,从后厅正屋走到前厅回廊,给放下在右手栏杆边一个茶几上站住。才从母亲床上欢喜地睁开来的一双迷蒙蒙的小眼睛,在那儿看见一个穿蓝色竹布衣衫的女人,是在我小小的心中觉得一见面便张手要伊拥抱的女人。这是谁呢?你猜一猜看,伊凭倚着栏杆,微笑着,望着那被黄昏的光充塞了的庭院。空中无数点点的飞虫穿来穿去,它们的薄翅振动,仿佛习习有声。

　　"孩子!这是萤火虫呀!这是——"

　　我立刻被伊的唇吻着了,我在伊的那从有史以来便凝聚爱情的黑晶晶的睫下了。我从旁边不知又是谁的手里喝了一口苦味的浓茶,舌头上新得了一种苏生的刺激,我立刻在这小小的模糊的心中感觉了:这是我家的七月的黄昏。

　　回转去罢,房屋依然是那所古旧的房屋,在那条有一个木匠家管守入口的短巷左边;落雨的时节,那木匠饲养的三只斑鸠便在檐下笼中咕咕地叫唤,时候却仿佛是五月。祖母在伊静悄悄的房中午睡;父亲的窗子里似乎有说话的声音;我的一个伴侣——一个比我大两岁的哥哥,叔母生的——不知到哪里去了,母亲也不见,我独自在后院天井里蹲着。那从墙边和砖缝里挺生出来的野草,有圆叶的,有方叶的,密密的,疏疏的,不知叫作什么,衬着满阶遍地的青苔,似乎满院里都是绿色的光的世界。

　　"哥儿!哪!这儿一点东西送给你。"

　　挑水的老王,从他担进院来而尚未息肩的一头水桶里,取出一枝折断了的柳梢,尖尖的长叶滴下了水珠在他的手背上。呵!城外是一个什么世界呢?他又在他肚腰带里挖摸着,一个黑壳亮翅的虫儿嘶鸣着随着他的手出来了:

　　"这叫做蝉子。"

　　"呵!老王!"

　　我飞跳过去了。于是那蝉和柳枝便齐装在一个小方竹笼内挂在后院的壁上。我在这东西旁边盘旋玩耍,直到"赫儿,赫儿"地呼唤着的即在今日还能引我潸然泪下的母亲的声音,可爱地送到我的小耳朵里。

　　回转去罢,回转去罢,这回仿佛在一个暮春的夜里。母亲坐在有灯光的桌前和邻家的姆姆安闲地谈着话。一个姑娘——我为你祝福,姑娘,我记不起你的名字了,——背靠着那窗下坐着。伊是我的姐姐,这是母亲教我这样称呼的;当伊站立起来的时候,伊仿佛比我高半个身躯,听说是要说人家了,因为是十五岁的女孩儿呢!正是,我来到母亲房里瞧看伊,原是我的先生的盼咐。我记得进来的时候,仿佛那先生已经到了后厅的屏门外。将他的一只耳朵和一只眼睛交换贴在门缝边向内打听。十分对不住您,先生,我现在应该这样向您道歉,因为姐姐抱我坐在伊的膝上,伊用面庞亲热地偎傍我,偏起头看我,摇我的肩膊,抚我的头发,喊我做"赫弟!赫弟!"我痴痴地瞧着伊的那笑眯眯但是而今我记不清楚了的尖尖的脸。先生,伊或许已经替你生了几个好儿子吧?可是我所能有的,只是那一根灯草头上吐出来的静静的一朵黄色灯焰。这也即是儿时母亲房里的春夜的光辉呵!虽然伊的身影很模糊,我细细吟味,如掣电般我便又站在伊的面前了。

隔着彭蠡的水,隔着匡庐的云,自五岁别后,这一生认为是亲爱的人所曾聚集过的故乡的家,便在梦里也在那儿唤我回转去。回转去罢,我而今真的回来了:你无恙么?我家的门首的石狮,我记得我曾在你身上骑过;你还被人家唤做秃头么?卖水果的老蒋,我记得你的担子上的桃子是香脆的;你还是在巷中袒出赤膊滑滑地和你师父同锯木头么?可怜的癞子徒弟,那些斑鸠又在叫唤你喂食给它们呢!这真是了不得,我还握着四文小钱在手中,听见门外叫卖糯米团子的熟悉声音来了,我便奔向大门去:

"糯米团子,一个混糖的,一个有白糖馅的!"

很甜,很甜,妈妈,您吃不吃呢?

一个消逝了的山村

■ 冯 至

在人口稀少的地带,我们走入任何一座森林,或是一片草原,总觉得他们在洪荒时代大半就是这样。人类的历史演变了几千年,它们却在人类以外,不起一些变化,千百年如一日,默默地对着永恒。其中可能发生的事迹,不外乎空中的风雨,草里的虫蛇,林中出没的走兽和树间的鸣鸟。我们刚到这里来时,对于这座山林,也是那样感想,绝不会问到:这里也曾有过人烟吗?但是一条窄窄的石路的残迹泄露了一些秘密。

我们走入山谷,沿着小溪,走两三里到了水源,转上山坡,便是我们居住的地方。我们住的房屋,建筑起来不过二三十年,我们走的路,是二三十年来经营山林的人们一步步踏出来的。处处表露出新开辟的样子,眼前的浓绿浅绿,没有一点历史的重担。但是我们从城内向这里来的中途,忽然觉得踏上了一条旧路。那条路是用石块砌成,从距谷口还有四五里远的一个村庄里伸出,向山谷这边引来,先是断断续续,随后就隐隐约约地消失了。它无人修理,无日不在继续着埋没下去。我在那条路上走时,好像是走着两条道路,一条路引我走近山居,另一条路是引我走到过去。因为我想,这条石路一定有一个时期宛宛转转地一直伸入谷口,在谷内溪水的两旁,现在只有树木的地带,曾经有过房屋,只有草的山坡上,曾经有过田园。

过了许久,我才知道,这里实际上有过村落。在七十年前,云南省的大部分,经过一场浩劫,回、汉互相仇杀,有多少村庄城镇在这时衰落了。当时短短的二十年内,仅就昆明一个地方说,人口就从一百四十余万降落到二十五万。这里原有的山村,是回民的,可是汉人的,是一次便毁灭了呢,还是渐渐地凋零下去,我们都无从知道,只知它们是在回人几度围攻省城时成了牺牲。现在就是一间房屋的地基都寻不到了,只剩下树林、草原、溪水,除却我们的住房外,周围四五里内没有人家,但是每座山,每个幽隐的地方还都留有一个名称。这些名称现在只生存在从四邻村里走来的,砍柴、背松毛、放牛牧羊的人们的口里。此外它们却没有什么意义;若有,就是使我们想到有些地方曾经和人发生过关系,都隐藏着一小段兴衰的历史吧。

我不能研究这个山村的历史,也不愿用想象来装饰它。它像是一个民族在世界里消亡了,随着它一起消亡的是它所孕育的传说和故事。我们没有方法去追寻它们,只有在草木之间感到一些它们的余韵。

最可爱的是那条小溪的水源,从我们对面山的山脚下涌出的泉水;它不分昼夜地在那儿流,几棵树环绕着它,形成一个阴凉的所在。我们感谢它,若是没有它,我们就不能在这里居住,那山村也不会曾经在这里滋长。这清冽的泉水,养育我们,同时也养育过往日那村里的人们。人和人,只要是共同吃过一棵树上的果实,共同饮过一条河里的水,或是共同担受过一个地方的风雨,不管是时间或空间把它们隔离得有多么远,彼此都会感到几分亲切,彼此的生命都有些声息相通的地方。我深深理解了古人一首情诗里的句子:"日日思君不见君,共饮长江水。"

其次就是鼠曲草。这种在欧洲非登上阿尔卑斯山的高处不容易采撷得到的名贵的小草。在这里每逢暮春和初秋却一年两季地开遍了山坡。我爱它那从叶子演变成的，有白色茸毛的花朵，谦虚地掺杂在乱草的中间。但是在这谦虚里没有卑躬，只有纯洁，没有矜持，只有坚强。有谁要认识这小草的意义吗？我愿意指给他看：在夕阳里一座山丘的顶上，坐着一个村女，她聚精会神地在那里缝什么，一任她的羊在远远近近的山坡上吃草，四面是山，四面是树，她从不抬起头来张望一下，陪伴着她的是一丛一丛的鼠曲从杂草中露出头来。这时我正从城里来，我看见这幅图像，觉得我随身带来的纷扰都变成深秋的黄叶，自然而然地凋落了。这使我知道，一个小生命是怎样鄙弃了一切浮夸，孑然一身担当着一个大宇宙。那消逝了的村庄必定也曾经像是这个少女，抱着自己的朴质，春秋佳日，被这些白色的小草围绕着，在山腰里一言不语地负担着一切。后来一个横来的运命使它骤然死去，不留下一些夸耀后人的事迹。

雨季是山上最热闹的时代，天天早晨我们都醒在一片山歌里。那是些从五六里外趁早上山来采菌子的人。下了一夜的雨，第二天太阳出来一蒸发，草间的菌子，俯拾皆是：有的红如胭脂，青如青苔，褐如牛肝，白如蛋白，还有一种赭色的，放在水里立即变成靛蓝的颜色。我们望着对面的山上，人人踏着潮湿，在草丛里，树根处，低头寻找新鲜的菌子。这是一种热闹，人们在其中并不忘却自己，各人盯着各人眼前的世界。这景象，在七十年前也不会两样。这些彩菌，不知点缀过多少民族童话，它们一定也滋养过那山村里的人们的身体和儿童的幻想吧。

这中间，高高耸立起来那植物界里最高的树木，有加利树。有时在月夜里，月光把被微风摇摆的叶子镀成银色，我们望着它每瞬间都在生长，仿佛把我们的身体，我们的周围，甚至全山都带着生长起来。望久了，自己的灵魂有些担当不起，感到悚然，好像对着一个崇高的严峻的圣者，你若不随着他走，就得和他离开，中间不容有妥协。但是，这种树本来是异乡的，移植到这里来并不久，那个山村恐怕不会梦想到它，正如一个人不会想到他死后的坟旁要栽什么树木。

秋后，树林显出萧疏。刚过黄昏，野狗便四出寻食，有时远远在山沟里，有时近到墙外，作出种种求群求食的嗥叫的声音。更加上夜夜常起的狂风，好像要把一切都给刮走。这时有如身在荒原，所有精神方面所体验的，物质方面所获得的，都失却了功用。使人想到海上的飓风，寒带的雪潮，自己一点也不能作主。风声稍息，是野狗的嗥声，野狗声音刚过去，松林里又起了涛浪。这风夜中的嗥声对于当时的那个村落，一定也是一种威胁，尤其是对于无眠的老人，夜半惊醒的儿童和抚慰病儿的寡妇。

在比较平静的夜里，野狗的野性似乎也被夜的温柔驯服了不少。代替野狗的是麂子的嘶声。这温良而机警的兽，自然要时时躲避野狗，但是逃不开人的诡计。月色朦胧的夜半，有一二猎夫，会效仿麂子的嘶声，往往登高一呼，麂子便成群地走来。……据说，前些年，在人迹罕到的树丛里还往往有一只鹿出现。不知是这里曾经有过一个繁盛的鹿群，最后只剩下了一只，还是根本是从外边偶然走来而迷失在这里不能回去呢？反正这是近乎传说了。这美丽的兽，如果我们在庄严的松林里散步，它不期然地在我们对面出现，我们真会像是 Saint Eustache 一般，在它的两角之间看见了幻境。

两三年来，这一切，给我的生命许多滋养。但我相信它们也曾以同样的坦白和恩惠对待那消逝了的村庄。这些风物，好像至今还在述说它的运命。在风雨如晦的时刻，我踏着那村里的人们也踏过的土地，觉得彼此相隔虽然将及一世纪，但在生命的深处，却和他们有着意味不尽的关连。

家乡的过年食品

■ 叶灵凤

在我们家乡,过年的应时食品,是没有所谓煎堆、油角、芋虾一类东西的。在这几天,每家最忙碌的就是炒"炒米",每家都要炒上几升米或是几斗米(在我们家乡,米是论斗论升,从来不论斤的,只有面和面粉才是论斤的)。炒米分成两种,一种是用糯米炒成的,一种是用籼米炒成的。糯米的一种,炒的时候锅里要用砂,像炒栗一样。炒成以后,颗颗涨大,雪白如银。这类的炒米,我看香港也有,不过不一定在过年才上市,这就是所谓"米通",像萨骑马一样,是一种普通食品。但在我们家乡,这种炒米则是过年必备的食品。

这种炒米是淡的,没有糖也没有盐,吃的方法是用白开水泡,临时略加一点糖。新年亲友来拜年的时候,照例要用小碗泡一碗这样的炒米。除了孩子以外,客人总是用小茶匙吃一两匙就放下,因为它实在没有什么好吃,看来不过由于它又"甜"又"发",取一种吉兆而已。

另一种用籼米炒成的炒米,就没有糯米这么普遍。它是不用砂炒的,因此不发涨,炒的时候略放一点盐,炒成后作金黄色,这是作下午或晚间点心用的,可以用手一把一把的抓来吃,也可以放在肉汤里泡来吃。这种炒米不像糯米的那一种松而无味,泡在汤里后又香又脆,我就最爱吃这种炒米。那滋味有一点与"锅巴鱼唇"里的锅巴相似,也同样的宜乎趁热吃,时间泡得过久便松软发涨不好吃了。

　　用糯米炒成的炒米，略加糖汁使其粘连，制成像"米通"一样的食品，在我们家乡也有，不过不是长方形而是搓成圆形的，比乒乓球略大，称为"欢喜团"。大约由于它完全是白色的原故，每个要用洋红点上一点红色。这是一般"炒货"店里常备的货品，一年四季都有，不是过年的应时食品。

　　同样的，籼米炒成的黄炒米，用红糖汁粘成一个一个像光酥饼那样大小的圆饼，也是炒货店常年都有的食品，这种东西称为"炒米粑粑"。平时探访亲友，若是每样买十个，黄的是金，白的是银，到了亲戚家里不仅是很过得去的礼物，而且也是最受孩子们欢迎的。不过，这也只有外婆姑妈和老奶妈一类的人来到时，孩子们才可以吃得到，男亲戚是从来不买这类东西的。

　　至于板鸭香肠香肚，那是"年货"，不是一般家庭过年必备的，因为这类东西都不能自制。一般人家总是腌一缸腌菜，腌几块咸肉就算了。

野 店

■ 臧克家

饭店,旅社这样的名词一提上口,立刻涌上心来的是新式的华贵,如果换个野店,便另是一种情趣被唤起来了。像山村老翁头上的发辫,像被潮流冲空的石岸,时代至今还把野店留个残败的影子。

虽然说是野店,它所依傍的却是大道。几间茅草小屋,炕占去了每间的大半,留下火镰宽的一点空隙好预备你上下,这儿是大同世界,不问山南的海北的都挤在一堆,各人向着同伴谈论着,说笑着,没有"莫谈国事"的禁条贴在头上,他们可以随便放浪的吐泄,东家的鸡西邻的狗是要谈的,日本鬼子也是一个题目,因为他们中间就有许多是从东三省被迫回来的,一个小被卷是财产的全部。

房间少了,得想个法安插客人,吊铺像都市的楼房便悬起半空了,在上面睡的人钱可以略省一点。照例,店里得有马棚,大门口竖一两根柱子,等到轿车、两把手车或小车,载着什么人向这处奔来,——前面打着红布帘的是新嫁娘,不就是青春的妇女走亲戚的;痴胖可笑油光照人的是买卖家。店家小伙计见车子近了,像熟主顾似的几步抢上前去替人家卸牲口,把它们——毛驴,或是骡马牵到马棚里去,它们一点不认生地随着他,用尾巴打打后身,哙哙几声表示疲倦。

这是上等客,如果是住宿的话,单间屋得给他们特别预备。客人刚把个倦极的身子投到炕上,小伙计肩上打一块破黑烂布便进来了，要是擦脸，他立刻便把一小泥盆水打到你的脸前来，要肥皂要一条白手巾是太奢望。

"先生们做个什么饭吃？"这回该他问你了。

"有什么？"

"有大饼，有猪肉炒白菜，有熟鸡子。"如果你接着再问一句："还有什么？"那小伙计一定会闭起嘴来。愿意喝好茶的话得特别声明，不然一个大子的茶叶末喝过几十个人以后，还会再冲上一点白开水给送过来。所谓好茶也不过是几个铜板一两的大红袍，一毛一两的贡尖这儿不下货。

等茶喝你得要有耐性。白水有大铁锅煮，冲茶可不行。一根一根的草对准一把洋铁壶底挑着燎，你如果不是一个趣味主义者，时节再是炎夏，你一定等得舌尖上生刺，跑到外面去避一避辣眼的浓烟。

晚上，任何一落太阳就躺下，敢保你不会一沾席就如愿地变成一块泥。夏天的蚊子，臭虫；冬天的虱子和跳蚤最喜欢和客人开玩笑。哼哼着叫你清醒的享受一个客夜，身上留点伤痕做一个追忆的记号。还有马棚的牲口也怕主人误了行程，半夜里叫一阵，用蹄子打地咚咚一阵。当睡梦将要占有了你的临明的那一刻，店门嘭隆一声。接着小伙计的脚步动静了，一睁眼，微白的曙色使你再也朦胧不得了。套上车子，披一身星光，冒着晨风，朝曦把人引上了征途。

"鸡声茅店月，人迹板桥霜。"回头望望这一副大红门联，意味够多长呢。

门口一个破席凉棚撑着夏天的太阳，为着什么东西奔跑的行人，走在这串着天涯和故乡的热土的道，望着这凉棚像沙漠中的人望见了绿洲。三步并成一步赶上来，卸下身上的负担，扪下沾着汗水的檐溜般的布眼罩,坐在一条长凳上用草帽或是手巾扇风。几碗半冷的残色的茶水浇下去,汗马上从身上涌出来,各人身上背着一身花疏的荫凉。设若有一个像蒲留仙一样的人物,夹在这杂色的队伍里,每个人你借给他一把蕉叶,那么一部聊斋会很快地集起来。

这些人像"未有哇"(蝉之一种,在树上只有片刻的居留)一般,在这儿留一个脚印,便飞鸿似地去了,没有留恋,没有感伤,在未来的时候,他们也没想到会挂这一翅膀。水不能白喝,临走总得留下几个钱,百二八十是他,三百二百也是他,主人不会嫌太少,伙计也不会说一声谢谢。但当你起身以后,"再来!"这一句淡淡的话每回是不会忽疏的。

野店的常主顾是车伙子。他们到远一点的地方去运货贩卖,去的时候带着本乡的土产。这些车子往往成群成帮,队伍展得老长,道上的一帆尘土是他们的旗号。一走近了店口,把车子一插,用披布擦去了脸上的汗,弓弓着腰很自然地踏入了店门。因为太熟照例有称号,姓王的是王大哥,姓李的是李二哥。小伙计牵牲口倒水忙乱一起,住一会,叫一袋旱烟把粗气压下,饭上来了。半斤一张的大饼,包着大块肥肉的包子,再要几头大蒜,一块还没腌变色的老白菜帮子。吃起来有点可怕。不,不能说吃,应是是吞。看那个劲,饼如果是铁的,肚子一定变成熔炉。饭后为了消暑,走到水瓮边去,捧着大瓢的生水往下灌,声音咚咚的可以听好几步远。"掌柜的算账!"这是一闭眼的午睡醒来后的第一句话。外边算盘珠一阵响,几吊几百几十几,小伙计一口喊出来。接着是查铜子的声音,一把掌钱接到手里,含着笑走到财神位前,不远不近向大粗竹筒内一掷,哗……啦……果真是钱龙汇海了。

这些老主顾来到店里若是逢着佳节,——端阳,中秋,元宵,不用开口,半壶白干,四样小菜碟便送到眼前了。喝了不够,还可以再开一回口。不打钱,这算主人的一点小意思。不要看这是小节,主人的大量或吝啬往往作为客人去留的关键。谁不愿用百年不遇的一壶酒去做招徕的幌子?

秋天,连线的阴雨把一个远道的客人困在野店里,白天黑夜分不开界限,闷闷地用睡眠用烟打发日子。风挟着雨丝打进纸窗来,卧着,从眼缝里闪进来一片阴暗,粗人就算是不善于愁,一只孤鸿也难免于凄凉。等着,胸中灼火地等着,等到雨丝一断,他是第一个把脚印印在泥上的人。野店被撇在身后像撇了一个无情的女人。

时间把什么都变了。有了汽车转眼可以百里,"古道西风瘦马"的趣味算完了,有钱的人谁也不愿再受轿车的折磨,野店的客人因此稀少了。加以年头不对,关东客全成了穷鬼,向四方逃难的倒很多,然而他们进店来顶好不过喝一壶白开。野店是诗意的,然而今日的野店成了时代头顶残留的一条辫子了。

山 屋

■ 吴伯箫

  屋是挂在山坡上的。门窗开处便都是山。不叫它别墅，因为不是旁宅支院颐养避暑的地方；唤作什么楼也不妥，因为一底一顶，顶上就正对着天空。无以名之，就姑且直呼为山屋吧，那是很有点老实相的。

  搬来山屋，已非一朝一夕了；刚来记得是初夏，现在已慢慢到了春天呢。忆昔入山时候，常常感到一种莫名的寂寞，原来地方太偏僻，离街市太远啊。可是习惯自然了，渐渐又爱了它的幽静；何况市镇边缘上的山，山坡上的房屋，终究还具备着市廛与山林两面的佳胜呢。想热闹，就跑去繁嚣的市内；爱清闲，就索性锁在山里，是两得其便左右逢源的。倘若你来，于山屋，你也会喜欢它的吧？傍山人家，是颇有情趣的。

  譬如说，在阳春三月，微微煦暖的天气，使你干什么都感到几分慵倦；再加整天的忙碌，到晚上你不会疲惫得像一只晒腻了太阳的猫么？打打舒身都嫌烦。一头栽到床上，怕就蜷伏着昏昏入睡了。活像一条死猪。熟睡中，踢来拌去的乱梦，梦味儿都是淡淡的。心同躯壳是同样的懒啊。几乎可以说是泥醉着，糊涂着，乏不可耐。可是大大的睡了一场，寅卯时分，你的梦境不是忽然透出了一丝绿莹莹的微光么，像东风吹过经冬的衰草似的，展眼就青到了天边。恍恍惚惚的，屋前屋后有一片啾唧唽唽的闹声，像是姑娘们吵嘴，又像一群活泼泼的孩子在嘈杂乱唱；兀的不知怎么一来，那里"支幽"一响，你就醒了。立刻你听到了满山满谷的鸟叫。缥缥渺渺的那里的钟声，也嗡嗡的传了过来。你睁开了眼，窗帘后一缕明亮，给了你一个透底的清醒。靠左边一点，石工们在丁咚的凿石声中，说着呜呜噜噜的话；稍偏右边，得得的马蹄声又仿佛一路轻的撒上了山去。一切带来的是个满心的欢笑啊。那时你还能躺在床上么？不，你会霍然一跃就起来的。衣裳都来不及披一件，先就跳下床来打开窗子。那窗外像笑着似的处女的阳光，一扑就扑了你个满怀。

    呵，新的灵魂，我们在平静而清冷的早晨找到我们自己了。
              ——惠特曼《草叶集》

  那阳光洒下一屋的愉快，你自己不是都几乎笑了么？通身的轻松。那山上一抹嫩绿的颜色，使你深深的吸一口气，清爽是透到脚底的。瞧着那窗外的一丛迎春花，你自己也仿佛变作了它的一枝。

  我知道你是不暇妆梳的，随便穿了穿衣裳，就跑上山去了。一路，鸟儿们飞着叫着的赶着问"早啊？早啊？"的话，闹得简直不像样子。戴了朝露的那山草野花，遍山弥漫着，也懂事不懂事似的直对你颔首微笑，受宠若惊，你忽然骄蹇起来了，迈着昂藏的脚步三跨就跨上了山巅。你挺直了腰板，要大声嚷出什么来，可是怕喊破了那清朝静穆的美景，你又没嚷，只高高的伸出了你粗壮的两臂，像要拥抱那个温郁的骄阳似的，很久很久，你忘掉了你自己。自然融化了你，你也将自然融化了。等到你有空再眺望一下那山根尽头的大海的时候，看它展开着万顷碧浪。翻掀着千种金波灵机一动，你主宰了山、海，宇宙全在你的掌握中了。

下山，路那边邻家的小孩子，苹果脸映着旭阳，正向你闪闪招手，烂漫的笑；你不会赶着问她，"宝宝起这样早哇？姐姐呢？"

再一会，山屋里的人就是满口的歌声了。

再一会，山屋右近的路上，就是逛山的人格格的笑语了。

要是夏天，晌午阳光正毒，在别处是热得汤煮似的了，山屋里却还保持着相当的凉爽，坡上是通风的。四周的山松也有够浓的荫凉。敞着窗，躺在床上，噪耳的蝉声中你睡着了，噪耳的蝉声中你又醒了。没人逛山。樵夫也正傍了山石打盹儿。市声又远远的，只有三五个苍蝇，嗡飞到了这里，嗡又飞到了那里。老鼠都会瞅空出来看看景的吧，"蝉噪林逾静，鸟鸣山更幽，"心跳都听得见扑腾呢。你说，山屋里的人，不该是无怀氏之民么？

夏夜，自是更好。天刚黑，星就悄悄的亮了。流萤点点，像小灯笼，像飞花。檐边有吱吱叫的蝙蝠，张着膜翅凭了羞光的眼在摸索乱飞。远处有乡村味的犬吠，也有都市味的火车的汽笛。几丈外谁在毕剥的拍得蒲扇响呢？突然你听见耳边的蚊子薨薨了。这样，不怕露冷，山屋门前坐到丙夜是无碍的。

可是，我得告诉你，秋来的山屋是不大好斗的啊。若然你不时时刻刻咬紧了牙，记牢自己是个男子，并且想着"英国的孩子是不哭的"那句名言的话，你真挡不了有时候要落泪呢。黄昏，正自无聊的当儿，阴沉沉的天却又淅淅沥沥的落起雨来。不紧也不慢，不疏也不密，滴滴零零，抽丝似的，人的愁绪可就细细的长了。真愁人啊！想来个朋友谈谈天吧，老长的山道上却连把雨伞的影子也没有；喝点酒解解闷吧，又往哪里去找个把牧童借问酒家何处呢？你听，偏偏墙角的秋虫又凄凄切切唧唧而吟了。呜呼，山屋里的人其不恒然蹙眉颓然告病者，怕极稀矣，极稀矣！

凑巧，就是那晚上，不，应当说是夜里，夜至中宵。没有闭紧的窗后，应着潇潇的雨声冷冷的虫声，不远不近，袭来了一片野兽踏落叶的悉索声。呕吼呕吼，接二连三的嗥叫，告诉你那是一只饿狼或是一匹讥狐的时候，喂，伙计，你的头皮不会发胀么？好家伙！真得要蒙蒙头。

虽然，"采菊东篱下"，陶彭泽的逸兴还是不浅的。

最可爱，当然数冬深。山屋炉边围了几个要好的朋友，说着话，暖烘烘的。有人吸着烟，有人就偎依在床上，唏嘘也好，争辩也好，锁口默然也好，态度却都是那样淳朴诚恳的。回忆着华年旧梦的有，希冀着来日尊荣的有，发着牢骚，大夸其企图与雄心的也有。怒来拍一顿桌子，三句话没完却又笑了。哪怕当面骂人呢，该骂的是不会见怪的，山屋里没有"官话"啊，要讲"官话"，他们指给你，说："你瞧，那座亮堂堂的奏着军乐的，请移驾那楼上去吧。"

若有三五乡老，晚饭后咳嗽了一阵，拖着厚棉鞋提着长烟袋相将而来，该是欢迎的吧？进屋随便坐下，便尔开始了那短短长长的闲话。八月十五云遮月，单等来年雪打灯。说到了长毛，说到了红枪会，说到了税，捐，拿着粮食换不出钱，乡里的灾害，兵匪的骚扰，希望中的太平丰年及怕着的天下行将大乱：说一阵，笑一阵，就鞋底上磕磕烟灰，大声的打个呵欠，"天不早了。""总快鸡叫了。"要走，却不知门开处已落了满地的雪呢。

原来我已跑远了。急急收场："雪夜闭户读禁书。"你瞧，这半支残烛，正是一个好伴儿。

桃园杂记

■ 李广田

我的故乡在黄河与清河两流之间。县名济东,济南府属。土质为白沙壤,宜五谷与棉及落花生等。无山、多树,凡道旁田畔间约广植榆柳。县西境方数十里一带,则胜产桃。间有杏,不过于桃树行里添插些隙空而已。世之人只知有"肥桃"而不知尚有"济东桃",这应当说是见闻不广的过失,不然,就是先入为主为名声所蔽了。我这样说话,并非卖瓜者不说瓜苦,一味替家乡土产鼓吹。意在使自家人多卖些铜钱过日子,实在是因为年头不好,连家乡的桃树也遭了末运,现在是一年年地逐渐稀少了下去,恰如我多年不回家乡,回去时向人打听幼年时候的伙伴,得到的回答却是某人夭亡某人走失之类,平素从不关心,到此也难免有些黯然了。

故乡的桃李,是有着很好的景色的。计算时间,从三月花开时起,至八月拔园时止,差不多占去了半年日子。所谓拔园,就是把最后的桃子也都摘掉。最多也只剩着一种既不美观也少甘美的秋桃,这时候园里的篱笆也已除去,表示已不必再昼夜看守了。最好的时候大概还是春天吧,遍野红花,又恰好有绿柳相衬,早晚烟霞中,罩一片锦绣画图,一些用低矮土屋所组成的小村庄,这时候是恰如其分地显得好看了。到得夏天,有的桃实已届成熟,走在桃园路边,也许于茂密的秀长桃叶间,看见有刚刚点了一滴红唇的桃子,桃的香气,是无论走在什么地方都可以闻到的,尤其当早夜,或雨后。说起雨后,这使我想起布谷,这时候种谷的日子已过:是锄谷的时候了,布谷改声,鸣如"荒谷早锄",我的故乡人却呼作"光光多锄"。这种鸟以午夜至清晨之间为叫得最勤,再就是雨霁天晴的时候了。叫的时候又仿佛另有一个作吱吱鸣声在远方呼应,说这是雌雄和唱,也许是真实的事情。这种鸟也好像并无一定的宿处,只常见它们往来于桃树柳树间,忽地飞起,又且飞且鸣罢了。我永不能忘记的,是这时候的雨后天气,天空也许半阴半晴,有片片灰云在头上移动,禾田上冒着轻轻水气,桃树柳树上还带着如烟的湿雾,停了工作的农人又继续着,看守桃园的也不再躲在园屋里。——这时候的每个桃园都已建起了一座临时的小屋,有的用土作为墙壁而以树枝之类作为顶篷,有的则只用芦席作成。守园人则多半是老人或年轻姑娘。他们看桃园,同时又作着种种事情,如织麻或纺线之类。落雨的时候则躲在那座小屋内,雨晴之后则出来各处走走,到别家园里找人闲话。孩子们呢,这时候都穿了最简单衣服在泥道上跑来跑去,唱着歌子,和"光光多锄"互相答应,被问的自然是鸟,回答的言语是这样的。

   光光多锄。
   你在哪里?
   我在山后。
   你吃什么?
   白菜炒肉。
   给我点吃?
   不够不够。

在大城市里,是不常听到这种鸟声的,但偶一听到,我就立刻被带到了故乡的桃园去,而且这极简单却又最能表现出孩子的快乐的歌唱,也同时很清脆地响在我的耳里。我不听到这种唱答已经有七八年之久了。

今次偶然回到家乡,是多少年唯一的能看到桃花的一次,然而使我惊讶的,却是桃花已不再那末多了,有许多桃园都已变成了平坦的农田,这原因我不大明白,问乡里人,则只说这里的土地都已衰老,不能再生新的桃树了。当自己年幼时候,记得桃的种类是颇多的。有各种奇奇怪怪名目,现在仅存的也不过三五种罢了。有些种类是我从未见过的,有些名目也已经被我忘却。大体说来,则应当分做秋桃与接桃两种,秋桃之中没有多大异同,接桃则又可分出许多不同的名色。

秋桃是桃核直接生长起来的桃树,开花最早,而果实成熟则最晚,有的等到秋末大凉时才能上市,这时候其他桃子都已净树,人们都在惋惜着今年不曾再有好的桃子可吃了,于是这种小而多毛且颇有点酸苦味道的秋桃也成了稀罕东西。接桃则是由生长过两三年的秋桃所接成的。有的是"根接",把秋桃树干齐地锯掉,以接桃树的嫩枝插在被锯的树根上,再用土培覆起来、生出的幼芽就是接桃了。又有所谓"筐接",方法和"根接"相同,不过保留了树干,而只锯掉树头罢了。因须用一个盛土的筱筐以保护插了新枝的树干顶端,故曰"筐接"。这种方法是不大容易成功的,假如成功,则可以较速地得到新的果实。另有一种叫做"枝接",是颇有趣的一种接法:把秋桃枝梢的外皮剥除,再以接桃枝端上拧下来的哨子套在被剥的枝上,用树皮之类把接合处严密捆缚就行了,但必须保留桃子上的原有的芽码,不然,是不会有新的幼芽出生的。因此,一棵秋桃上可以接出许多种接桃，当桃子成熟时，就有各色各样的桃实了。也有人把柳树接作桃树的，据说所生桃实大可如人首，但吃起来则毫无滋味，说者谓如嚼木梨。

按熟的先后为序，据我所知道的，接桃中有下列几种：

"落丝"：当新的蚕丝上市时，落丝桃也就上市了。形椭圆，嘴尖长，味甘微酸。因为在同辈中是最先来到的一种，又因为产量较少之故，价值较高也是当然的了。

"麦匹子"：这是和小麦同时成熟的一种。形圆，色紫，味甚酸，非至全个果实已经熟透而内外皆呈紫色时，酸味是依然如故的。

"大易生"：此为接桃中最易生长而味最甘美的一种，能够和"肥桃"媲美的也就是这一种了。熟时实大而白。只染一个红嘴和一条红线。未熟时甘脆如梨，而清爽适口则为梨所不及，熟透则皮薄多浆，味微如蜜。皮薄是其优点，也是劣点，不能耐久，不能致远，我想也就是因为这个了。

"红易生"：一名"一串绛"，实小，熟时遍体作绛色，产量甚丰，缘枝累累如贯珠，名"一串绛"，乃言如一串红绛绕枝，肉少而味薄，为接挑中之下品。

"大芙蓉"：形浑圆，色全白，故一名"大白桃"，夏末成熟，味甘而淡。又有"小芙蓉"，与此为同种，果实较小，亦曰"小白桃"。

"胭脂雪"：此为接桃中最美观的一种，红如胭脂，白如雪，红白相匀，说者所谓如美人颜，味不如"大易生"，而皮厚经久。此为桃类中价值最高者。

"铁巴子"：叶细小，故亦称"小叶子"，"铁巴子"谓不易摇落，既生摘亦须稍费力气，实小，味甘，现已绝种。另有"齐嘴红"一种，以状得名，不多见。

有一种所谓"磨枝"的,并非桃的另一种类,乃是紧靠着桃枝结果,因之被桃枝磨上了疤痕的桃子,奇怪处是这种桃子特别甘美,为担桃挑的桃贩所不取,但我们园里人则特意在枝叶间探寻"磨枝"来自己享用。为什么这种挑子会特别甘美呢,到现在也还不能明白。另有所谓"桃王"的,我想这大概只是一种传说罢了。据云"桃王"是一种特大的桃子,生在最繁密的枝叶间,长青不老,为一园之王,当然,一个桃园里也就只能有这么一个了。有"桃王"的桃园是幸福的,因为园里的桃子会格外丰美,甚至可以取之不竭。但假如有人把这"桃王"给摘掉了,则全园的桃子也将殒落净尽。这是奇迹,幼年时候每每费尽了工夫去发现"桃王",但从未发现过一次,也不曾听说谁家桃园里发现过。

桃是我们家乡的重要土产,有些人家是藉了桃园来辅助一家生活之所需的。这宗土产的推销有两种方法;一是靠了外乡小贩的运贩,他们每到桃季便肩了挑子在各处桃园里来往;另一种方法,就是靠着流过地方的那两条河水了。当"大易生"和"胭脂雪"成熟的时候,附近两河的码头上是停泊了许多帆船的,从水路再转上铁路,我们的桃子是被送到其他城市人民的口上去了:我很担心,今后的桃园会更变得冷落,恐怕不会再有那末多吆吆喝喝的肩挑贩,河上的白帆也将更见得稀疏了吧。

土地的誓言

■ 端木蕻良

对于广大的关东原野，我心里怀着挚痛的热爱。我无时无刻不听见她呼唤我的名字，我无时无刻不听见她召唤我回去。我有时把手放在我的胸膛上，我知道我的心还是跳动的，我的心还在喷涌着热血，因为我常常感到它在泛滥着一种热情。当我躺在土地上的时候，当我仰望天上的星星，手里握着一把泥土的时候，或者当我回想起儿时的往事的时候，我想起那参天碧绿的白桦林，标直漂亮地在原野上呻吟；我看见奔流似的马群，深夜嗥鸣的蒙古狗，我听见皮鞭滚落在山涧里的脆响；我想起红布似的高粱，金黄的豆粒，黑色的土地，红玉的脸庞，黑玉的眼睛，斑斓的山雕，奔驰的鹿群，带着松香气味的煤块，带着赤色的足金；我想起幽远的车铃，晴天里马儿戴着串铃在溜直的大道上跑着，狐仙姑深夜的谰语，原野上怪诞的狂风……这时我听到故乡在召唤我，故乡有一种声音在召唤着我。她低低地呼唤着我的名字，声音是那样的急切，使我不得不回去。我总是被这种声音所缠绕，不管我走到哪里，即使我睡得很沉，或者在睡梦中突然惊醒的时候，我都会突然想到是我应该回去的时候了。我必须回去，我从来没想过离开她。这种声音是不可阻止的，是不能选择的。这种声音已经和我的心取得了永远的沟通。当我记起故乡的时候，我便能看见那大地的深层，在翻滚着一种红熟的浆液，这声音便是从那里来的。在那亘古的地层里，有着一股燃烧的洪流，像我的心喷涌着血液一样。这个我是知道的，我常常把手放在大地上，我会感到她在跳跃，和我的心的跳跃是一样的。它们从来没有停息，它们的热血一直在流，在热情的默契里它们彼此呼唤着，终有一天它们要汇合在一起。

  土地是我的母亲，我的每一寸皮肤，都有着土粒；我的手掌一接近土地，心就变得平静。我是土地的族系，我不能离开她。在故乡的土地上，我印下我无数的脚印。在那田垄里埋葬过我的欢笑，在那稻颗上我捉过蚱蜢，在那沉重的镐头上留着我的手印。我吃过我自己种的白菜。故乡的土壤是香的。在春天，东风吹起的时候，土壤的香气便在田野里飘扬。河流浅浅地流过，柳条像一阵烟雨似的窜出来，空气里都有一种欢喜的声音。原野到处有一种鸣叫，天空清亮透明，劳动的声音从这头响到那头。秋天，银线似的蛛丝在牛角上挂着，粮车拉粮回来，麻雀吃厌了，这里那里到处飞。稻禾的香气是强烈的，辗着新谷的场院辘辘地响着，多么美丽，多么丰饶……没有人能够忘记她。我必定为她而战斗到底。土地，原野，我的家乡，你必须被解放！你必须站立！夜夜我听见马蹄奔驰的声音，草原的儿子在黎明的天边呼唤。这时我起来，找寻天空中北方的大熊，在它金色的光芒之下，乃是我的家乡。我向那边注视着，注视着，直到天边破晓。我永不能忘记，因为我答应过她，我要回到她的身边，我答应过我一定会回去。为了她，我愿付出一切。我必须看见一个更美丽的故乡出现在我的面前——或者我的坟前。而我将用我的泪水，洗去她一切的污秽和耻辱。

下雨天，真好

■ 琦 君

我问你，你喜欢下雨吗？你会回答说："喜欢，下雨天富于诗意，叫人的心宁静，尤其是夏天，雨天里睡个长长的午觉该多舒服。"可是你也许会补充说："但别下得太久，像那种黄梅天，到处湿漉漉的，闷得叫人转不过气来。"

告诉你，我却不然。我从来没有抱怨过雨天，雨下了十天、半月，甚至一个月，屋子里挂满万国旗似的湿衣服，墙壁地板都冒着湿气，我也不抱怨。我爱雨不是为了可以撑把伞兜雨，听伞背滴答的雨声，就只是为了喜欢那下不完雨的雨天。为什么，我说不明白，好像雨天总是把我带到另一个处所，离这纷纷扰扰的世界很远很远。在那儿，我又可以重享欢乐的童年，会到了亲人和朋友，游遍了魂牵梦萦的好地方。优游、自在。那些有趣的好时光啊，我要用雨珠的链子把它串起来，绕在手腕上。

今天一清早，掀开帘子看看，玻璃上已撒满了水珠，啊，真好，又是个下雨天。

守着窗儿，让我慢慢儿回味吧。我那时才六岁呢，睡在母亲暖和的手臂弯里，天亮了，听到瓦背上哗哗哗的雨声，我就放心了。因为下雨天长工不下田，母亲不用老早起来做饭，可以在热被窝里多躺会儿。这一会儿工夫，就是我最幸福的时刻，我舍不得再睡，也不让母亲睡，吵着要她讲故事。母亲闭着眼睛，给我讲雨天的故事。

有一个瞎子,雨天没有伞,一个过路人看他可怜,就打着伞一路送他回家。瞎子到了家,却说那把伞是他的,还请来邻居评理,说他的伞有两根伞骨是用麻线绑住的,伞柄有一个窟窿。说得一点也不错。原来他一面走一面用手摸过了,伞主人笑了笑,就把伞让给他了。我说这瞎子好坏啊!母亲说,不是坏,是因为他太穷了,伞主想他实在应当有把伞,才把伞给他的,伞主是个好心人。在曦微的晨光中,我望着母亲的脸,她的额角方方正正,眉毛是细细长长的,眼睛也眯成一条线。教我认字的老师说菩萨慈眉善目,母亲的长相大概也跟菩萨一个样子吧。

　　雨下得愈大愈好,檐前马口铁落水沟叮叮当当地响,我就合着节拍唱起山歌来。母亲一起床,我也就跟着起来,顾不得吃早饭,就套上叔叔的旧皮靴,顶着雨在院子里玩。阴沟里水满了,白绣球花瓣飘落在烂泥地和水沟里。我把阿荣伯给我雕的小木船漂在水沟里,中间坐着母亲给我缝的大红"布姑娘"。绣球花瓣绕着小木船打转,一起向前流。我跟着小木船在烂泥地里踩水,吱嗒吱嗒的响。直到老师来了才被捉进书房。可是下雨天老师就来得晚,他有脚气病,像大黄瓜的肿腿,穿钉鞋走田埂路不方便。我巴不得他摔个大筋斗掉在水田里,就不会来逼我认方块字了。

　　天下雨,长工们就不下田,都蹲在大谷仓后面推牌九。我把小花猫抱在怀里,自己再坐在阿荣伯怀里,等着阿荣伯把一粒粒又香又脆的炒胡豆剥了壳送到我嘴里,胡豆吃够了再吃芝麻糖,嘴巴干了吃柑子。肚子鼓得跟蜜蜂似的。一双眼睛盯着牌九,黑黑的四方块上白点点,红点点。大把的铜子儿一会儿推到东边,一会儿推到西边。谁赢谁输都一样有趣。我只要雨下得大就好,雨下大了他们没法下田,就一直这样推牌九推下去。老师喊我去习大字,阿荣伯就会去告诉他:"小春肚子痛,喝了午时茶睡觉了。"老师不会撑着伞来谷仓边找我的。母亲只要我不缠她就好,也不知我是否上学了,我就这么一整天逃学。下雨天真好,有吃有玩,长工们个个疼我,家里人多,我就不寂寞了。

潮湿的下雨天,是打麻线的好天气,麻线软而不会断。母亲熟练的双手搓着细细的麻线,套上机器,轮轴呼呼地转起来,雨也跟着下得更大了。五叔婆和我帮着剪线头,她是老花眼,母亲是近视眼,只有我一双亮晶晶的眼睛最管事。为了帮忙,我又可以不写大小字。懒惰的四姑一点忙不帮,只伏在茶几上,唏呼唏呼抽着鼻子,给姑丈写情书。我瞄到了两句:"下雨天讨厌死了,我的伤风老不好。"其实她的鼻子一年到头伤风的,怨不了下雨天。

五月黄梅天,到处黏塌塌的,母亲走进走出地抱怨,父亲却端着宜兴茶壶,坐在廊下赏雨。院子里各种花木,经雨一淋,新绿的枝子,顽皮地张开翅膀,托着娇艳的花朵冒着微雨,父亲用旱烟管点着它们告诉我这是丁香花,那是一丈红。大理花与剑兰抢着开,木樨花散布着淡淡的幽香。墙边那株高大的玉兰花开了满树,下雨天谢得快,我得赶紧爬上去采,采了满篮子送左右邻居。玉兰树叶上的水珠都是香的,洒了我满头满身。

唱鼓儿词的总是下雨天从我家后门摸索进来,坐在厨房的条凳上,咚咚咚地敲起鼓子,唱一段秦雪梅吊孝,郑元和学丐。母亲一边做饭,一边听。泪水挂满了脸颊,拉起青布围裙擦一下,又连忙盛一大碗满满的白米饭,请瞎子先生吃,再给他一大包的米。如果雨一直不停,母亲就会留下瞎子先生,让他在阿荣伯床上打个中觉,晚上就在大厅里唱,请左邻右舍都来听。大家听说潘宅请听鼓儿词,老老少少全来了。宽敞的大厅正中央燃起了亮晃晃的煤气灯,发出嘶嘶嘶的声音。煤气灯一亮，我就有做喜事的感觉，心里说不出的开心。大人们都坐在一排排的条凳与竹椅上，紫檀木镶大理石的太师椅里却挤满了小孩。一个个光脚板印全印在茶几上。雨哗哗地越下越大，瞎子先生的鼓咚咚咚地也敲得愈起劲。唱孟丽君，唱秦雪梅，母亲和五叔婆她们眼圈都哭得红红的，我就只顾吃炒米糕、花生糖。父亲却悄悄地溜进书房作他的"唐诗"去了。

八九月台风季节，雨水最多，可是晚谷收割后得靠太阳晒干。那时没有气象报告，预测天气好坏全靠有经验的长工和母亲抬头看天色。云脚长了毛，向西北飞奔，就知道有台风要来了。我真开心，因为可以套上阿荣伯的大钉鞋，到河边去看涨大水。母亲皱紧了眉头对着走廊下堆积如山的谷子发愁，几天不晒就要发霉的呀，谷子的霉就是一粒粒绿色的曲。母亲叫我和小帮工把曲一粒粒拣出来，不然就会愈来愈多的。这工作好好玩，所以我盼望天一直不要晴起来，曲会愈来愈多，我就可以天天滚在谷子里拣曲，不再读书了。母亲端张茶几放在廊前，点上香念太阳经，保佑天快快放晴。太阳经我背得滚瓜烂熟，我也跟着念，可是从院子的矮墙头望出去，一片迷蒙。一阵风，一阵雨，天和地连成一片，看不清楚，看样子且不会晴呢，我愈高兴，母亲却愈加发愁了。母亲何苦这么操心呢。

到了杭州念中学了，下雨天就可以坐叮叮咚咚的包车上学。一直拉进校门，拉到慎思堂门口，下雨天可以不在大操场上体育课，改在健身房玩球，也不必换操衣操裤。我最讨厌灯笼似的黑操裤了。从教室到健身房有一段长长的水泥路，两边碧绿的冬青，碧绿的草坪，一直延伸到健身房后面。同学们起劲地打球，我撑把伞悄悄地溜到这儿来，好隐蔽，好清静。我站在法国梧桐树下，叶子尖滴下的水珠，纷纷落在伞背上，我心里有一股凄凉寂寞之感，因为我想念远在故乡的母亲。下雨天,我格外想她。因为在幼年时,只有雨天里,我就有更多的时间缠着她,雨给我一份靠近母亲的感觉。

星期天下雨真好,因为"下雨天是打牌天",姨娘讲的。一打上牌,父亲和她都不再管我了。我可以溜出去看电影,邀同学到家里,爬上三层楼"造反",进储藏室偷吃金丝蜜枣和巧克力糖,在厨房里守着胖子老刘炒香喷喷的菜,炒好了一定是我吃第一筷。晚上,我可以丢开功课,一心一意看《红楼梦》,父亲不会衔着旱烟管进来逼我背《古文观止》。稀里哗啦的洗牌声,夹在洋洋洒洒的雨声里,给我一万分的安全感。

如果我一直不长大,就可一直沉浸在雨的欢乐中。然而谁能不长大呢?人事的变迁,尤使我于雨中俯仰低徊。那一年回到故乡,坐在父亲的书斋中,墙壁上"听雨楼"三个字是我用松树皮的碎片拼成的。书桌上紫铜香炉里,燃起了檀香。院子里风竹萧疏,雨丝纷纷洒落在琉璃瓦上,发出叮咚之音,玻璃窗也砰砰作响。我在书橱中抽一本白香山诗,学着父亲的音调放声吟诵。父亲的音容,浮现在摇曳的豆油灯光里。记得我曾打着手电筒,穿过黑黑的长廊,给父亲温药。他提高声音吟诗,使我一路听着他的声音,不会感到冷清。可是他的病一天天沉重了,在淅沥的风雨中,他吟诗的声音愈来愈低,我终于听不见了,永远听不见了。

杭州的西子湖,风雨阴晴,风光不同,然而我总喜欢在雨中徘徊湖畔。从平湖秋月穿林阴道走向孤山,打着伞慢慢散步。心沉静得像进入神仙世界。这位宋朝的进士林和靖,妻梅子鹤,终老是乡,范仲淹曾赞美他"片心高与月徘徊,岂为千钟下钓台。犹笑白云多自在,等闲因雨出山来"。想见这位大文豪和林处士徜徉林泉之间,留连忘返的情趣。我凝望着碧蓝如玉的湖面上,低斜的梅花,却听得放鹤亭中，响起了悠扬的笛声。弄笛的人向我慢慢走来，他低声对我说："一生知己是梅花。"

我也笑指湖上说："看梅花也在等待知己呢。"雨中游人稀少，静谧的湖山，都由爱雨的人管领了。衣衫渐湿，我们才同撑一把伞绕西泠印社由白堤归来。湖水湖风，寒意袭人。站在湖滨公园，彼此默默相对。"明亮阳光下的西湖，宜于高歌；而烟雨迷濛中的西湖，宜于吹笛。"我幽幽地说。于是笛声又起，与潇潇雨声相和。

二十年了，那笛声低沉而遥远，然而我，仍能依稀听见，在雨中……

芙蓉城

■ 罗念生

燕京城像一个武士,虽是极尽雄壮与尊严,但不免有几分粗鲁与呆板;芙蓉城像一个文人,说不尽的温文,数不完的雅趣。芙蓉城的地基相传是西王母大发慈悲,用香灰在水面炼成的:城中从来不敲五更,因为敲了便会沉没;不信,掘地三尺便可见水,好像历城一样到处都是水源。这城在一个高原的盆地中央,四围环绕着"蓊郁千山峰"。西望灌县的雪岭犹如在瑞士望阿尔卑斯山的雪影一般光洁。春天来时,山上的积雪融化了,洪水暴发,流到一个极大的堰内;堰边筑着一道长堤,防范这水泛滥。这堤比黄河的堤防还更坚实,还更紧要,特派一员县令治理;倘若疏心一点,那座城池顷刻就会变作汪洋。堰内的水力比起奈阿格拉瀑布的还强:磨成水电,全省可以不烧柴炭。从这堰口分出几十支河流,网状般荟萃在岷沱二江,芙蓉城就在这群水的中央。谷雨时节,堤边开放一道水门,让清亮的雪水流下盆地给农家灌溉。这些农田多是方方块块的,有古井田的遗风,也就像我们顶新派诗人底"整齐主义"一样美。这儿的土壤很肥沃,一年计有三次收获;今天割了麦,明天便插秧,眼见黄金换成翡翠。这儿也许冷,但冷的不让结冰;也许吹风,但不准沙石飞扬;也许有尘埃,但不致污秽你的美容;这儿云多,云多是这儿的光彩:"锦屏云起易成霞",所以南边的邻省叫做"云南"。

"蜀先人肇自人皇",在很古时代,就有人想到西方的"古天府";

但那时无路可通,"秦开蜀道置金牛",才辟了一条"金牛道"。后来发现了西方有灵气,"大耳儿"据了芙蓉城南面称尊;至今少城内还遗存一座金銮宝殿,恍惚京师的太和殿一般尊严华丽。不久,又有一位风流皇帝在马嵬驿抛了爱妃,逃到"夭回镇":他望见那儿有一团异氛,忙命太子返斾兴师;自己却跑到芙蓉城乐享天年。如今改朝换代,还有人觉得那儿山川险峻,可攻可守;所以我们的国父戎机不顺时,想进去闭关休养;常胜将军"匹马单刀白帝城",也逗留在那边疆上,一心想进驻芙蓉城。

芙蓉城对穿九里半,周绕四十里。从孟昶开端,城上遍植芙蓉,硕美鲜艳。"二十四城芙蓉花,锦官自昔称繁花"。中央有少城,也有一座煤山。西南角石牛寺旁有块"支机石",高与人齐,略带青紫,相传是织女的布机坠下人间;还有一块尖锐的"天涯石",生在宝光寺,象征远行人的壮志。城中古迹要数文翁兴学的"石室",君平算命的卜肆,扬雄的"子云亭"和他抄太玄经的洗墨池。

西郊外可寻访相如的古琴台,在市桥西岸,也就是文君当垆涤器的地方。北门外可望凤凰山,满生着青蔚的梧桐。山旁有驷马桥,相如当日豪语道:"不乘高车驷马,不过此桥。"附近有昭觉寺,寺大僧多,古柏苍翠。明代的"和尚天子"曾在那儿选高僧辅佐诸王,可知名器的隆重了。

东关外有望江楼,不亚于黄鹤楼的举目空旷;前人有半边对字,缺少下联:"望江楼,望江流,望江楼上望江流,江楼千古,江流千古。"旁有一口古井,每个名士,每个游人都要取点井水来品尝:因为多才多色的薛涛的香魂潜没在井中,所以这水就香艳名贵了。江上顶好玩是端午的龙舟竞渡:名士、美人、观客,重重叠叠聚在江边;耳听火炮一响,龙舟鸣金击鼓奔向彩舫;忽然一只酒醉的水鸭从舫上飞下，群龙怎样奋勇也擒不住它。江水流到峨嵋山麓，转变黑了，特产一种美味的墨鱼，相传东坡洗砚台染黑了的。

南郊不远就到武侯祠。祠有几抱大的古柏，传说是孔明亲手植的，恍惚像孔林的枯桧。这老柏有些灵怪，不逢盛世，不发青枝。祠内竹林修茂，气象森威；先帝的衣冠坟像一个山头，横斜着楠木几本。正殿上有副匾联："三分割据纡筹策，万古云霄一羽毛。"殿旁古式的草亭里存放着空城计弹用的古弦琴，亭周题满了名句，还记得几字："问先生所弹何调，居然退却十万雄兵？"想司马氏见了，当如何懊恼。到如今依然祭祀隆重，时有过客瞻拜；庙宇重修，正梁是千里外运来的一根"乌木"。

南门口有一道长拱的石桥，很像颐和园的十七洞桥。"万里桥西一草堂"，逆流西上，行过很长的芦花小径，直通"草堂寺"。寺门很古雅，两旁题着："花径不曾缘客扫，蓬门今始为君开"，你见了也必心中荣幸，充满了无边的诗意。石砌上的苔痕，垣墙外的野草，虬干的古梅，清幽的竹径，都是杜公从前的诗料。堂前有一方很深的池塘，塘内养着许多鱼鳖，有的白鲤已长到"丈大丈长"。如果你抛下一块面饼，那些鱼会成团起来吞食，嘴皮伸到水面有茶碗样大，吞起东西来"通通"地响。一个暮春晚上，杜公在池畔吟诗未成，忽觉青蛙叫得烦腻，他用朱笔在蛙的头上点了一点，封它到十里外去唤"哥哥"：所以如今草堂寺的青蛙头上有一点红痣。逢到四月十九"浣花节"，你可邀约良朋，泛舟到草堂，摆一台"浣花宴"，醉酒赋诗，极尽雅人雅事。

出寺不远就到百花潭，又叫浣花溪：水涯竹木丛生，天然幽韵；这溪水用来濯锦，格外鲜明，薛涛曾取这水制造十色笺。"百花潭水即沧浪"，后人因爱慕这名句，在溪边的柏林里年年春天举办"花朝会"。全省的花卉宝器都送到那儿赛会,远近的人都爱到那儿观赏。城内的戏园、茶社、酒肆、商场,和音乐、武艺、球戏等娱乐都移到花会去。见天有成千成万的游客观花玩景:会场内笑声与管弦合奏,美色与名花斗艳。妇女们更有别样的心事,进青羊宫道院去摸弄青羊,许下求嗣的心愿。你高兴可以到处游玩,有何首乌,有灵芝草,江安的竹器,精巧玲珑,峨眉山的"峨尖",清甜适口。倦了,你踏进酒家酌饮几杯,别忘了当垆的美人。醉后,你醺醺的在十里花圃中息芳香,看美色,这艳福几生修到!

芙蓉,你的自然美妙,你的文艺精英,我还不曾描出万一。愿你永葆天真,永葆古趣,多发几片绿叶,多开几朵鲜花;别给楼高车快的文明将你污秽了,芙蓉!

> 自跋:我有次乘驴到西山踏雪,那位驴夫从戎游过四川,他频频向我赞叹蜀中风景:"喝,那才是真山真水啦!……呵唷唷!先生,北京简直不成,……你瞧,那雪里的西山还不是笨头笨脑的,一点儿也不秀气。……呵唷唷!……我这辈子再也别想进川了。……喝,那才是真山真水啦!……这是驴夫随心吐出的诗话,我因想起蜀中的风物值得介绍。昨晚梦归故乡,见八对鸳鸯在妩媚的江边觅食,心中莫名的高兴,起来便写就这文。"

枣花香

■ 李健吾

一阵风来,我闻到了枣花香,我站住朝四面望:空落落的胡同,只有几个小孩子匍匐在洞外,拍地上的硬纸玩。右首街墙里是一家院子。沿墙有一颗枣树,扶疏的嫩叶随着细长的枝丫在半空摇摆。靠里还有一颗体态龙钟的枣树,一树轻盈的小叶,正好横在邻人的房上。年高的、年少的,都给人一种生气蓬勃的感觉。鲁迅《秋夜》的描绘忽然亮在我的眼前:

"在我的后园,可以看见墙外有两株树,一株是枣树,还有一株也是枣树。"

重复在这里,给秋夜引出意想不到的寂寞的战斗的诗意。叶子落尽了,干枝子还像枪、戟一般直指着月亮。而今不同了,初夏的清晨,处处是乐观的意兴。我朝东走,太阳迎面照来,我才离开江南,北京已经变成江南。两颗枣树,一老一幼,都在开着小黄花。

于是我闻到一阵阵的枣花香。

不凑到枣树枝子跟前,很难辨出叶子掩翳的米色小花来。这些谦虚的小花,像飘香的桂花那样不惹眼,却不像桂花样有口皆碑。八月桂花香。广州的桂花一年四季开。可是花谢了,枝头什么也不留下来。我为枣花叫屈:花谢了,枝头留下密密麻麻的枣子。

枣子!枣子!

五岁前后的景象忽然涌到我的心头。我提着一个小瓦罐,里面装着半罐井水，跟着姐姐和家里人，走进一片枣林。说是枣林，其实枣树长在畦垄上，三两丈远才一棵，并不妨害庄稼。初夏我在地里跑，一定闻到了香味；可是我对香味有感情，却远在成年以后，因为欣赏芳香是要年龄的。我之所以跟着姐姐到枣林来，一方面是由于游戏的心情，一方面自然还有馋痨的心思。成百上千的枣子，青里透红，挂在枝头，该多吸引每一个小孩子啊！姐姐举着竿子，学大人打枣虫，什么枣虫我不记得，反正不像是北京小孩子说的那种形象可怖的洋拉子。虫子打下来，我就捡起来放在有水的瓦罐里。不过捡不捡全看我的高兴。我只是跟在姐姐后头专拣她错打下来的枣子罢了。

人家把我们那边的枣子叫做"相枣"。我的母亲姓相，是北相镇人，娘家没有直系亲人，不过总算还有所谓娘家人，偶尔带我回一趟娘家。秋冬之交，车过地头，望见柿子像受了冻似的那样红，就央人摘下低枝的柿子给我吃。我边吃，边跟着车跑，兴致很高，不过没有吃生枣的兴致高。相枣大概是从北相镇得名的吧，我对没有亲姥姥家的北相镇也有好感。

那些可爱的生枣，个子如同小娃娃的拳头，咬一口，又甜又脆，咬好几口，才能咬完老大的枣，"囫囵吞枣"是不行的，我对相枣的记忆这样深，那年带着孩子们逛北京的西山，吃着樱桃沟的枣子，清脆可口，孩子们赞不绝口，我这个五十岁的老头子，离开家乡的土地四十多年了，尽管吃过各地方的好枣子，说起枣子好吃来，还是热情地把安邑县（今为运城县）的枣子夸成了世界上唯一无二的枣子。孩子们缺乏我的童年，只好将信将疑地由我夸口。过了几年，表弟从猗氏县（今为临猗县）来，带了一包枣子给我，我指给孩子们看，傲形于色道："看枣子多大！肉多厚！"我分了几小包，转送给我的亲戚长辈，孝敬之中，未尝不多少含有夸耀的意思。往往有人问我什么地方人，我的回答总是："山西安邑人，《史记》上说的'安邑千树枣'的安邑。"有一千棵枣树，还必须是安邑的枣树，司马迁认为"与千户侯等"，想见安邑枣子的名气大，来历久了。我怎么能不引以为荣呢？

猗氏县的枣子当然也有名，晋朝的郭璞给《尔雅》作注，就指明："今河东猗氏县出大枣子，如鸡蛋。"猗氏县和安邑县是近邻，树种自然还是一个。河东的枣树都应当归在相枣一类。《尔雅》把河东的枣子叫做"洗大枣"，小时候我也听人把家乡枣子叫做"洗枣"，想必自古以来就有这种称谓，就有这种大枣的荣誉了。据说陕西邠县有一种枣子，比"洗大枣"还大。也许是吧，不过一定还是从河东移植过去的。否则，邠县的人怎么把自己的枣子叫做"晋枣"呢？我为家乡的枣子骄傲。

站在北京的胡同里，闻着街墙上空的枣花香，我想起了家乡的枣子。我明白各地的枣子有各地枣子的特色，只是它们和我的童年无关，哪怕是国色天香，我也只能说来话短。是啊，我多想回到五岁前后，在家乡的地头，边捡枣虫，边吃半青不红的枣子啊！

水　碓

■ 陆　蠡

谁曾听到急水滩头单调的午夜的碓声么？

那往往是在远离人居的沙滩上，在嘈嘈切切喁喁自语的流水的潆涯，在独身的鸱枭学着哲人的冥想的松林的边际，在拳着长腿缩着颈肚栖宿着黄鹭的短丛新柳的旁边，偶时会有一只犰狳从林间偷偷地跑出来到溪边饮水，或有水獭张皇四顾地翘起可笑的须眉，远处的山麓会传来两三声觅食的狼嗥，鱼群在暗夜里逆流奔逐上急湍，鳍尾泼水的声音好像溪上惊飞的凫鸟，翅尖拍打着水面的匀而急促的哒哒水花的溅声。

那往往是雨雪交加的冬令，天地凝冻成一块，这孤独的水碓更冷落得出奇了。况当深夜，寒风陡生，这没有蔽隐的水碓便冰冻得像地狱底。茅草盖的屋篷底下隐藏着麻雀，见人灯火也不畏避，它们完全信赖人们的慈悲，虽则小脑中在忐忑，而四周冷甚于冰，这水碓里尚有一丝温暖呢。

那往往是岁暮的时节，家家都得预备糕和饼，想借此讨好诱惑不徇情的时光老人，给他们一个幸福的新年。于是便不惜宝贵的膏火，夜以继日地借自然的水力挥动笨重的石杵，替他们舂就糕饼的作料和粉，于是这平时仅供牧羊人和拾枯枝的野孩儿打盹儿玩着"大虫哺子"的游戏的水碓，便日夜的怒吼起来了。

那是多么可怜的水碓啊！受了冷、热、燥、湿，褪成灰白色的稻草帘，片片地垂下来，不时会被呼啸的朔风吹开一道阔缝。水风复从地底穿上来。守碓人乃不胜其堕指裂肤的寒冷。篷顶的角上垂着缀满粉粒的蛛网，好像夏日清晨累累如贯珠的一串缀满晓露的蛛网一样，不过前者是更细密不透明的罢了。地上的一隅，一只洋铁箱里放着一盏油灯，因为空气太流动，荧荧如豆的黄绿的灯光在不停的颤动。一双巨大的石杵单调地吼着。守碓人盘坐着的膝盖麻木了，受了这有规则的碓声的催眠，忘了身在荒凉的沙滩，忘了这将残的岁暮，忘了这难辨于麻木的感觉的寒冷，忘了主人严峻的嘱咐，在梦着家中壁角上粗糙的温暖的被窝，灶前熊熊的炉火，和永远不够睡的漫长的冬夜，于是眼睛便蒙上了。

当我听到这沉重的午夜的碓声，就不能不想到街邻的童养媳来。她是贫家的女儿，为了养不活便自幼把她许给一家糕饼店的作童养媳了。她那时是十五岁，丈夫年仅十一。她处身在别人都是"心头肉"的儿女们中间，"她是一根稗草，无缘无故落到这块田里，长大起来的，"一如人家往常骂她的话。她承受了凡是童养媳所应受的虐待和苛遇：饥饿、鞭挞，拿绳缠在她的指上，灌上火油点着来烧。冬天给她穿洋布衫，夏天给她穿粗布，叫她汲水、牵磨、制糕饼、做粗动细，凡是十五岁不应做的事都做了。而更残酷的便是每每在冬夜叫她独个去守水碓，让巨灵般的杵臼震怖她稚弱的灵魂，让黑夜的恐怖包围着她，让长夜无休息的疲劳侵蚀她，听说终于在一个将近除夕的冬夜里，被石杵卷进臼里，和糕饼粉捣成了肉酱，听说这粉还多拌上一些红糖做成饼子出卖哩！于是我便咒诅这午夜号吼的碓声，咒诅这吃食那些和着人血的糕饼的人。而我愿意会有一天一根蛛丝落在半明半灭的灯火上，把整个稻草篷点上了烈火，燔毁这杀人的臼杵。或有夏日的山洪，把水碓连泥带土的冲流漂没，不让有人知道这人间血腥的故事,不让林中食母的鸱枭讥我们和它一样的自食同类。而目前,我只有掩上临溪的窗户,用被蒙住头,不让隔岸的碓声传进来罢了。

野 渡

■ 柯 灵

你可曾到过浙东的水村？——那是一种水晶似的境界。

村外照例傍着个明镜般的湖泊，一片烟波接着远天。跑进村子，广场上满张渔网，划船大串列队般泊在岸边。小河从容向全村各处流去，左右萦回，彩带似的打着花结，把一个村子分成许多岛屿。如果爬到山上鸟瞰一下，恰像是田田的荷叶。——这种地理形势，乡间有个"荷叶地"的专门名词。从这片叶到那片叶，往来交通自非得借重桥梁了，但造了石桥，等于在荷叶上钉了铁链，难免破坏风水，因此满村架的都是活动的板桥，在较阔的河面，便利用船只过渡。

渡头或在崖边山脚，或在平畴野岸，邻近很少人家，系舟处却总有一所古陋的小屋临流独立。——是"揉渡"那必系路亭，是"摇渡"那就许是船夫的住所。

午后昼静时光，溶溶的河流催眠似的低吟浅唱，远处间或有些鸡声虫声。山脚边忽传来一串俚歌，接着树林里闪出一个人影，也许带着包裹雨伞，挑一点竹笼担子，且行且唱，到路亭里把东西一放，就蹲在渡头，向水里捞起系在船上的"揉渡"绳子，一把一把将那魁星斗似的四方渡船，从对岸缓缓揉过，靠岸之后，从容取回物件，跳到船上，再拉着绳子连船带人曳向对岸。或者另一种"摆渡"所在，荒径之间，远远来了个外方行客，惯走江湖的人物，站到河边，扬起喉咙叫道：

"摆渡呀！"

四野悄然，把这声音衬出一点原始的寂寞。接着对岸不久就发出橹声，一只小船咿咿呀呀地摇过来了。

摇渡船的仿佛多是老人，白须白发在水上来去，看来极其潇洒，使人想到秋江的白鹭。他们是从年轻时就做起，还是老去的英雄，游遍江湖，破过运命的罗网，而终为时光所败北，遂不管晴雨风雪，终年来这河畔为世人渡引的呢？有一时机我曾谛视一个渡船老人的生活，而他却像是极其冷漠的人。

这老人有家，有比他年轻的妻，有儿子媳妇，全家就住在渡头的小庙里。生活虽未免简单，暮境似不算荒凉；但他除了为年月所刻成的皱纹，脸上还永远挂着严霜似的寒意。他平时少在船上，总是到有人叫渡时才上船，平常绝少说话，有时来个村中少年，性情急躁，叫声高昂迫促一点，下船时就得听老人喃喃的责骂。

老人生活所需，似乎由村中大族祠堂所供给，所以村人过渡的照例不必花钱。有些每天必得从渡头往返的，便到年终节尾，酬谢他一些米麦糕饼。客帮行脚小贩，却总不欠那份出门人的谦和礼数，到岸时含笑谢过，还掏出一二铜子，玱琅一声，丢到船肚，然后挑起担子，摇着鼓儿走去。老人也不答话，看看这边无人过渡，便又寂寞地把船摇回去了。

每天上午是渡头最热闹的时候，太阳刚升起不久，照着翠色的山崖和远岸，河上正散着氤氲的雾气，赶市的村人陆续结伴而来了，人多时俨然成为行列，让老人来来回回地将他们载向对岸；太阳将直时从市上回村，老人就又须忙着把他们接回。

一到午后，老人就大抵躲进小庙，或在庙前坐着默然吸他的旱烟,哲人似的许久望着远天和款款的流水。

天晚了,夕阳影里,又有三五人影移来,寂寞而空洞地叫道:
"摆渡呀!"

那大抵是从市上溜达了回来的闲人,到了船上,还剌剌地谈着小茶馆里听来的新闻,夹带着评长论短,讲到得意处,清脆的笑声便从水上飞起。但老人总是沉默着,咿咿呀呀地摇他的渡船,仿佛不愿意听这些庸俗的世事。

一般渡头的光景,总使我十分动心。到路亭闲坐一刻,岸边徘徊一阵,看看那点简单的人事,觉得总不缺乏值得咀嚼的地方。老人的沉默使我喜欢,而他的冷漠却引起我的思索。岂以为去来两岸的河上生涯,未免过于拘束,遂令那一份渡引世人的庄严的工作,也觉得对他过于屈辱了吗?

吃家乡饭

■ 张中行

诌文,题目宜于简化,以上所写就是如此,说全了应该是,我也喜欢吃家乡饭,甚至更喜欢吃家乡饭。明眼的读者一眼便可以看出,我是旧病复发,想说粗茶淡饭可以比高级餐馆的珍馐甚至胜过高级餐馆的珍馐的偏见。是不是这样?难答,因为三言两语说不清楚。只好顾左右而言他,即述而不答。是几天以前,承有四轮车阶级某君的好意,接往京东香河县的故乡过中秋节。我虽然杂事不少,却乐得去。理由可以高雅,诗云"月是故乡明"是也。也可以不高雅,即不花车钱而可以吃几顿家乡饭。家乡饭也略有家乡的花样,只说其中的一顿晚饭,是我看到厨房之侧小屋陈列的新白薯、新花生、嫩玉米之后点的。我说:"中午酒足饭饱,晚饭不管你们吃什么,我一定是这陈列的三种,外加一碗玉米渣粥。"主人慨然应允,是因为还记得我刚说过的"狐死首丘"的理论和心情。

说起狐死首丘,也是一言难尽。我们家乡离北京不远,可是语音有小别。小别有难于说清楚的,是韵味。极少数有显著分别,如"看不出来",普通话或京腔,"来"读阳平,我们家乡读阴平。普通话不用这个音,所以撇京腔的人听了会觉得怯;我则仍坚守月是故乡明的原则,不只不觉得怯,反而感到亲切。总之,回到家乡,白天逛集市,杂人入目,杂话入耳,都觉得好;入夜,不只月明,连蟋蟀叫声也显得特别清灵。话扯远了,还是说题内的吃。我老了,己身的一切零件都降级，包括胃口，具体说是连烤鸭都像是不那么好吃了。有时遇见惜老怜贫的好心人，包括家门之内的，问想吃点什么，我总是不假思索就回答："想吃小时候在家乡吃的，当然没有。"这也许是狐死首丘的心理在起作用，但又不全是，因为心理之外还有道理。

　　道理之一是分量轻的，来自感觉。家乡饭，以我想吃而吃不着的为限，也颇有一些。举一点点为例。一种是中秋节的芝麻红糖夹心蒸饼，一种是黄米面豆馅的黏火烧，都很好吃，论料，很平常，论工，不细，可是在家乡之外没见过。而且不只此也，即以玉米渣粥而论，我们家乡是用大锅烧柴煮，火停还不吃，任灶膛内的余火烤。还记得小时候，愿意争第一个去铲锅底，吃稠而带锅巴的，兼听铲下急促的咕嘟咕嘟的声音。所有这些，都不值常出入高级餐馆的诸位一笑，那就算做阿Q的偏爱未庄精神也好，反正我喜欢，不当说假的。

　　道理之二是分量重的，涉及风气，是至少我认为，关于吃，不管是什么人，什么场面，都应该吸取家乡精神，就是：主要是求饱，也可以求好；但不必再加码，追求不必要的浪费。所以这样说，需要略加解释。由浪费说起。这有来自形的，比如把萝卜削成各种花，让鱼高举尾巴，名为松鼠，我就以为大可不必，因为到嘴里还是同样的味道。浪费有来于料的，如死鱼翅，比活鲤鱼价贵百倍，吃，尤其请客，看重前者而轻视后者，我也以为大可不必。浪费还有来于量的，更常见，是凡名为宴的，都要以菜多为胜，以致尝到一半就不想再举箸。我们家乡饭就不是这样，比如吃京东名产的肉饼，就只此一味，至多再加一碗汤或一碗粥而已。就一定不及皇家的一百二十品吗？我看也未必。仍以己身的感受为例，是吃过新白薯、新花生、嫩玉米以及玉米渣粥之后，我回到北京，承某公好意，请吃四川菜,一桌不足十人,菜大大小小总不少于二十几品吧,只记得东坡肘子味道不坏,其他都忘了,因为肚子不需要,也就没有觉得好吃。肚子不需要而仍上菜不止,主人的心态大概是,熊掌已经吃不下,还要上驼蹄羹,只有这样才能表现"我有嘉宾,鼓瑟吹笙"的盛意。用意似乎未可厚非。其实内涵并不这样简单,因为用上菜不止的办法以表现敬客的用意,已经成为风,就不能不有更深的根。这根,至少我看,是一种价值观,具体说是:钱和享受就是荣誉。我们都知道,引导兼督促人,干这个不干那个,荣誉信念的力量是如何大。历史上,有不少可敬的人为昏君死了,有不少可爱的人为尚未谋面的名义上的丈夫死了,因为这样可以获得荣誉。不错,推崇忠贞的时代,富厚也不能算做坏事;但其时的价值观不是单一的,比如说,寒素,俭朴,至少是有些人,包括大名人司马温公在内,以为也颇不坏。现在不同了,价值观几乎成为单一,比如说,十万元户比万元户,价值必高十倍;吸进口烟,用千元以上打火机,自己也觉得飘飘在天上了。语云,草上之风必偃。于是而吃,就以入高级餐馆、上贵菜不止、吃少量、剩大量为荣了。什么菜?说穿了不过是,我有钱,可以摆超过一般人的谱儿。也许是因为我没钱,嫉妒人有,对于用钱摆谱儿,如在公共车上所见,十指戴四五个金戒指,餐馆中所见,山珍海馐堆满桌,总是不免于顿生厌恶之感。

  显然,这样的不礼貌话会引起有些人的反感,所以还需要辩解几句。古人说:"饮食男女,人之大欲存焉。"我是常人,自然也要饮食男女,因而也就不反对茹毛饮血为(间或)吃烤鸭,(更间或)吃红烧鱼翅,变父母之命、媒妁之言为花前月下卿卿我我。这说堂皇了是由野蛮趋向文明,除禅师以外是都应该赞成的吧?还是单说吃,我反对的是以多花钱为荣誉,即摆谱儿。理由有浅深两种。

浅是放眼全国，看大众，我们还不配，也就不应该。深呢，可说的像是不少，只说两点。其一是就文明或向上说，如果视摆谱儿为荣誉居然成为风气，历来书面上传为有价值的，如知识、道德、科学、艺术之类，也就无影无踪了吧？其二是就诗意说，算做偏见也罢，我总觉得，相知，少则三二，多则三五，相聚，把酒闲谈，诗意总是与下酒物的简约有不解缘的，所谓"盘飧市远无兼味，樽酒家贫只旧醅"是也。到此，既已请来杜老助威，我就无妨来一句总而言之的大话，是，家乡饭，不只好吃，还可以上升为精神，使在吃的方面惯于摆谱儿的诸公对照着想想。

　　说起想，由家乡饭不由得又引起来一阵怅惘，一不做，二不休，也就说一说。读者诸君大概会以为，这是因为想吃而吃不着，所以因嘴馋而心烦。但情况并不如此单纯。说来也有三四年了，一位乡友凌公住在城内我住处的附近，他夫人一半居乡，一半来京城，每到在城内，一定在星期三（我二、三、四在城内）招待我吃晚饭。言明是家乡饭。凌夫人年过花甲，长期居乡，自然也只能做家乡饭。但做得好，比如特产的京东肉饼，她加些青菜，反而比家乡名餐馆纯肉的好吃。且说近三四年来，已经记不清有多少次，在凌公的家里吃家乡饭。所吃也有些花样，其中有些是由家乡带来的，都市见不到，就既感到新鲜，又可以温儿时之梦，所以特别有意见。有意思就值得描写，只述说有那么一次，凌夫人刚从家乡来，当然要带来一些土产，我照例去吃晚饭。依家乡旧习，凌夫人是先做而后（在厨房）吃，我和凌公是先吃而不做。下酒菜是家乡带来的，一冷，拌豆腐丝，一热，炸咯喳盒。白酒，凌公三两，我半两，之后是肉饼，最后是玉米渣粥。吃时的感受不好说，只好说吃后，是还想吃，可惜肚子已经不能容纳。参加各种形式的宴会没有这种感觉，而是菜尝到一半就没有兴趣再下箸，可见原因未必是不合口味，而是违背了圣人之道，所谓过犹不及。家乡饭简，不过，味道有乡土气息，至少是我觉得，有张季鹰的诗意。然而不幸，我这鲈鱼莼菜的美梦做得照常兴高采烈的时候，忽然传来消息，凌夫人病了，送往医院。记得是星期二上午，我赶往医院。知道是脑溢血，在急救室抢救。我同亲属多人围在病床四周，都默默地看着。忽然凌公像是想起什么，冲着我说："前天还算计，这个星期三吃什么，想不到……"他落了泪，我也落了泪。凌夫人终于没有救过来，不久就乘灵车回家乡了。从此，在北京我就不再有吃家乡饭的机会，也就不能不更加增强了对家乡饭以及其精神的怀念。

月是故乡明

■ 季羡林

每个人都有个故乡，人人的故乡都有个月亮。人人都爱自己故乡的月亮。事情大概就是这个样子。

但是，如果只有孤零零一个月亮，未免显得有点孤单。因此，在中国古诗文中，月亮总有什么东西当陪衬，最多的是山和水，什么"山高月小"，"三潭印月"等等，不可胜数。

我的故乡是在山东西北部大平原上。我小的时候，从来没有见过山，也不知山为何物。我曾幻想，山大概是一个圆而粗的柱子吧，顶天立地，好不威风。以后到了济南，才见到山，恍然大悟：原来山是这个样子呀！因此，我在故乡里望月，从来不同山联系。像苏东坡说的"月出于东山之上，徘徊于斗牛之间"，完全是我无法想象的。

至于水，我的故乡小村却大大地有。几个小苇坑占了小村一多半。在我这个小孩子眼中，虽不能像洞庭湖"八月湖水平"那样有气派，但也颇有一点烟波浩渺之势。到了夏天，黄昏以后，我在坑边的场院里躺在地上，数天上的星星。有时候在古柳下面点起篝火，然后上树一摇，成群的知了飞落下来，比白天用嚼烂的麦粒去粘要容易得多。我天天晚上乐此不疲，天天盼望黄昏早早来临。

到了更晚的时候，我走到坑边，抬头看到晴空一轮明月，清光四溢，与水里的那个月亮相映成趣。我当时虽然还不懂什么叫诗兴，但也顾而乐之，心中油然有什么东西在萌动。有时候在坑边玩很久，才回家睡觉。在梦中见到两个月亮叠在一起,清光更加晶莹澄澈。第二天一早起来,到坑边苇子丛里去捡鸭子下的蛋,白白地一闪光,手伸向水中,一摸就是一个蛋。此时更是乐不可支了。

我只在故乡呆了六年,以后就离乡背井,漂泊天涯。在济南住了十多年,在北京度过四年,又回到济南呆了一年,然后在欧洲住了近十一年,重又回到北京,到现在已经十多年了。在这期间,我曾到过世界上将近三十个国家,我看过许许多多的月亮。在风光旖旎的瑞士莱芒湖上,在平沙无垠的非洲大沙漠中,在碧波万顷的大海中,在巍峨雄奇的高山上,我都看到过月亮。这些月亮应该说都是美妙绝伦的,我都异常喜欢。但是,看到他们,我立刻就想到我故乡中那个苇坑上面和水中的那个小月亮。对比之下,无论如何我也感到,这些广阔世界的大月亮,万万比不上我那心爱的小月亮。不管我离开我的故乡多少万里,我的心立刻就飞来了。我的小月亮,我永远忘不掉你!

我现在已经年近耄耋,住的朗润园是燕园胜地。夸大一点说,此地有茂林修竹,绿水环流,还有几座土山,点缀其间。风光无疑是绝妙的。前几年,我从庐山休养回来,一个同在庐山休养的老朋友来看我。他看到这样的风光,慨然说:"你住在这样的好地方,还到庐山去干嘛呢!"可见朗润园给人印象之深。此地既然有山,有水,有树,有竹,有花,有鸟,每逢望夜,一轮当空,月光闪耀于碧波之上,上下空蒙,一碧数顷,而且荷香远溢,宿鸟幽鸣,真不能不说是赏月胜地。荷塘月色的奇景,就在我的窗外。不管是谁来到这里,难道还能不顾而乐之吗?

然而,每值这样的良辰美景,我想到的仍然是故乡苇坑里的那个平凡的小月亮。见月思乡,已经成为我经常的经历。思乡之病,说不上是苦是乐，其中有追忆，有惆怅，有留恋，有惋惜。流光如逝，时不再来。在微苦中实有甜美在。

　　月是故乡明，我什么时候能够再看到我故乡的月亮呀！我怅望南天，心飞向故里。

老　家

■ 孙　犁

前几年，我曾诌过两句旧诗："梦中每迷还乡路，愈知晚途念桑梓。"最近几天，又接连做这样的梦：要回家，总是不自由；请假不准，或是路途遥远。有时决心起程，单人独行，又总是在日已西斜时，迷失路途，忘记要经过的村庄的名字，无法打听。或者是遇见雨水，道路泥泞；而所穿鞋子又不利于行路，有时鞋太大，有时鞋太小，有时倒穿着，有时横穿着，有时系以绳索。种种困扰，非弄到急醒了不可。

也好，醒了也就不再着急，我还是躺在原来的地方，原来的床上，舒一口气，翻一个身。

其实，"文化大革命"以后，我已经回过两次老家，这些年就再也没有回去过，也不想再回去了。一是，家里已经没有亲人，回去连给我做饭的人也没有了。二是，村中和我认识的老年人，越来越少，中年以下，都不认识，见面只能寒暄几句，没有什么意思。

那两次回去，一次是陪伴一位正在相爱的女人，一次是在和这位女人不睦之后。第一次，我们在村庄的周围走了走，在田头路边坐了坐，蘑菇也采过，柴火也拾过。第二次，我一个人，看见亲人丘陇，故园荒废，触景生情，心情很坏，不久就回来了。

现在，梦中思念故乡的情绪，又如此浓烈，究竟是什么道理呢？实在说不清楚。

我是从十二岁离开故乡的。但有时出来，有时回去，老家还是我固定的窠巢，游子的归宿。中年以后，则在外之日多，居家之日少，且经战乱，行居无定。及至晚年，不管怎样说和如何想，回老家去住，是不可能的了。

是的，从我这一辈起，我这一家人，就要流落异乡了。

人对故乡，感情是难以割断的，而且会越来越萦绕在意识的深处，形成不断的梦境。

那里的河流，确已经干了，但风沙还是熟悉的。屋顶上的炊烟不见了，灶下做饭的人，也早已不在。老屋顶上长着很高的草，破漏不堪。村人故旧，都指点着说："这一家人，都到外面去了，不再回来了。"

我越来越思念我的故乡，也越来越尊重我的故乡。前不久，我写信给一位青年作家说："写文章得罪人，是免不了的。但我甚不愿因为写文章，得罪乡里。遇有此等情节，一定请你提醒我注意！"

最近，有朋友到我们村里去了一趟，给我几间老屋拍了一张照片，在村支书家里，吃了一顿饺子。关于老屋，支书对他说："前几年，我去信问他，他回信说：也不拆，也不卖，听其自然，倒了再说。看来，他对这几间破房，还是有感情的。"

朋友告诉我：现在村里，新房林立；村外，果木成林。我那几间破房，留在那里，实在太不调和了。

我解嘲似的说："那总是一个标志，证明我曾是村中的一户。人们路过那里，看到那破房，就会想起我，念叨我。不然，就真的会把我忘记了。"

但是，新的正在突起，旧的终归要消失。

水仙花

■ 钟敬文

我们地方的水仙花,都是省(广州)港(香港)来的,每当腊月时候,少数往来省港商户,便从那里运了一二筐回来。这种东西,在我们地方上是不大有"消头"的,除了一些有钱的富家或行店,及少数对于他有爱好的性癖之人,别的人再不买这个。它的价目,在数年前,大约每棵只消几个铜板。后来越卖越贵,今年已经要两三角钱才能买得一个了。可是,这种东西,是有产阶级的用品,虽然价值高贵一点,也没什么难买卖,即使消额可能比前几年减少一些。

水仙花,我们这里的人,也有呼它做"石蒜"的。大约以其根茎叶形象相似之故罢。我幼年的时候,家里每年的水仙花,都是靠我们对门店那位叶先生雕刻的,——我们这里种水仙花,大都先把它剥去了外衣和略施雕刻,然后放进水钵里去滋养。等到它将开花的时候,才转装进那盛着清水和白石的瓷瓶里。也有些把它栽种在盛着黑泥的花盆里,直到花开花谢,再也不更易的。可是,这乃极少数的例外。现三数年来,可就不然。我们种的水仙花,既然不止两三棵,做雕刻的工夫的,也再不是那雕刻水仙花的名手的叶先生。我的大哥,已替了他做这种工作,并且做的比别人的都好。

我的大哥,我看他确是很丰富于艺术天才之禀赋的。因为他从来对于自然的或技术的东西,都深饶欣赏的热情与评判的眼光。有时,他偶然涉笔,写出几个字或画出几朵花,总有一种生动超拔的意味。自然,他为了自少缺乏美好教育的陶冶与现在压迫于艰重的生活的担负之下的缘故,所有的才力,千万中不能发展其一二。但他潜伏着的奇特的本能,是可以从他无意中的一言一笔领略出来的。巧于雕刻水仙花,和对于它的爱好的心情,这是很微小而无奇的,但我从此想到他被淹没的美丽的心情,与优异的技能,便禁不住戚然于心了!

为的去年残腊的时候,多了几阵严寒,今年的水仙花就赶不及在元旦这几天开放。家人都觉得有点寂寞。我哥哥的心里,想来更要比我们郁闷吧。

天总是这么阴郁而撒着雨。案头的水仙花满含着愁意的活着。那雪白的花片,黄金的盏儿,及阵阵泛溢的香潮,却长是寂寂地无闻。

我闷得慌了,提起毛笔,随意在纸上涂了一首七绝,末两句云:

　　碧桃石蒜无消息,
　　添得春愁细雨中。

我所生长的地方

■ 沈从文

　　拿起我这支笔来,想写点我在这地面上二十年所过的日子,所见的人物,所听的声音,所嗅的气味,也就是说我真真实实所受的人生教育,首先提到一个我从那儿生长的边疆僻地小城时,实在不知道怎样来着手就较方便些。我应当照城市中人的口吻来说,这真是一个古怪地方!只由于两百年前满人治理中国土地时,为镇抚与虐杀残余苗族,派遣了一队戍卒屯丁驻扎,方有了城堡与居民。这古怪地方的成立与一切过去,有一部《苗防备览》记载了些官方文件,但那只是一部枯燥无味的官书。我想把我一篇作品里所简单描绘过的那个小城,介绍到这里来。这虽然只是一个轮廓,但那地方一切情景,却浮凸起来,仿佛可用手去摸触。

　　一个好事人,若从一百年前某种较旧一点的地图上去寻找,当可在黔北、川东、湘西一处极偏僻的角隅上,发现了一个名为"镇筸"的小点。那里同别的小点一样,事实上应当有一个城市,在那城市中,安顿下三五千人口。不过一切城市的存在,大部分皆在交通、物产、经济活动情形下面,成为那个城市枯荣的因缘,这一个地方,却以另外一种意义无所依附而独立存在。试将那个用粗糙而坚实巨大石头砌成的圆城作为中心,向四方展开,围绕了这边疆僻地的孤城,约有七千多座碉堡,二百左右的营汛。碉堡各用大石块堆成,位置在山顶头,随了山岭脉络蜿蜒各处走去;营汛各位置在驿路上,布置得极有秩序。这些东西在一百八十年前，是按照一种精密的计划，各保持相当距离，在周围数百里内，平均分配下来，解决了退守一隅常作"蠢动"的边苗"叛变"的。两世纪来满清的暴政，以及因这暴政而引起的反抗，血染红了每一条官路同每一个碉堡。到如今，一切完事了，碉堡多数业已毁掉了，营汛多数成为民房了，人民已大半同化了。落日黄昏时节，站到那个巍然独在万山环绕的孤城高处，眺望那些远近残毁碉堡，还可依稀想见当时角鼓火炬传警告急的光景。这地方到今日，已因为变成另外一种军事重心，一切皆用一种迅速的姿势在改变，在进步，同时这种进步，也就正消灭到过去一切。

　　凡有机会追随了屈原溯江而行那条长年澄清的沅水，向上游去的旅客和商人，若打量由陆路入黔入川，不经古夜郎国，不经永顺、龙山，都应当明白"镇筸"是个可以安顿他的行李最可靠也最舒服的地方。那里土匪的名称不习惯于一般人的耳朵。兵卒纯善如平民，与人无侮无扰。农民勇敢而安分，且莫不敬神守法。商人各负担了花纱同货物，洒脱单独向深山中村庄走去，与平民作有无交易，谋取什一之利。地方统治者分数种：最上为天神，其次为官，又其次才为村长同执行巫术的神的侍奉者。人人洁身信神，守法爱官。每家俱有兵役，可按月各自到营上领取一点银子，一份米粮，且可从官家领取二百年前被政府所没收的公田耕耨播种。城中人每年各按照家中有无，到天王庙去杀猪，宰羊，磔狗，献鸡，献鱼，求神保佑五谷的繁殖，六畜的兴旺，儿女的长成，以及作疾病婚丧的禳解。人人皆依本分担负官府所分派的捐款，又自动地捐钱与庙祝或单独执行巫术者。一切事保持一种淳朴习惯，遵从古礼；春秋二季农事起始与结束时，照例有年老人向各处人家敛钱，给社稷神唱木傀儡戏。

旱暵祈雨，便有小孩子共同抬了活狗，带上柳条，或扎成草龙，各处走去。春天常有春官，穿黄衣各处念农事歌词。岁暮年末，居民便装饰红衣傩神于家中正屋，捶大鼓如雷鸣，苗巫穿鲜红如血衣服，吹镂银牛角，拿铜刀，踊跃歌舞娱神。城中的住民，多当时派遣移来的戍卒屯丁，此外则有江西人在此卖布，福建人在此卖烟，广东人在此卖药。地方由少数读书人与多数军官，在政治上与婚姻上两面的结合，产生一个上层阶级，这阶级一方面用一种保守稳健的政策，长时期管理政治，一方面支配了大部分属于私有的土地，而这阶级的来源，却又仍然出于当年的戍卒屯丁。地方城外山坡上产桐树杉树，矿坑中有朱砂水银，松林里生菌子，山洞中多硝。城乡全不缺少勇敢忠诚适于理想的兵士，与温柔耐劳适于家庭的妇人。在军校阶级厨房中，出异常可口的菜饭，在伐树砍柴人口中，出热情优美的歌声。

地方东南四十里接近大河，一道河流肥沃了平衍的两岸，多米，多橘柚。西北二十里后，即已渐入高原，近抵苗乡，万山重叠，大小重叠的山中，大杉树以长年深绿逼人的颜色，蔓延各处。一道小河从高山绝涧中流出，汇集了万山细流，沿了两岸有杉树林的河沟奔驶而过，农民各就河边编缚竹子作成水车，引河中流水，灌溉高处的山田。河水长年清澈，其中多鳜鱼，鲫鱼，鲤鱼，大的比人脚板还大。河岸上那些人家里，常常可以见到白脸长身见人善作媚笑的女子。小河水流环绕"镇筸"北城下驶，到一百七十里后方汇入辰河，直抵洞庭。

这地方又名凤凰厅，到民国后便改成了县治，名凤凰县。辛亥革命后，湘西镇守使与辰沅道皆驻节在此地。地方居民不过五六千，驻防各处的正规兵士却有七千。由于环境的不同，直到现在其地绿营兵役制度尚保存不废,为中国绿营军制唯一残留之物。

我就生长到这样一个小城里,将近十五岁时方离开。出门两年半回过那小城一次以后,直到现在为止,那城门我不曾再进去过。但那地方我是熟习的。现在还有许多人生活在那个城市里,我却常常生活在那个小城过去给我的印象里。

桥乡醉乡

■ 陈从周

记得十几岁回老家绍兴，一大早从钱塘江边西兴乘船，初次看到越山之秀，越水之清，陶醉在这明静的柔波里。在隐约的层翠中，水声橹声，摇漾轻奏着。穿过桥影，一个两个，接连着沿途都是，有平桥、拱桥，还有绵延如带的牵桥，这些灵珑巧妙，轻盈枕水的绍兴桥，衬托在转眼移形的各式各样的自然背景下，点缀得太妩媚明静了。清晨景色仿佛是水墨淡描的，桥边人家炊烟初起，远山只露出了峰顶，腰间一绺素练的晓雾，其下，紧接平畴，远望桥身如同云中之洞，行近了，舟入环中，园影乍碎。因为初阳刚刚上升，河面上的水气随舟自升，渐渐由浓到淡，时合时开，由薄絮而幻成轻纱。桥洞下已现出深远明快的水乡景色，素底的浅画已点染上浅绛匀绿，河的深广，山的远近，岸的宽窄，屋的多少，形成了多样的村居。粉墙竹影，水巷小桥，却构成了越中的特色。晌午船快到柯桥了，船头上隐隐望见柯桥，而这水乡繁荣的市镇亦在眼前。船夫在叫："到哉，到哉，柯桥到哉，落船在后面。"船泊柯桥之下，香喷的柯桥豆腐干，由村姑们挽着竹篮到船上来兜销，我们用此佐以菜汤下饭，虽然没有大鱼大肉，但吃得那么甘香。午后乘兴前进，船从水城门驶入市内。在我的脑海中那点缀古藤野花的水城门与斑驳大善寺塔所相依而成的古城春色，再添上岸边花白色的酒坛在水中的倒影，既整齐又明快，逗人寻思，引我浮想，是桥乡也是醉乡，在水乡、水巷中，如果没有这许多玉带、垂虹，因隔成趣，形成千变万化的空间组合，是不可能负此嘉誉的。出了绍兴城，在舟中游览了东湖，东湖是一个水石大盆景，山岩固灵，而湖中桥横堤直，岸曲洞深，景幽波明，山影、桥影、桨影、人影，神光离合，实难形容。东湖之景，得桥始彰。舟前行两岸，新绿在目，而山映夕阳，天连芳草，越远越青，却越耐人寻味。晚晴不过暂时的依恋，转眼，已现朦胧的薄暮了，望中看到桥影中的灯火影，我们的行程快结束了，这时车已到来，在客店人员的招待声中，离开了看尽越中山水的船座，它勾起了我五十年后如梦如幻、如画如诗的回忆。也就是我垂老之年尚要编写《绍兴石桥》的动力。

1954年我应浙江省文物管理委员会之邀，普查浙中古建，水游了越中的名迹遗构。后来在一个暮春的寒天，乘着乌篷船，缩身上禹陵，筹划修建工作。水寒山寂，逆风吹篷，寒不能忍，暂避桥洞之下，觉温和多了，我分外地尝到了桥的另一种滋味。至于大暑之天，桥洞又是纳凉的洞天福地，而桥头望月，桥栏乘风，桥埌迎阳，四时之景无不可爱，宜越人之爱桥，故无桥不成市，无桥不成村，无桥不成镇了。绍兴石桥之多，堪称天下第一。

小舟咿哑，帆影随衣，远山隐约，浅黛如眉，尽入圆拱平梁之中，方圆构图，画与天工争巧。水上之景，赖桥以成，绍兴有数以千座的桥，恐穷尽天下画工，无以描其飘渺凌波之态，人但知山阴道上之美，而不知桥起化工之妙。

一舟容与清波里，两岸稀疏野菜花，
山似黛眉谁淡扫，水边照影有人家。

青青隐隐水迢迢，是处人家柳下桥，
　　晓雾蒙蒙春欲醉，黄鹂几啭出林梢。

　　三步两桥接肆前，市头沽酒待尝鲜，
　　渔舟唱晚归来近，水阁人家尽卷帘。

　　这三首是我那次去安昌镇归途中写的。绍兴的村镇，其幽闲恬淡，适人乡居，确是耐人寻味、甘心终老之处。桥是在整个村镇中起着联系的作用，东家到西家，南头往北头，都要经过桥，桥与桥相连，桥与桥相望，而相隔人家白墙灰屋，倒影在水流中，水上有轻快的脚划船，有平稳的乌篷船，门前屋后皆是停舟处，船对老人小孩来讲，仿佛城市中的自行车，太方便了。

　　"小桥通巷水依依，落日闲吟到市西。柔橹一声舟自远，家家载得醉人归。"人们都称美绍兴城是水乡城市，我说绍兴是水乡村镇、水巷城市，比较妥贴一些。因为绍兴城外弥漫着广泛的河流与湖泊，村镇都安排在水上，无处不可通舟。而城市呢，周以护城河，环以城墙，有陆门水门，过去水门交通，远超陆门，那大舟小船，清晨鱼贯入城，中午或傍晚又相继返乡。城中的交通很多是水陆并行，有一路一河，有两岸夹河，亦有只存水巷，仅可通舟。所以河道是绍兴的动脉，无水未能成行。而桥名又多取吉利，每当喜庆，花轿所过之桥，在西北方向要过万安、福禄两桥，东北要过长安、宣祐两桥，往南要经五福、大庆两桥，事虽近迷信，亦可以看出绍兴桥梁之多，与人们的生活所起的紧密关系。在城市因桥所起的街景，亦就是人们所谓的水乡景色的组成中心。这些有桥与塔，桥与住宅，桥与廊，桥与寺观，桥与戏台，桥与牌坊……而建筑物中又点缀了桥。其形式大小,可说是因地制宜,极尽变化之能事。从步石、牵桥、梁桥、拱桥到三脚桥、八字桥等等,古代劳动人民凭其对石桥的巧妙运用,可以灵活自如地应付各种水上的需要,真是太伟大了。

如今新建之桥几乎只有一种拱桥形式,似乎感到太单调点吧!

> 几人识得闲中乐,邂逅风情别样浓;
> 日午闻香桥下过,乡人贻我酒颜红。

> 玉带垂虹看出水,酒旗招展舞斜阳,
> 人生只合越州乐,那得桥乡兼醉乡。

桥乡、醉乡,唯绍兴得之,在城乡风光组成起主导作用的,应该归功于桥,它是我国的石桥宝库,在世界桥梁史中占极光彩的一页。

乡居闲情

■ 钟梅音

门前一片草坪,人们日间因为火伞高张,晚上嫌它冷冷清清,除了路过,从来不愿也不屑在那儿留连;唯其如此,这才成了真正是"属于我"的一块地方,它在任何时候,静静地等候着我的光临。

站在这草坪上,当晨曦在云端若隐若现之际,可以看见远处银灰色的海面上,泛着渔人的归帆。早风穿过树梢,簌簌地像昨宵枕畔的絮语,几声清脆的鸟叫,荡漾在含着泥土香味的空气之中,只有火车的汽笛,偶然划破这无边的寂静。

骄阳如炙的下午,我常喜欢倚在树荫下,凝望着碧蓝如黛的海水,静听人家近处养的小火鸡在"软语呢喃"。实在的,我深信无论谁听了小火鸡的声音,一定不会怪我多事——把燕子的歌喉,让小火鸡掠美。那有如小儿女向母亲撒娇的情调,是这么微细、婉转,轻轻地开始第一个音,慢慢地拖长着第二个音,短促地结束了第三个音,而且有着高低抑扬,似乎在向它们的妈妈诉说什么。

新雨之后,苍翠如濯的山岗,云气弥漫,仿佛罩着轻纱的少妇,显得那么忧郁、沉默;潮声澎湃犹如万马奔腾,遥望波涛汹涌,好像是无数条白龙起伏追逐于海面群峰之间。

我更爱在天边残留着一抹桃色的晚霞,暮霭已经笼罩大地的时候,等着鸭宝宝的归来,差不多像时钟一般准确——当上学的和办公的都陆续回到家里之后,你可以看见小溪的那一头,远远地有一个白点出现了,这就是我们唯一的"披着白斗篷的队长",领着它的队伍正在向归途行进。渐渐地越游越近,一批穿着背上印满黑斑的浅褐制服的小兵,跟着它们的"队长",开始登陆,然后一个个吃力地拨动着两片利于水却又不利于土的脚掌,摇晃着颠顶臃肿的身子,傻头傻脑,急急忙忙穿过阡陌,有时一不小心滑落到田里,立刻勇敢地又爬了起来继续往前赶,唯恐会落伍似的。好不容易绕道迂回跑上了草坪,看见有人站在门边,一个个便鬼鬼祟祟偏过头去,商量不定,直到你离开了所站的地方,走得远远的,它们这才认为威胁已经解除,可以安全通过,然后一窝蜂地涌进了大门。

柔和似絮,轻匀如绢的浮云,簇拥着盈盈皓月从海面冉冉上升,清辉把周围映成二轮彩色的光晕,由深而浅,若有若无,不像晚霞那么浓艳,因而更显得素雅;没有夕照那么灿烂,只给你一点淡淡的喜悦,和一点淡淡的哀愁。

海水中央,波光潋滟,跟着月亮的越升越高,渐渐地转暗,终至于静悄悄地整个隐入夜空,只仗着几处闪烁的渔火,依稀能够辨别它的存在。

你可曾看见过月亮从乌云里露出半个脸儿的情景?我仿佛在黄昏的花园里看见过,——一朵掩藏在叶底的娇媚的白玫瑰,然而不及月的皎洁;又仿佛在古画里看见过,——一个用团扇遮面的含羞的少女,可是不及月的潇洒;那么超然地、悠然地在银河里凌波微步。

海风吹拂着,溪流呜咽着,飞萤点点,轻烟缥缈,远山近树,都在幽幽的虫声里朦胧地睡去,等待着另一个黎明的到来。

即使天空黑沉沉地压了下来,仿佛画家泼翻了墨汁在宣纸上,骤雨夹着震撼宇宙的雷声以俱来的日子,从令人心悸的闪电里,隔窗可以窥见海水像死去了,一切都在造化的盛怒之下屏住气息。然而我知道，这些都要过去的，代替而至的将是一片更美丽而清新的画图。人们都太忙了，从忙着吃奶、长牙，到忙着学走路、学说话、学念书……以至于忙着魂牵梦萦地恋爱，气急败坏地赚钱，因此忘了他们的周遭，还有这么一个可爱的世界；而我，却从一般人以为枯燥贫乏的乡居生活里，认识了它们。

绵绵土

■ 牛 汉

那是个不见落日和霞光的灰色的黄昏。天地灰得纯净,再没有别的颜色。

踏上塔克拉玛干大沙漠,我恍惚回到了失落多年的一个梦境。几十年来,我从来不会忘记,我是诞生在沙土上的。人们准不信,可这是千真万确的,我的第一首诗就是献给从没有看见过的沙漠的。

年轻时,有几年我在深深的陇山山沟里做着遥远而甜蜜的沙漠梦,不要以为沙漠是苍茫而干涩的,年轻的梦都是甜的。我的心灵从小就像有血缘关系似的向往着沙漠,我觉得沙漠是世界上最悲壮最不可驯服的野地方。它空旷得没有边沿,而我向往这种陌生的境界。

此刻,我真的踏上了沙漠,无边无沿的沙漠,仿佛天也是沙的。全身心激荡着近乎重逢的狂喜。没有模仿谁,我情不自禁地五体投地,伏在热热的沙漠上。我汗湿的前额和手心,沾了一层细细的闪光的沙。

半个世纪以前,地处滹沱河上游苦寒的故乡,孩子都诞生在铺着厚厚的绵绵土的炕上。我们那里把极细柔的沙土叫做绵绵土。"绵绵"是我一生中觉得最温柔的一个词,词典里查不到,即使查到也不是我说的意思。孩子必须诞生在绵绵土上的习俗是怎么形成的,祖祖辈辈的先人从没有解释过,甚至想都没有想过。它是圣洁的领域，谁也不敢亵渎。它是一个无法解释的活的神话。我的祖先们或许在想：人，不生在土里沙里，还能生在哪里？就像谷子是从土地里长出来一样的不可怀疑。

因此，我从母体降落到人间的那一瞬间，首先接触到的是沙土，沙土在热炕上焙得暖呼呼的。我的润湿的小小的身躯因沾满金黄的沙土而闪着晶亮的光芒，就像成熟的谷穗似的。接生的仙园老姑姑那双大而灵巧的手用绵绵土把我抚摸得干干净净，还凑到鼻子边闻了又闻，"只有土能洗掉血气"。她常常说这句话。

我们那里的老人们都说，人间是冷的，出世的婴儿当然要哭闹，但一经触到了与母体里相似的温暖的绵绵土，生命就像又回到了母体里安生地睡去。我相信，老人们这些诗一样美好的话，并没有什么神秘。

我长到五六岁光景，成天在土里沙里厮混。有一天，祖母把我喊到身边，小声说："限你两天扫一罐子绵绵土回来！""做甚用？"我真的不明白。

"这事不该你问。"祖母的眼神和声音异常庄严，就像除夕夜里求神时那种虔诚的神情。"可不能扫粗的脏的。"她叮咛我一定要扫聚在窗棂上的绵绵土，"那是从天上降下来的净土，别处的不要。"

我当然晓得。连麻雀都知道用窗棂上的绵绵土扑棱棱地清理它们的羽毛。

两三天之后我母亲生下了我的四弟。我看到他赤裸的身躯，红润润的，是绵绵土擦洗成那么红的。他的奶名就叫"红汉"。

绵绵土是天上降下来的净土。它是从远远的地方飘呀飞呀地落到我的故乡的。现在我终于找到了绵绵土的发祥地。

我久久地伏在塔克拉玛干大沙漠的又厚又软的沙上，百感交集，悠悠然梦到了我的故乡，梦到了与母体一样温暖的我诞生在上面的绵绵土。

我相信故乡现在还有绵绵土，但孩子们多半不会再降生在绵绵土上了。我祝福他们。我写的是半个世纪前的事，它是一个远古的梦。但是我这个有土性的人，忘不了对故乡绵绵土的眷恋之情。原谅我这个痴愚的游子吧。

故乡情

■ 茹志鹃

故乡随着年龄的增长,我对那些不惜万里迢迢而来寻根的人,有了一种同感。这是一种捉摸不住,讲说不清,难以言传,而又排遣不开的感情。

它好像很巨大,又好像很琐细。具体得如一撮土,一滴水。但要说它只是一撮土一滴水,又似乎绝非如此,它又大得无从搬移,无法传递,不可替代。它是天,它是地,它是山,它是水。然而它又非一般的天、地、山、水,它和民族,和祖先,和各人逝去的童年,或青年时代的岁月,和中华民族的历史,和个人的经历镶嵌在一起,盘根错节地联在一起的那个天、那个地、那个山、那个水,还有那种对别人毫无意味,对自己却无比亲切的乡音。

说实在话,世上有着许许多多比乡土更加美妙,更加怡人的地方。但独有故乡却是"我的",它像母亲一样,无可选择。美的,不够美的,都一样,是亲爱的,是"我的"。它不会让人时时挂念,却能令人终生难以忘怀。这就是故乡,人人都有的故土之情。

绍兴是我的祖籍,我没有在这里住过,对它并不熟稔。绍兴话亦只是小时候听祖母说过,但不知为什么,这里的一切都使我向往。为了探望故土,为了聆听乡音,我来到了绍兴。

坐着蚱蜢似的乌篷船，沿着小河，沙沙地擦着野生花草，经过一道一道圆拱的、半菱形的石头小桥，经过林边的埠头，那里，着青布衫的姑娘在洗衣裳，穿红球衣的小伙子在挑水。在一圈一圈的水晕里，他们好像飘动在纡青拖蓝的白云之间。

　　坐在船尾摇船的老倌，一面用脚蹬着桨，用手里的划子点拨着船的方向，一面嘴里热闹地说着话。说着路途如何的远，到的所在又是如何的偏僻，回程的生意又是如何难找，等等。当听到我们同意加他一点船钱的时候，他又大声地发出一连串的感叹词：

　　"喔唷！啧啧，这位师母真是……啊！真是……"随着那汩汩而进的小船，那乡音在故乡的水上跳着，笑着，滑着，热热闹闹地送得老远老远……

　　这一切对我都是新鲜的，但又觉很熟悉，是见过的。在哪里见的呢？说不出，也许是在梦里。

　　我曾经做过这样的梦么？

　　……

　　我提着小竹篮，两只脚踏踏实实地走在故土上了。沿着晚稻田畈当中的石板小道，浴着刚升起的太阳光，向小镇慢慢走去。在镇上一所校办的尼龙袜厂里做工的姑娘们，下了夜班回村来了。穿得山青水绿，手里提一个小竹篮，篮上盖一块新的花手帕，手帕边上伸出一双筷子，穿着布底鞋儿的脚，迈得轻轻地，迈得急急地，赶回家来了。家里的小鹅儿等她们回去切萝卜菜哩！那挑了一半的花边，也要赶紧完工；那河埠头正等她们去淘米；那太阳光也正等着她们去晒草呢！多少事啊！脚步儿更加匆匆起来。我站在路边让着道，目送走了三个，又迎来了五个，故乡的姑娘们走远了，苍黄的稻田上面增加了几只鲜艳的蝴蝶。稻蓬上面断断续续地传来了脆松松的声音:"……懊煞哉!真当是顶了石臼做戏文……"

"……伊屋里灶司菩萨,还是伊大……"

风把声音吹远了,剩下面前一条寂寂的石板路。两旁的田畈把它挤得窄窄的,细细的一条,迤逦地牵引着人向镇上而去。

这情这景,我觉得新颖,然而我熟悉,我见过的。在哪里见的呢,也许在梦里。……

小路引我走过一个小村尾,一团绿雾似的小竹园,掩映着一排白灰墙乌板门。一个五六岁的女孩,不知哪里受了委屈来,抹着眼睛。裤脚吊到小腿上,散了半边的辫子,遮着她有一点点脏的半边红脸蛋,独自寂寞地走在竹园后面。我猜,在那紧闭着的黑板门中,总有一扇是她家的。

啊!家,是了,是家。哦,故乡,没有我的家的故乡!从前,当我也像这女孩这么大的时候,你不曾好待我过。记得么,你让我走在那矻噔矻噔的石板路的深巷里,两边偌高的风火墙把我隔在外面,连想象的翅膀都无法飞越。那幼稚的想象,无非只是想到里面有一张眠床,有一碗热饭,有一点点不那么冷的暖意。这就是我心目中"家"的全体,这就是我所能有的、最美妙的想象。故乡,故乡,我在你身边做过多少次"家"的梦,多少次问过我唯一的亲人,说:"嗯奶,我们什么时候也能有一个'窝'呢?……"

没有我的"窝"的故乡啊!你未曾好好待我过,然而却在梦中无数次地使我萦回。我梦见故乡的天,故乡的地,故乡的山,故乡的水。因为,你给我的就是这些,因为,我把这些就当作我的家。我的家啊,总是席卷了所有的荒漠、贫瘠,顶着一片黄苍苍的穹苍,四周围垂着灰蒙蒙的暮霭,当中缀着一弯淡淡的孤月。反复地出现在我的梦里。多么冷啊!你冰醒了我少年时代的梦。我走了,我不能总看着你那凄恻的面容。

我也做过好的梦。那是在后来,在巍峨的孟良崮上,在马衔嚼人轻装的陇海路旁,在济南解放的捷报声里,在白雪皑皑的淮海平原上。在那冷的北方,我梦见了温暖的故乡,梦见一个青山郁郁,绿水悠悠的故乡。那里有白米饭乌干菜;有自家的冬笋;有野生的蘑菇;有鲜红的杨梅;有金黄的蜜橘;有青布蓝衫的姑娘;有母亲般的温柔关注。没有我的家的故乡,却给了远来的战士暖和和的床,热腾腾的饭。多么好的故乡,多么美的梦啊!

绕过了小村尾,石板路接着石拱桥。傍河的小镇,沿河伸开了一条街道。豆腐担连着鲜鱼摊,担儿前的人多,摊前的人少。点心店里热气腾腾,倒并不客满,布店柜台边却站了个里三层外三层,富裕的人置冬装,更富裕的人在买花的确良。立冬刚过,有人已在筹备添夏天的衣裳。有名的羊肉银水,驮着一杆秤,敞着一件盖屁股的棉袄,背脊上的面子已不知去向,露出的棉花,远看就像一件羊皮背心。一顶新的罗宋帽,高高地顶在头上,帽顶款款地歪在一边,像京戏里的武生模样。他急匆匆赶过人群,作兴要赶去宰羊。我和老友蹲在卖鱼的木盆边,挑了两尾活跳的鲫鱼,放在小篮里,任它干张合着嘴,我们自顾慢慢地走。

在回来的路上,顺便去看了那个校办的袜厂,就是宋时路上遇见那些姑娘们工作的地方。

厂,就是一个大客堂,里面坐了二十多个姑娘,摇着二十多部摇袜机,"喳喳喳"地摇完袜筒,就左一针右一针的挑袜跟,手是飞快的。挑完袜跟就"喳喳喳"地摇脚筒。

这机器，这操作，这程序，我熟悉，我见过的。不是在梦里，是真的，是在五十年之前，我暂住在杭州那危危的小阁楼里，房东聋奶奶的女儿，就整天在楼下"喳喳喳"地摇着这个。不过那时她摇的不是尼龙袜，是线袜。这"喳喳"的声音，伴着她轻轻哼的"的笃"调，让人感到凄婉和寂寞。

这机器我见过，这操作我熟悉，只是少了那凄楚的轻哼。真的，我后来梦见的情景要比这个好。那好的梦里，似乎是在一个锃亮发光的展览大厅里，一部锃亮发光的立式机器，由工人一按电钮，几秒钟就拿出了一只夹花尼龙袜。我想着我的梦，走出了那间客堂工厂。可是一抬头，只见我已走到一个建筑工地上，一大排二层楼的楼房已大致完工，只差些门窗之类、木作师傅的功夫了。人家告诉我，这是造的校舍和教室，人家又告诉我，这就是用那"喳喳"响的摇袜利润建起的。我走了，摇袜机的声音已远远地落在了后面，但是依然还是"喳喳！喳喳！"地回响在我的心里。用它陈旧的方式，古老的声音，竭尽自己所能，一圈又一圈地转着，摇着，为了三层楼的楼房，为了农民的冬装和夏衫，为了四个现代化，老老实实地奉献着自己的一切。

哦！于是在那好的梦的前面，我又看见那些盖着花手帕的小竹篮，那些穿着布鞋儿的匆匆脚步……我也该动身了，太阳已升得老老高，还有三里路要一步一步地走过去，篮里的鱼，还在干渴地张合着小嘴。

石拱桥连着石板路，石板路带我回到老友家的村头，看见路上相遇过的那些姑娘，已换下干净的新布鞋，脱下了山青水绿的新衣裳，正蹲在河埠头洗菜，正"罗罗"地唤着小鸡小鸭……我赶紧回到了不是我家的"家"里，把鱼放进淡水缸里，干搁了两个钟头的鲫鱼，居然又悠悠地游了起来。

故乡，这就是我实实在在的故乡。

脚 印

■ 王鼎钧

乡愁是美学，不是经济学。思乡不需要奖赏，也用不着和别人竞赛。我的乡愁是浪漫而略近颓废的，带着像感冒一样的温柔。

你该还记得那个传说：人死了，他的鬼魂要把生前留下的脚印一个一个都捡起来。为了做这件事，他的鬼魂要把生平经过的路再走一遍。车中、船中、桥上、路上、街头、巷尾，脚印永远不灭。纵然桥已坍了，船已沉了，路已翻修铺上柏油，河岸已变成水坝，一旦鬼魂重到，他的脚印自会一个个浮上来。

想想看，有朝一日，我们要在密密的树林里，在黄叶底下，拾起自己的脚印，如同当年捡拾坚果；花市灯如昼，长街万头攒动，我们去分开密密的人腿捡起脚印，一如当年拾起挤掉的鞋子。想想那个湖！有一天，我们得砸破镜面，撕裂天光云影，到水底去收拾脚印，一如当年采集鹅卵石。在那个供人歌舞跳跃的广场上，你的脚印并不完整，大半只有脚尖或只有脚跟。在你家门外、窗外、后院的墙外，你的灯影所及，你家梧桐的阴影所及，我的脚印是一层铺上一层，春夏秋冬千层万层，一旦全部涌出，恐怕高过你家的房顶。

有时候，我一想起这个传说就激动；有时候，我也一想起这个传说就怀疑。我固然不必担心我的一肩一背能负载多少脚印，一如无须追问一根针尖上能站多少天使。可是这个传说跟别的传说怎样调和呢？末日大限将到的时候，牛头马面不是拿着令牌和锁链在旁等候出窍的灵魂吗？以后是审判，是刑罚，他哪有时间去捡脚印？以后是喝孟婆汤，是投胎转世，他哪有能力去捡脚印？鬼魂怎能如此潇洒、如此淡泊、如此个人主义？好，古圣先贤创设神话，今圣后贤修正神话，我们只有拆开那个森严的故事结构，容纳新的传奇。

我想，拾脚印的情节恐怕很复杂，超出众所周知。像我，如果可能，我要连你的脚印一并收拾妥当。如果捡脚印只是一个人最末一次余兴，或有许多人自动放弃；如果实属必要，或将出现一种行业，一家代捡脚印的公司。至于我，我要捡回来的不只是脚印。那些歌，在我们唱歌的地方，四处都有抛掷的音符，歌声冻在原处，等我去吹一口气，再响起来。那些泪，在我流过泪的地方，热泪化为铁浆，倒流入腔，凝成铁心钢肠，旧地重临，钢铁还原成浆还原成泪，老泪如陈年旧酿。人散落，泪散落，歌声散落，脚印散落，我一一仔细收拾，如同向夜光杯中仔细斟满葡萄美酒。

也许，重要的事情应该在生前办理，死后太无凭，太渺茫难期。也许捡脚印的故事只是提醒游子在垂暮之年做一次回顾式的旅行，镜花水月，回首都有真在。若把平生行程再走一遍，这旅程的终站，当然就是故乡。

人老了，能再年轻一次吗？似乎不能，所有的方式都试验过，失败了。但是我想有个秘方可以再试，就是这名为捡脚印的旅行。这种旅行和当年逆向，可以在程序上倒过来实施，所以时光也仿佛倒流。以我而论，我若站在江头、江尾想当年名士过江成鲫，我觉得我 20 岁。我若坐在水穷处、云起时看虹，看上帝在秦岭为中国人立的约，看虹怎样照着皇宫的颜色给山化妆，我 15 岁。如果我赤足站在当初看蚂蚁打架、看鸡上树的地方让泥地由脚心到头顶感动我，我只有 6 岁。

当然，这只是感觉，并非事实。事实在海关人员的眼中，在护照上。事实是访旧半为鬼，笑问客从何处来。但是人有时追求感觉，忘记事实，感觉误我，衣带渐宽终不悔。我感觉我是一个字，被批判家删掉，被修辞学家又放回去。我觉得紧身马甲扯成碎片，舒服，也冷。我觉得香肠切到最后一刀，希望是一盘好菜。我有脚印留下吗？我怎么觉得少年十五二十时腾云驾雾，从未脚踏实地？古人说，读书要有被一棒打昏的感觉，我觉得"还乡"也是。40岁万籁无声，忽然满耳都是还乡、还乡、还乡——你还记得吗？乡间父老讲故事，说是两个旅行的人住在旅店里，认识了，闲谈中互相夸耀自己的家乡有高楼。一个说，我们家乡有座高楼，楼顶上有个麻雀窝，窝里有几个麻雀蛋。有一天，不知怎么，窝破了，这些蛋在半空中孵化，新生的麻雀就翅膀硬了，可以飞了。所以那些麻雀一个也没摔死，都贴地飞，然后一飞冲天。你想那座楼有多高，愿你还记得这个故事。你已经遗忘了太多的东西，忘了故事，忘了歌，忘了许多人名地名。怎么可能呢？那些故事，那些歌，那些人名地名，应该与我们的灵魂同在，与我们的人格同在。你究竟是怎样使用你的记忆呢？

那旅客说：你想我家乡的楼有多高。另一个旅客笑一笑，不愠不火：我们家乡也有一座高楼，有一次，有个小女孩从楼顶上掉下来了，到了地面上，她已长成一个老太太。

我们这座楼比你们那一座，怎么样？

当年悠然神往，一心想奔过去看那样的高楼，千山万水不辞远。现在呢，我想高楼不在远方，它就是故乡。我一旦回到故乡，会恍然觉得当年从楼顶跳下来，落地变成了老翁。真快，真简单，真干净！种种成长的痛苦，萎缩的痛苦，种种期许，种种幻灭，生命中那些长跑、长歌、长年煎熬、长夜痛哭，根本没有时间也没有机会发生,"昨日今我一瞬间",时间不容庸人自扰。这不是大解脱、大轻松,这是大割、大舍、大离、大弃,也是大结束、大开始。我想躺在地上打个滚儿恐怕也不能够,空气会把我浮起来。

故乡的胡同

■ 史铁生

北京很大,不敢说就是我的故乡。我的故乡很小,仅北京城之一角,方圆大约二里,东和北曾经是城墙,现在是二环路。其余的北京和其余的地方我都陌生。

二里方圆,上百条胡同密如罗网,我在其中活到四十岁。编辑约我写写那些胡同,以为简单,答应了,之后发现这岂非是要写我的全部生命?办不到。但我的心神便又走进那些胡同,看它们一条一条怎样延伸怎样连接,怎样枝枝杈杈地漫展以及怎样曲曲弯弯地隐没。

我才醒悟,不是我曾居于其间,是它们构成了我。密如罗网,每一条胡同都是我的一段历史、一种心绪。

四十年前,一个男孩艰难地越过一道大门槛,惊讶着四下张望,对我来说胡同就在那一刻诞生。很长很长的一条土路,两侧一座座院门排向东西,红而且安静的太阳悬挂西端。男孩看太阳,直看得眼前发黑,闭一会眼,然后顽固地再看太阳。因为我问过奶奶:"妈妈是不是就从那太阳里回来了"

奶奶带我走出那条胡同,可能是在另一年。奶奶带我去看病,走过一条又一条胡同,天上地上都是风、被风吹淡的阳光、被风吹得断续的鸽哨声。那家医院就是我的出生地。打完针,嚎啕之际,奶奶买一串糖葫芦慰劳我,指着医院的一座西洋式小楼说,她就是从那儿听见我来了,我来的那天下着罕见的大雪。

是我不断长大所以胡同不断地漫展呢,还是胡同不断地漫展所以我不断长大?可能是一回事。

有一天母亲领我拐进一条更长更窄的胡同,把我送进一个大门,一眨眼母亲不见了,我正要往门外跑时被一个老太太拉住,她很和蔼但是我哭着使劲挣脱她,屋里跑出来一群孩子,笑闹声把我的哭喊淹没。我头一回离家在外,那一天很长,墙外磨刀人的喇叭声尤其漫漫。这幼儿园就是那老太太办的,都说她信教。

几乎每条胡同都有庙。僧人在胡同里静静地走,回到庙去沉沉地唱,那诵经声总让我看见夏夜的星光。睡梦中我还常常被一种清朗的钟声唤醒,以为是午后阳光落地的震响,多年以后我才找到它的来源。现在俄国使馆的位置,曾是一座教堂,我把那钟声和它联系起来时,它已被推倒。那时,寺庙多也消失或改作他用。

我的第一个校园就是往日的寺庙,庙院里松柏森森。那儿有个可怕的孩子,他有一种至今令我惊诧不解的能力,同学们都怕他,他说他第一跟谁好谁就会受宠若惊,说他最后跟谁好谁就会忧心忡忡,说他不跟谁好了谁就像被判离群的鸟儿。因为他,我学习了阿谀和防备,看见了孤独。成年以后,我仍能处处见出他的影子。

十八岁去插队,离开故乡三年。回来双腿残废了,找不到工作,我常独自摇了轮椅一条条再去走那些胡同。它们几乎没变,只是往日都到哪儿去了很费猜解。在小巷深处两间低矮的屋顶下,我看见一群老人在工作,他们整日说笑着用油漆涂抹美丽的图画。我说我能参加吗?他们说当然。在那儿我拿到平生第一份工资。

那时我开始写作,开始恋爱。爱情削减着我的软弱,增添着我的梦想。母亲对未来的祈祷,可能比我的梦想还多,她在我们住的院子里种下一棵合欢树。可是合欢树长大了,母亲却永远离开了我,与我相爱的那个姑娘也远去他乡,痛苦在那片胡同里,纪念也不会完结。幸运又走进那片胡同——另一个可爱的姑娘来了,这一回她是爱人也是妻子,我把珍贵的以往说给她听,她说因此她也爱着那片胡同。

我单不知,像鸟儿那样飞在不高的空中俯看那片密如罗网的胡同,会是怎样的景象?飞在空中而且不惊动下面的人群,看一条条胡同的延伸、连接、枝枝杈杈地漫展以及曲曲弯弯地隐没,是否就能看见了命运的构造?

愁乡石

■ 张晓风

到"鹅库玛"度假去的那一天，海水蓝得很特别。

每次看到海，总有一种瘫痪的感觉，尤其是看到这碧人波心、急速涨潮的海。这种向正前方望去直对着上海的海。

"只有四百五十海里。"他们说。

我不知道四百五十海里有多远，也许比银河还遥迢吧？每次想到上海，总觉得像历史上的镐京或洛邑那样幽渺，那样让人牵起一种又凄凉又悲怆的心境。我们面海而立，在浪花与浪花之间追想多柳的长安与多荷的金陵，我的乡愁遂变得又剧烈又模糊。可惜那一片江山，每年春来时，全交付给了千林啼鸠。

明孝陵的松涛在海涛中来回穿梭，那种声音、那种色泽，恍惚间竟有那么的相像。记忆里那一片乱映的苍绿已经好虚幻好缥缈，但不知为什么，老忍不住用一种固执的热情去思念它。

有两三个人影徘徊在柔软的沙滩上，拣着五彩的贝壳。那些炫人的小东西像繁花一样地开在白沙滩上，给发现的人一种难言的惊喜。而我站在那里，无法让悲情的心怀去适应一地的色彩。

蓦然间，沁凉的浪打在我的脚上，我没有料到那一下冲撞竟有那么裂人心魄。想着海水所向的方向，想着上海某个不知名的滩头，我便有一种号哭的冲动。而哪里是我们可以恸哭的秦庭？哪里是申包胥可以流七日泪的地方？此处是异国，异国寂凉的海滩。

他们叫这一片海为中国海,世上再没有另一个海有这样美丽沉郁的名字了。小时候曾经那么神往于爱琴海,多么迷醉于想象中那么灿烂的晚霞,而现在,在这个无奈的多风的下午,我只剩下一个爱情,爱我自己国家的名字,爱这个蓝得近乎哀愁的中国海。

而一个中国人站在中国海的沙滩上遥望中国,这是一个怎样咸涩的下午!

遂想起那些在金门的日子,想起在马山看对岸的岛屿,在湖井头看对岸的何厝。望着那一带山峦,望着那曾使东方人骄傲了几千年的故土,心灵便脆薄得不堪一声海涛。那时候忍不住想到自己为什么不是一只候鸟,犹记得在每个江南草长的春天回到旧日的梁前,又恨自己不是鱼,可以绕着故国的沙滩岩岸而流泪。

海水在远处澎湃,海水在近处澎湃。海水突然地冲刷着这个古老民族的羞耻。

我木然地坐在许多石块之间,那些灰色的、轮流着被海水和阳光煎熬的小圆石。

那些岛上的人很幸福地过着他们的日子,他们在历史上从来不曾辉煌过,所以他们不必痛心;他们没有骄傲过,所以无须悲哀。他们那样坦然地说着日本话,给小孩子起日本名字,在国民学校旗杆上竖着别人的太阳旗,他们那样怡然地顶着东西、唱着歌,走在美国人为他们铺的柏油路上。

他们有他们的快乐。那种快乐是我们永远不会有也不屑有的。我们所有的只是超载的乡愁,只是世家子弟的那份茕独。

海浪冲逼而来,在阳光下亮着残忍的光芒。海雨天风,不放过旅人的悲思。我们向哪里去躲避?我们向哪里去遗忘?

小圆石在不绝的浪涛中颠簸着,灰白的色调让人想起流浪的霜鬈。我拣了几个，包在手绢里，我的臂膀遂有着十分沉重的感觉。

忽然间，就那么不可避免地忆起了雨花台，忆起那闪亮了我整个童年的璀璨景象。那时候，那些彩色的小石曾怎样地令我迷惑。有阳光的假日，满山的拣石者挑剔地品评着每一块小石子。那段日子为什么那么短呢？那时候我们为什么不能预见自己的命运？在去国离乡的岁月里，我们的箱箧里没有一撮故国的泥土，更不能想象一块雨花台石子的奢侈了。

灰色的小圆石一共七颗。它们停留在海滩上想必已经很久了，每一次海浪的冲撞便使它们更浑圆一些。

雕琢它们的是中国海的浪头，是来自上海的潮汐，日日夜夜，它们听着遥远的消息。

把七颗小石转动着，它们便发出琅然的声音，那声音里有一种神秘的回响，呢喃着这个世纪最大的悲剧。

"你拣的就是这个？"

游伴们从远远近近的沙滩上走了回来，展示着他们色彩缤纷的贝壳。

而我什么也没有，除了那七颗黯淡的灰色石子。

"可是，我爱它们。"我独自走开去，把那七颗小石压在胸口上，直压到我疼痛得淌出眼泪来。在流浪的岁月里我们一无所有，而今，我却有了它们。我们的命运多少有些类似，我们都生活在岛上，都曾日夜凝望着一个方向。

"愁乡石！"我说，我知道这必是它的名字，它决不会再有其他的名字。

我慢慢地走回去，鹅库玛的海水在我背后蓝得叫人崩溃，我一步一步艰难地摆脱它。而手绢里的愁乡石响着，响久违的乡音。

无端地，无端地，又想起姜白石，想起他的那首八归。
最可惜那一片江山，每年春来时，全交付给了千林啼鴂。
愁乡石响着，响一片久违的乡音。

　　后记：鹅库玛系冲绳岛极北端之海滩，多有异石悲风。西人设基督教华语电台于斯，以其面对上海极广大的内陆地域。余今秋曾往一游，去国十八年，虽望乡亦情怯矣。是日徘徊低吟，黯然久之。

乡 魂

■ 冯骥才

一

倘若你生长在故乡，那份乡情乡恋牵肠挂肚自不必说；倘若它只是你长辈的故土，你却出生在异地他乡，你对它的印象与情感都是从长辈那里间接获得的，这故乡对你又是怎样一种感觉？

数年前，我应邀与几位作家南下访游古迹名城，依主人安排，途经宁波一日。车子一入宁波，大家还在嘻哈交谈，我却默然不语，脸贴车窗，使劲张望着外边景物，急于想抓住什么，好跟心里的故乡勾挂一起。此时我才发现心里的故乡原是空空的。我对自己产生怀疑，面对祖父与父亲的出生地，为何毫无感应？

但它原先只是我一个符号——籍贯啊。

我不是"回"故乡，而是"来"故乡，第一次。为什么回到故乡，故乡反而没了？我渴望与故乡拥抱和共鸣，但我不知道与故乡的情感怎样接通。好似一张琴闲在那儿，谁来弹响，怎么弹响？

二

下车在街上走走，来往行人说的宁波话一入耳朵，意外有种亲切感透入心怀，驱散了令我茫然的陌生。

我很笨，一直没从祖父和父亲那里学会宁波话。但这特有的乡音仿佛是经常挂在他们嘴边的家乡的民歌,伴随着我的童年与少年。那时,尤其是来串门看望祖父的爷爷奶奶们,大都用这种话与祖父交谈。父亲平时讲普通话,逢到此时便也用这种怪腔怪调加入谈话,好像故意不叫我听懂,气得我噘起小嘴,抗议。那些老爷爷老奶奶们便说笑话逗我、哄我,但依然还说那种难懂的宁波话……这曾经叫我又气又恨的话,为什么此刻有如施魔法时的咒语,一下子把依稀往事、把不曾泯灭的旧情、把对祖父与父亲那些活生生的感觉,全都召唤回来,并逼真地、如画一般地复活了?

在天童寺,一位老法师为我们讲述这座古寺非凡的经历。他地道的宁波口音叫我如听阿拉伯语,全然不懂,我便有机会仔细去看这法师的仪容,竟然发现他与祖父的模样很像:布衣布袜,清瘦身子,慈眉善眼,尤其是光光的头顶中央有个微微隆起的尖儿。北方大汉剃了光头,见棱见角,又圆又平;宁波人歇顶后,头顶正中央便显露出这个尖儿来,青亮青亮,仿佛透着此地山水那种聪秀的灵气。我虚起眼睛再感觉一下,简直就是祖父坐在那里说话!

祖父喜欢用薄胎细瓷的小碟小碗吃饭。他晚年患糖尿病,吃米都必须先用铁锅炒过再煮。他从不叫我吃他的饭,因为炒过的米不香,也少了养分。宁波临海,吃起海鲜精熟老到。祖父吃清蒸江螺那一手真叫空前绝后,满满一勺入口,只在嘴里翻几翻,伴随着吱吱的吸吮声,再吐出来便都是玲珑精巧的空壳了。每次吃江螺,不用我邀请,祖父总会令人惊叹又神气十足地表演一番。这绝招只有父亲吃鱼吐刺的本事可以媲美。然而,祖父,你如今在哪儿呢?我心头情感一涌,忽然张开眼睛,想对老法师大叫一声:爷爷!

奇怪,祖父是在我十岁那年去世的,三十年过去了,什么原故使我要隔着岁月烟尘并如此动情地呼叫他呢?

是我走到故乡来了,还是故乡已然悄悄走进我的心中?

三

前两年,我去新加坡为"华人文艺营金狮文学奖"评奖。忽有十几位上了年纪的华人到宾馆来访,见面先送我一本刊物,封面上大写一个"冯"字。原来都是此地冯氏宗亲会的成员。华人在海外谋生,身孤力单需要支持,便组织各种同乡同族的会,彼此依傍,守望相助。每每同乡同族人有了难题,便一齐合力解纷;若是同乡同族人有了成就,就视为共荣,同喜同贺。一位冯姓长者对我说:

"你是咱冯家人的骄傲啊。"

此时我多么像在家人中间!

张张陌生的面孔埋藏着遥远的亲切。我在哪里曾经与他们相关相连?唐宋还是秦汉?我想起在黄河边望着它烟云迷漫、波光闪耀的来处,幻想着它万里之外那充满魅力的源头。同国、同乡、同肤、同姓,都有一种共同的源头感。有着共同源头的人,身上必定潜在着一个共同的生命密码,神秘地相牵。

我望见坐在侧面的一位老者消瘦、文弱、似曾相识的面孔,心有所动,问道:

"您家乡在哪儿?"

"宁波。"他一开口,便依然带着很重的乡音。

我听了,随即说:

"我们五百年前是一家,我老家也在宁波。"

他马上叫起来:"现在就是一家,我们好近呀!"随即急渴渴向我打听故乡的情形。

多亏我头年途经故乡,有点见闻,才不致窘于回答。他一边听我讲,一边忽而大发感慨:"全都不一样了,不一样了……"忽而冲动地站起来,手一指,叫着:"那是伯伯带我去捉鱼的地方!"然后逼我讲出更多细节,仿佛直要讲得往事重现才肯作罢。

我怕冷落了同座其他人,才要转换话题,那些人却笑眯眯摆手说:

"不碍事,你再给他多讲讲吧……"

他们高兴这样旁听,直听得脸上全都散发出微醺的神气,好像与我的这位老乡分享着一种特殊的幸福,那便是得以慰藉的乡恋。

这老乡情不自禁把座椅一步步挪到我身前,面对面拼命问,使劲听。可惜我只在故乡停了一天,说不出更多见闻。但我发现,我随便扯些街道的名称、旧楼的式样、蔬菜的种类,他也都视如天国珍闻,引发他一串串更多的问题,以及感叹和惊叫。我更感到故乡伟大而神奇的力量。它像一块巨大的磁石,牢牢吸住一切属于它的人们,不管背离它多久多远。似乎愈远愈久便愈感到它不可抗拒的引力……在我与这异国的华裔老乡分手之时,心中升起一份歉意。我想,我那次在故乡应该多住上几天,为了他,也为了我自己。

乡 愁

■ 三 毛

二十年前出国的时候,一个女友交在我手中三只扎成一团的牛铃。在那个时代里,没有什么人看重乡土的东西。还记得,当年的台北也没有成衣卖。要衣服穿,就得去洋裁店。拿着剪好的料子,坐在小板凳上翻那一本本美国杂志,看中了的款式,就请裁缝给做,而纽扣,也得自己去城里配。那是一个相当崇洋的时代,也因为,那时台湾有的东西不多。当我接过照片左方的那一串牛铃时,问女友哪里弄来的,她说是乡下拿来的东西,要我带着它走。摇摇那串铃,它们响得并不清脆,好似有什么东西卡在喉咙里,一碰它们,就咯咯的响上那么一会儿。

将这串东西当成了一把故乡的泥土,它也许不够芳香也不够肥沃,可是有,总比没有好。就把它带了许多年,搁在箱子里,没怎么特别理会它。

等我到了沙漠的时候,丈夫发觉了这串铃,拿在手中把玩了很久,我看他好似很喜欢这串东西的造型,将这三个铃,穿在钥匙圈上,从此一直跟住了他。

以后我们家中有过风铃和竹条铃,都只挂了一阵就取下来了。居住的地区一向风大,那些铃啊,不停的乱响,听着只觉吵闹。不如没风的地方,偶尔有风吹来,细细碎碎的洒下一些音符,那种偶尔才得的喜悦,是不同凡响的。

以后又买过成串成串的西班牙铃铛，它们发出的声音更不好，比咳嗽还要难听，就只有挂着当装饰，并不去听它们。

一次我们住在西非奈及利亚，在那物质上吃苦，精神上亦极苦的日子里，简直找不到任何使人快乐的力量。当时，丈夫日也做、夜也做，公司偏偏赖账不给，我看在眼里心疼极了，心疼丈夫，反而歇斯底里的找他吵架。那一阵，两个人吵了又好，好了又吵，最后常常抱头痛哭，不知前途在哪里，而经济情况一日坏似一日，那个该下地狱去的公司，就是硬吃人薪水还扣了护照。

这个故事，写在一篇叫做《五月花》的中篇小说中去，好像集在《温柔的夜》这本书里，在此不再重复了。就在那样沮丧的心情下，有一天丈夫回来，给了我照片右方那两只好似长着爪子一样的铃。我坐在帐子里，接过这双铃，也不想去摇它们，只是漠漠然。

丈夫对我说："听听它们有多好，你听——。"接着他把铃铛轻轻一摇。那一声微小的铃声，好似一阵微风细雨吹拂过干裂的大地，一丝又一丝余音，绕着心房打转。方要没了，丈夫又轻轻一晃，那是今生没有听过的一种清脆入谷的神音，听着、听着，心里积压了很久的郁闷这才变做一片湖水，将胸口那堵住的墙给化了。

这两只铃铛，是丈夫在工地里向一个奈及利亚工人换来的，用一把牛骨柄的刀。

丈夫没有什么东西，除了那把不离身的刀子。唯一心爱的宝贝，为了使妻子快乐，换取了那副铃。那是一把好刀，那是两只天下最神秘的铜铃。

有一年，我回台湾来教书，一个学生拿了一大把铜铃来叫我挑。我微笑着一个一个试，最后挑了一只相当不错的。之后，把那两只奈及利亚的铜铃和这一只中国铃，用红线穿在一起。每当深夜回家的时候，门一开就会轻轻碰到它们。我的家，虽然归去时没有灯火迎接，却有了声音，而那声音里，唱的是："我爱着你。"

至于左边那一串被女友当成乡愁给我的三个铜铃，而今的土产、礼品店，正有大批新新的在卖。而我的乡愁，经过了万水千山之后，却觉得，它们来自四面八方，那份沧桑，能不能只用这片脚踏的泥土就可以弥补，倒是一个大大的问号了。

忆汉家寨

■ 张承志

那是大风景和大地貌荟集的一个点。我从天山大坂上下来,心被四野的宁寂——那充斥天宇六合的恐怖一样的死寂包裹着,听着马蹄声单调地试探着和这静默碰击,不由得屏住了呼吸。

若是没有这匹马弄出的蹄声,或许还好受些。三百里空山绝谷,一路单骑,我回想着不觉一阵阵阴凉袭向周身。那种山野之静是永恒的;一旦你被它收容过,有生残年便再也无法离开它了。无论后来我走到哪里,总是两眼幻视,满心幻觉,天涯何处都像是那个铁色戈壁,都那么空旷宁寂,四顾无援。我只有凭着一种茫然的感觉,任那匹伊犁马负着我,一步步远离了背后的雄伟天山。

和北麓的蓝松嫩草判若两地——天山南麓是大地被烤伤的一块皮肤。除开一种维吾尔族语叫 uga 的毒草是碧绿色以外,岩石是酥醉的红石,土壤是淡红色的焦土。山坳折皱之间,风蚀的痕迹像刀割一样清晰,狞恶的尖石棱一浪浪堆起,布满着正对太阳的一面山坡。马在这种血一样的碎石中谨慎地选择着落蹄之地,我在曝晒中晕眩了,怔怔地觉得马的脚踝早已被那些尖利的石刃割破了。

然而,亲眼看着大地倾斜,亲眼看着从高山牧场向不毛之地的一步步一分分的憔悴衰老,心中感受是奇异的。这就是地理,我默想。前方蜃气迷濛处是海拔 −154 米的吐鲁番盆地最底处的艾丁湖。那湖早在万年之前就被烤干了,我想。背后却是天山;冰峰泉水,松林牧场都远远地离我去了。一切只有大地的倾斜；左右一望，只见大地斜斜地伸延。嶙峋石头，焦渴土壤，连同我的坐骑和我自己，都在向前方向深处斜斜地倾斜。

——那时，我独自一人，八面十方数百里内只有我一人单骑，向导已经返回了。在那种过于雄大磅礴的荒凉自然之中。我觉得自己渺小得连悲哀都是徒劳。

就这样，走近了汉家寨。

仅仅有一柱烟在怅怅升起，猛然间感到所谓"大漠孤烟直"并没有写出一种残酷。

汉家寨只是几间破泥屋；它坐落在新疆吐鲁番北、天山以南的一片铁灰色的砾石戈壁正中。无植被的枯山像铁渣堆一样，在三个方向汇指着它——三道裸山之间，是三条巨流般的黑戈壁，寸草不生，平平地铺向三个可怕的远方。因此，地图上又标着另一个地名叫三岔口；这个地点在以后我的生涯中总是被我反复回忆，咀嚼吟味，我总是无法忘记它。

仿佛它是我人生的答案。

我走进汉家寨时，天色昏暮了，太阳仍在肆虐，阳光射入眼帘时，一瞬间觉得疼痛。可是，那种将结束的白炽已经变了，汉家寨日落前的炫目白昼中已经有一种寒气存在。

几间破泥屋里，看来住着几户人。

不知从什么时候起，有了这样一个地名。新疆的汉语地名大多起源久远，汉代以来这里便有中原人屯垦生息，唐宋时更因为设府置县，使无望的甘陕移民迁到了这种异城。

真是异域——三道巨大空茫的戈壁滩一望无尽，前是无人烟的盐碱低地，后是无植被的红石高山；汉家寨，如一枚被人丢弃的棋子，如一粒生锈的弹丸,孤零零地存在于这巨大得恐怖的大自然中。

三个方向都像可怕的暗示。我只敢张望,再也不敢朝那些入口催动一下马骑了。

独自伫立在汉家寨下午的阳光里,我看见自己的影子一直拖向地平线,又黑又长。

三面平坦坦的铁色砾石滩上,都反射着灼烫的亮光,像热带的海面。

默立久了,突然意识到什么。转过头来,左右两座泥屋门口,各有一个人在盯着我。一个是位老汉,一个是七八岁的小女孩。

他们痴痴盯着我。我猜他们已经好久没有见过外来人了。老小二人都是汉人服色,一瞬间我明白了,这地方确实叫做汉家寨。

我想了想,指着一道戈壁问道,

——它通到哪里?

老人摇摇头。女孩不眨眼地盯着我。

我又指着另一道:

——这条路呢?

老人只微微摇了一下头,便不动了。女孩还是那么盯住我不眨眼睛。

犹豫了一下,我费劲地指向最后一条戈壁滩,太阳正向那里滑下,白炽得令人无法瞭望,地平线上铁色熔成银色,闪烁着数不清的亮点。

我刚刚指着,还没有开口,那老移民突然钻进了泥屋。

我呆呆地举着手站在原地。

那小姑娘一动不动,她一直凝视着我,不知是为了什么。这女孩穿一件破红花棉袄,污黑的棉絮露在肩上襟上。她的眼睛黑亮——

好多年以后，我总觉得那便是我女儿的眼睛。

在那块绝地里，他们究竟怎样生存下来，种什么，吃什么，至今仍是一个谜。但是这不是幻觉也不是神话。汉家寨可以在任何一份好一点的地图上找到。《宋史·高昌传》据使臣王廷德旅行记，有"又两日至汉家砦"之语。砦就是寨，都是人坚守的地方。从宋至今，汉家寨至少已经坚守着生存了一千多年了。

独自再面对着那三面绝境，我心里想：这里一定还是有一口食可觅，人一定还是能找到一种生存下去的手段。

次日下午，我离开了汉家寨，继续向吐鲁番盆地行进。大地倾斜得更急剧了；笔直的斜面上，几百里铺伸的黑砾石齐齐地晃闪着白光。回首天山，整个南麓都浮升出来了，峥嵘嶙峋，难以言状。俯瞰前方的吐鲁番，蜃气中已经绰约现出了绿洲的轮廓。在如此悲凉严峻的风景中上路，心中涌起着一股决绝的气概。

我走下第一道坡坎时，回转身来想再看看汉家寨。它已经被起伏的戈壁滩遮住了一半，只露出泥屋的屋顶窗洞。那无言的老人再也没有出现。我等了一会儿，最后遗憾地离开了。

千年以来，人为着让生命存活曾忍受了多少辛苦，像我这样的人是无法揣测的。我只是隐隐感到了人的坚守，感到了那坚守如这风景一般苍凉广阔。

走过一个转弯处——我知道再也不会有和汉家寨重逢的日子了——我激动地勒转马缰。遥遥地，我看见了那堆泥屋的黄褐色中，有一个小巧的红艳身影，是那小女孩的破红棉袄。那时的天山已经完全升起于北方，横挡住大陆，冰峰和干沟裸谷相映衬，向着我倾泻般伸延着，是汉家寨那三岔戈壁的万顷铁石。

我强忍住心中的激荡，继续着我的长旅。从那一日我永别了汉家寨。也是从那一日起,无论我走到哪里,都在不知不觉之间,坚守着什么。

  我不知道那是什么。我只觉得它与汉家寨这地名天衣无缝。在美国,在日本,我总是倔强地回忆着汉家寨,仔细想着每一个细节。直至南麓天山在阳光照耀下的、伤痕累累的山体都清晰地重现,直至大陆的倾斜面、吐鲁番低地的白色蜃气,以及每一块灼烫的戈壁砾石都逼真地重现,直至当年走过汉家寨戈壁时有过的那种空山绝谷的难言感受充盈在心底胸间。

故乡在远方

■ 张抗抗

我总觉得自己是一个流浪者。

几十年来，我漂泊不定、浪迹天涯。我走过田野、穿过城市，我到过许多许多地方。

我从哪里来？哪儿是我的故园我的家乡？

我不知道。

19岁那年我离开了杭州城。水光潋滟、山色空濛的西子湖畔是我的出生地。离杭州100里水路的江南小镇洛舍是我的外婆家。

然而，我只是杭州的一个过客，我的祖籍在广东新会。我长到30岁时，才同我的父母一起回过广东老家。老家有翡翠般的小河、密密的甘蔗林和神秘幽静的榕树岛，夕阳西下时，我看见大翅长脖的白鹳灰鹳急急盘旋回巢，巨大的榕树林上空遮天蔽日，鸟声嘤嘤，那就是闻名于世的小鸟天堂。新会县世为葵乡，小河碧绿的水波上，一串串细长的小船满载清香弥漫的葵叶，沉甸甸贴水而行，悠悠远去……

但老家于我，却已无故园的感觉。没有一个人认识我，我也并不真正认识一个人。我甚至说不出一句完整地道的家乡方言。我和我早年离家的父亲，犹如被放逐的弃儿，在陌生的乡音里，茫然寻找辨别着这块土地残留给自己的根性。

梦中常常出现的是江南的荷池莲塘，春天嫩绿的桑树地里透紫酸甜的桑椹儿，秋天金黄璀璨的柚子，冬天过年时挂满厅堂的酱肉粽子、鱼干，还有一锅喷香喷香的煮芋艿……

暑假寒假，坐小火轮去洛舍镇外婆家。镇东头有一座大石桥，夏天时许多光屁股的孩子从桥墩上往河里跳水，那河连着烟波浩渺的洛舍洋，我曾经在桥下淘米，竹编的淘箩湿淋淋从水里拎起，珍珠般的白米上扑扑蹦跳着一条小鱼儿……

而外婆早已过世了。外婆走时就带走了故乡。其实外婆外公也不是地道的浙江人氏。听说外婆的祖上是江苏丹阳人，不知何年移来德清洛舍，又听说洛舍其名是早年此地曾有一支移民来自洛阳，洛阳人之舍，谓之洛舍。由此看来，外婆外公的祖籍也难以考证，我魂牵梦绕的江南小镇，又何为我的故乡？

所以对于我从小出生长大的杭州城，便有了一种隐隐的隔膜和猜疑。自然，我喜欢西湖的柔和淡泊，喜欢植物园的绿草地和春天时香得醉人的含笑花，喜欢冬天时满山的翠竹和苍郁的香樟树……但它们只是我摇篮上的饰带和点缀，我欣赏它们赞美它们但它们不属于我。每次我回杭州探望父母，在嘈杂喧闹的街巷里，自己身上那种从遥远的异地带来的"生人味"，总使我觉得同这里的温馨和湿润格格不入……

我究竟来自何方？

更多的时候，我会凝神默想着那遥远的冰雪之地。想起笼罩在雾霭中的幽蓝色的小兴安岭群山。踏着没膝深的雪地进山去，灌木林里尚未封冻的山泉一路叮咚欢歌，偶有暖泉顺坡溢流，便把低洼地的塔头墩子水晶一般封存，可窥见冰层下碧玉般的青草。山里无风的日子，静谧的柞树林中轻轻慢慢地飘着小清雪，落在头巾上不化，一会儿就亮晶晶地披了一肩，是雪女王送你的礼物。如闭上眼睛，能听见雪花亲吻着树叶的声音。那是我21岁的生命中，第一次发现原来落雪有声,如桑蚕啜叶,婴童吮乳,声声有情。

那时住帐篷,炉筒一夜夜燃着粗壮的木桦,隆隆如森林火车、如林场的牵引拖拉机轰响。时时还夹着山脚下传来的咔咔冰崩声……山林里的早晨宁静而妩媚,坡上的林梢一抹玫瑰红,淡紫色的炊烟缠绵缭绕,门前的白雪地上,又印上了夜里悄悄来过的不知名的小动物一条条丝带般的脚印儿,细细辨认,如梅花如柳梢亦如一个个问号,清晰又杂乱地蜿蜒于雪原,消失于密林深处……

那些神秘的森林居民给予我无比的亲切感,曾使我怀疑自己也是否会留在这里。

小小的脚印沉浮于无边的雪野之上,恰如我们漂泊动荡的青春年华。

我19岁便离开了我的出生地杭州城,走向遥远而寒冷的北大荒。

那时我曾日夜思念我的西湖,我的故园在温暖的南方。

但现在我知道,我已没有了故乡。我们总是在走,一边走一边播撒着全世界都能生长的种子。我们随遇而安、落地生根;既来则定、四海为家。我们像一群新时代的游牧民族,一群永无归宿的流浪移民。也许我走过了太多的地方,我已有了太多的第二故乡。

然而在城市闷热窒息的夏日里,我仍时时想起北方的原野,那融进了我们青春血汗的土地。那里的一切粗犷而质朴。20年的日月就把我这样一个纤弱的江南女子,磨砺得柔韧而坚实起来。以后的日子,我也许还会继续流浪,在这极大又极小的世界上,寻觅着、创造着自己精神的家园。

我心归去

■ 韩少功

我在圣·纳塞尔市为时一个月的"家",是一幢雅静的别墅。两层楼的六间房子四张床三个厕所全属于我,怎么也用不过来。房子前面是蓝海,旁边是绿公园。很少看见人——除了偶尔隔着玻璃窗向我叽里哇啦说些法语的公园游客。

最初几天的约会和采访热潮已经过去,任何外来者都会突然陷入难耐的冷清,恐怕连流亡的总统或国王也概莫能外。这个城市不属于你,除了所有的服务都要你付钱外,这里的一切声响都弃你而去,奔赴它们既定的目的,与你没有什么关系。你拿起电话不知道要打向哪里,你拿着门钥匙不知道出门后要去向何方。电视广播以及行人的谈话全是法语法语法语,把你囚禁在一座法语的监狱无处逃遁。从巴黎带来的华文报纸和英文书看完了,这成了最严重的事态,因为在下一个钟头,下一刻钟,下一分钟,你就不知道该干什么。你到了悬崖的边缘,前面是寂静的深谷,不,连深谷也不是。深谷还可以使你粉身碎骨,使你头破血流,使你感触到实在,那不是深谷,那里什么也没有,你跳下去不会有任何声音和光影,只有虚空。

你对吊灯作第六或六十次研究,这时候你就可以知道,你差不多开始发疯了。移民的日子是能让人发疯的。

我不想移民,好像是缺乏勇气也缺乏兴趣。C曾问我想不想留在法国,他的市长朋友可以办成这件事,他的父亲与法国总理也是好朋友。我说我在这里能干什么？守仓库或做家具？当文化盲流变着法子讨饭？即使能活得好，我就那么在乎法国的面包和雷诺牌汽车？

很想念家里——似乎是有点没出息。倒不是特别害怕孤寂，而是惦念亲人。我知道我对她们来说是多么重要，我是她们的快乐和依靠。我坐在柔和的灯雾里，听窗外的海涛声和海鸥的鸣叫，想象母亲、妻子、女儿现在熟睡的模样，隔着万里守候她们睡到天明。人们无论走到哪里，都没法不时常感怀身后远远的一片热土，因为那里有他的亲友，至少也有他的过去。时光总是把过去的日子冲洗得熠熠闪光，引人回望。

我这才明白，为什么各种异国的旅游景区都不能像故乡一样使我感到亲切和激动。我的故乡没有繁华酥骨的都会，没有静谧侵肌的湖泊，没有悲剧般幽深奇诡的城堡，没有绿得能融化你所有思绪的大森林。故乡甚至是贫瘠而脏乱的。但假若你在旅途的夕阳中听到舒伯特的某支独唱曲，使你热泪突然涌流的想象，常常是故乡的小径，故乡的月夜，月夜下的草坡泛着银色的光泽，一只小羊还未归家，或者一只犁头还插在地边等待明天。这哪里对呀？也许舒伯特在歌颂宫廷或爱情，但我相信所有雄浑的男声独唱都应该是献给故乡的。就像我相信所有的中国二胡都只能演奏悲怆，即便是赛马曲与赶集调，那也是带泪的笑。

故乡存留了我们的童年，或者还有青年和壮年，也就成了我们生命的一部分，成了我们自己。它不是商品，不是旅游的去处，不是按照一定价格可以向任何顾客出售的往返车票和周末消遣节目。故乡比任何旅游景区多了一些东西：你的血、泪，还有汗水。故乡的美丽总是含着悲伤。而美的从来就是悲的。中国的"悲"含有眷顾之义，美使人悲，使人痛，使人怜，这已把美学的真理揭示无余。在这个意义上来说，任何旅游景区的美都多少有点不够格，只是失血的矫饰。

我已来过法国三次，这个风雅富贵之邦，无论我这样来多少次，我也只是一名来付钱的观赏者。我与这里的主人碰杯、唱歌、说笑、合影、拍肩膀，我的心却在一次次偷偷归去。我当然知道，我会对故乡浮粪四溢的墟场失望，会对故乡拥挤不堪的车厢失望，会对故乡阴沉连日的雨季失望，但那种失望不同于对旅泊之地的失望，那种失望能滴血。血沃之地将真正生长出金麦穗和赶车谣。

故乡意味着我们的付出——它与出生地不是一回事。只有艰辛劳动过奉献过的人，才真正拥有故乡，才真正懂得古人"游子悲故乡"的情怀——无论这个故乡烙印在一处还是多处，在祖国还是在异邦。没有故乡的人身后一无所有。而萍飘四方的游子无论是怎样贫困潦倒，他们听到某支独唱曲时会突然涌出热泪。

绝版的周庄

■ 王剑冰

你可以说不算太美,你是以自然朴实动人的。粗布的灰色上衣,白色的裙裾,缀以些许红色白色的小花及绿色的柳枝。清凌的流水柔成你的肌肤,双桥的钥匙恰到好处地挂在腰间,最紧要的还在于眼睛的窗子,仲春时节半开半闭,掩不住招人的妩媚。仍是明代的晨阳吧,斜斜地照在你的肩头,将你半晦半明地写意出来。

我真的不知道,你在那里等我,等我好久好久。我今天才来,我来晚了,以致使你这样沧桑。而你依然很美,周身透着迷人的韵致。真的,你还是那样纯秀、古典。只是不再含羞,大方地看着每一位来人。周庄,我呼唤着你的名字,呼唤好久了,却不知你在这里。周庄,我呼唤着你的名字,你比我想象的还要动人。我真想揽你入怀。只是扑向你的人太多太多,你有些猝不及防,你本来已习惯的清静与孤寂被打破了。我看得出来,你已经有些厌倦与无奈。周庄,我来晚了。

有人说,周庄是以苏州的毁灭为代价的。眼前即刻闪现出古苏州的模样。是的,苏州脱掉了了罗衫长裙,苏州现代得多了。尽管手里还拿着丝绣的团扇,已远不是躲在深闺的旧模样。这样,周庄这位江南的古典秀女便名播四海了。然而,霓虹闪烁的舞厅和酒楼正在周庄四周崛起。周庄的操守能持久吗?

参加"富贵茶庄"奠基仪式。颇负盛名的富贵企业与颇负盛名的周庄联姻。而周庄的代表人物沈万三也名富,真是巧合。代表富贵茶庄讲话的,是一位长发飘逸的女郎,周庄的首席则是位短发女子,又是巧合。富贵、茶、周庄、女子,几个字词在蒙蒙春雨中格外亮丽。回头望去,白蚬湖正闪着粼粼波光。

想起了台湾作家三毛,三毛爱浪游,三毛的足迹遍布全世界,三毛的长发沾得什么风都有。三毛一来到周庄就哭了,三毛搂着周庄像搂着久别的祖母。三毛心里其实很孤独。三毛没日没夜地跟周庄唠叨,吃着周庄做的小吃。三毛说,我还会来的,我一定会来的。三毛是哭着离去的,三毛离去时最后亲了亲黄黄的油菜花,那是周庄递给她的黄手帕。周庄的遗憾在于没让三毛久久留下,三毛一离开周庄便陷入了更大的孤独,终于把自己交给了一双袜子。三毛临死时还念叨了一声周庄,周庄知道,周庄总这么说。

入夜,乘一只小船,让桨轻轻划拨。时间刚过九点,周庄就早早睡了,是从没有电的明清时代养成的习惯?没有喧闹的声音,没有电视的声音,没有狗吠的声音。

周庄睡在水上。水便是周庄的床。床很柔软,有时轻微地晃荡两下,那是周庄变换了一下姿势。周庄睡得很沉实。一只只船儿,是周庄摆放的鞋子。鞋子多半旧了,沾满了岁月的征尘。我为周庄守夜,守夜的还有桥头一株粲然的樱花。这花原本不是周庄的,如同我。我知道,打着鼾息的周庄,民族味儿很浓。

忽就闻到了一股股沁心润肺的芳香。幽幽长长的经过斜风细雨的过滤,纯净而湿润。这是油菜花。早上来时,一片一片的黄花浓浓地包裹了古老的周庄。远远望去,色彩的反差那般强烈。现在这种香气正氤氲着周庄的梦境,那梦必也是有颜色的。

坐在桥上,我就这么定定地看着周庄,从一块石板、一株小树、一只灯笼，到一幢老屋、一道流水。这么看着的时候，就慢慢沉入进去，感到时间的走动。感到水巷深处，哪家屋门开启，走出一位苍髯老者或纤秀女子，那是沈万三还是迷楼的阿金姑娘？周庄的夜，太容易让人生出幻觉。

静虚村记

■ 贾平凹

如今,找热闹的地方容易,寻清静的地方难;找繁华的地方容易,寻拙朴的地方难,尤其在大城市的附近,就更其为难的了。

前年初,租赁了农家民房借以栖身。

村子南九里是城北门楼,西五里是火车西站,东七里是火车东站,北去二十里地,又是一片工厂,素称城外之郭。奇怪台风中心反倒平静一样,现代建筑之间,偏就空出这块乡里农舍来。

常有友人来家吃茶,一来就要住下,一住下就要发一通讨论,或者说这里是一首古老的民歌,或者说这里是一口出了鲜水的枯井,或者说这里是一件出土的文物,如宋代的青瓷,质朴、浑拙、典雅。

村子并不大,屋舍仄仄斜斜,也不规矩,像一个公园,又比公园来得自然,只是没花,被高高低低绿树、庄稼包围。在城里,高楼大厦看得多了,也便腻了,陡然到了这里,便活泼泼地觉得新鲜。先是那树,差不多没了独立形象,枝叶交错,像一层浓重的绿云,被无数的树桩撑着。走近去,绿里才见村子,又尽被一道土墙围了,土有立身,并不苫瓦,却完好无缺,生了一层厚厚的绿苔,像是庄稼人剃头以后新生的青发。

拢共两条巷道,其实连在一起,是个"U"形。屋舍相对,门对着门,窗对着窗;一家鸡叫,家家鸡都叫,单声儿持续半个时辰;

巷头家养一条狗，巷尾家养一条狗，贼便不能进来。几乎都是茅屋，并不是人家寒酸，茅屋是他们的讲究：冬天暖，夏天凉，又不怕被地震震了去。从东往西，从西往东，茅屋撑得最高的，人字形搭得最起的，要算是我的家了。

村人十分厚诚，几乎近于傻昧，过路行人，问起事来，有问必答，比比划划了一通，还要领到村口指点一番。接人待客，吃饭总要吃得剩下，喝酒总要喝得昏醉，才觉得惬意。衣着朴素，都是农民打扮，眉眼却极清楚。当然改变了吃浆水酸菜，顿顿油锅煎炒，但没有坐在桌前用餐的习惯，一律集在巷中，就地而蹲。端了碗出来，却蹲不下，站着吃的，只有我一家，其实也只有我一人。

我家里不栽花，村里也很少有花。曾经栽过多次，总是枯死，或是萎缩。一老汉笑着说：村里女儿们多啊，瞧你也带来两个！这话说得有理。是花嫉妒她们的颜色，还是她们羞得它们无容？但女儿们果然多，个个有桃花水色。巷道里，总见她们三五成群，一溜儿排开，横着往前走，一句什么没盐没醋的话，也会惹得她们笑上半天。我家来后，又都到我家来，这个帮妻剪个窗花，那个为小女染染指甲。什么花都不长，偏偏就长这种染指甲的花。

啥树都有，最多的，要数槐树。从巷东到巷西，三搂粗的十七棵，盆口粗的家家都有，皮已发皱，有的如绳索匝缠，有的如渠沟排列，有的扭了几扭，根却委屈得隆出地面。槐花开放，一片嫩白，家家都做槐花蒸饭。没有一棵树是属于我家的，但我要吃槐花，可以到每一棵树上去采。虽然不敢说我的槐树上有三个喜鹊窠、四个喜鹊窠，但我的茅屋梁上燕子窝却出奇地有了三个。春天一暖和燕子就来，初冬逼近才去，从不撒下粪来，也不见在屋里落一根羽毛，从此倒少了蚊子。

最妙的是巷中一眼井,水是甜的,生喝比熟喝味长。水抽上来,聚成一个池,一抖一抖地,随巷流向村外,凉气就沁了全村。村人最爱干净,见天有人洗衣。巷道的上空,即茅屋顶与顶间,拉起一道一道铁丝,挂满了花衣彩布。最艳的,最小的,要数我家:艳者是妻子衣,小者是女儿裙。吃水也是在那井里的,须天天去担。但宁可天天去担这水,不愿去拧那自来水。吃了半年,妻子小女头发愈是发黑,肤色愈是白皙,我也自觉心脾清爽,看书作文有了精神、灵性了。

当年眼羡城里楼房,如今想来,大可不必了。那么高的楼,人住进去,如鸟悬窠,上不着天,下不踏地,可怜怜掬得一抔黄土,插几株花草,自以为风光宜人了。殊不知农夫有农夫得天独厚之处。我不是农夫,却也有一庭土院,闲时开垦耕耘,种些白菜青葱。菜收获了,鲜者自吃,败者喂鸡,鸡有来杭、花豹、翻毛、疙瘩,每日里收蛋三个五个。夜里看书,常常有蝴蝶从窗缝钻入,大如小女手掌,五彩斑斓。一家人喜爱不已,又都不愿伤生,捉出去放了。那蛐蛐就在台阶之下,彻夜鸣叫,脚一跺,噤声了,隔一会儿,声又起。心想若是有个儿子,儿子玩蛐蛐就不用跑蛐蛐市掏高价购买了。

门前的那棵槐树,唯独向横里发展,树冠半圆,如裁剪过一般。整日看不见鸟飞,却鸟鸣声不绝,尤其黎明,犹如仙乐,从天上飘了下来似的。槐下有横躺竖蹲的十几个碌碡,早年碾场用的,如今有了脱粒机,便集在这里,让人骑了,坐了。每天这里人群不散,谈北京城里的政策,也谈家里婆娘的针线,谈笑风生,乐而忘归。直到夜里十二点,家家喊人回去。回去者,扳倒头便睡的,是村人,回来捻灯正坐,记下一段文字的,是我呢。

来求我的人越来越多了，先是代写书信，我知道了每一家的状况，鸡多鸭少，连老小的小名也都清楚。后来，更多的是携儿来拜老师，一到高考前夕，人来得最多，提了点心，拿了水酒。我收了学生，退了礼品，孩子多起来，就组成一个组，在院子里辅导作文。村人见得喜欢，越发器重起我。每次辅导，门外必有家长坐听，若有孩子不安生了，进来张口就骂，举手便打。果然两年之间，村里就考中了大学生五名，中专生十名。

　　天旱了，村人焦虑，我也焦虑，抬头看一朵黑云飘来了，又飘去了，就咒天骂地一通，什么粗话野话也骂了出来。下雨了，村人在雨地里跑，我也在雨地跑，疯了一般，有两次滑倒在地，磕掉了一颗门牙。收了庄稼，满巷竖了玉米架，柴火更是塞满了过道，我骑车回来，常是扭转不及，车子跌倒在柴堆里，吓一大跳，却并不疼。最香的是鲜玉米棒子，煮能吃，烤能吃，剥下颗粒熬稀饭，粒粒如栗，其汤有油汁。在城里只道粗粮难吃，但鲜玉米面做成的漏鱼儿，搅团儿，却入味开胃，再吃不厌。

　　小女来时刚会翻身，如今行走如飞，咿哑学语，行动可爱，成了村人一大玩物，常在人掌上旋转，吃过百家饭菜。妻也最好人缘，一应大小应酬，人人称赞，以至村里红白喜事，必邀她去，成了人面前走动的人物。而我，是世上最呆的人，喜欢静静地坐着，静静地思想，静静地作文。村人知我脾性，有了新鲜事，跑来对我叙说，说毕了，就退出让我写，写出了，嚷着要我念。我念得忘我，村人听得忘归；看着村人忘归，我一时忘乎所以，邀听者到月下树影，盘脚而坐，取清茶淡酒，饮而醉之。一醉半天不醒，村人已沉睡入梦，风止月瞑，露珠闪闪，一片蛐蛐鸣叫。我称我们村是静虚村。

鸡年八月，我在此村为此村记下此文，复写两份，一份加进我正在修订的村史前边，作为序，一份则附在我的文集之后，却算是跋了。

还 乡

■ 雷 达

一九九零年三月末的一天,我在西安,本该向东赶回北京的,却鬼使神差地冒出一个念头:往西,回阔别二十多年的故乡看看。这念头来得突兀,又执拗得不可抗拒,连一分钟也等不得了,我像急于找回什么东西似的,当晚跳上西去的火车。

过路车拥挤。去贵川甚至远如两湖一带的劳工、在蔡家坡、宝鸡等站一股一股往上拥,他们要到西部去发财。等我意识到,该赶快上趟厕所时,一切都来不及了:我被如潮的人流挤压并固置到一个角落,膝下、头顶、后背全是四肢的网络;人味儿、烟味儿、汗酸味儿塞满车厢,好像划一根火柴就可以引爆。我只好收腹吸气,竭力把自己想象成一片山楂片,或是一条瘦鱼,独自在灯影里发怔。

此时,不争气的尿憋得我额头发麻,只有靠大力提气稳住,环顾车厢,除非我能贴着人头飞翔,否则断难接近厕所;而且即使接近了,厕所门口犹如蜂窝,站满了人,我怀疑那是一扇永远也敲不开的门。

暗想:多年来,我出差不是卧铺就是飞机,来去潇洒得很;目的地又都是省会一级的大城市,有接有送,何曾受过这等洋罪。幸亏我是男人,万不得已有个塑料袋也能应付,要是年轻女性呢,我不敢想下去了。人生总难免不遇到某种最尴尬,最狼狈,最无可奈何的境况,这是否就是一种?比它更复杂,更深隐的还有多少种?而我又体验过多少呢?

　　看着身边一张张疲惫的、汗津津的面孔,看着因过多的忍耐变得神情有些呆滞的男女,我忽然有种跌落到真实生存中的感觉。我平时对人生的了解,太片面,太虚浮了,生活的圈子愈缩愈小,感性的体验愈来愈单调,虽然也大发感慨,也大谈社会,实际多是书本知识和原先经验的重复。我们虽然明白,如今是个既有高楼大厦,地铁飞机,卫星导弹,卡拉 OK,又有陋室茅舍,荒山鸟道,人满为患,脖子汗流的时代,但你必须亲身流流汗,才能真知。席勒说过:"人生反被人生遮掩住了",可谓警语。"城市化"割裂了我们的感觉,我们不再与生命之源保持和谐了。也许我的挤车回乡,含有寻觅更真实的人生的潜在动因吧。

　　还好,我没被憋死,下半夜车到天水时,我有种欣欣然的解放感,甚至有点感恩戴德,似乎只要准许我下车,什么行李呀,辎重呀,金银财宝呀,全可以抛掉。人呵,有时有无尽的奢望,有时一点给予即倍觉幸福;到了外物负载得过于沉重时,生命往往会跑出来示以颜色。谁能说,享用山珍海味的快感就一定超过了淋漓尽致地撒一泡尿,睡席梦思床的舒服就一定胜过热炕上打鼾呢?

　　我的故乡藏在莽荡群山的夹缝里,渭河拐弯的地方。从县城去那里,一般转乘火车;若能弄到汽车,有一土路可达,约六十里许。

　　我在县城先到我的亲房侄子天宝,小名狗娃子,我隐约觉得他似乎就是我要找寻的人中的一个。论辈份他是侄子,其实年龄比我大,是县里一个部门的头头。他的长相与某些伟人颇相像,长方大脸,厚实魁梧的身坯,炯炯有神的大眼睛,浓密的大背式传统发型,倘用器宇轩昂四字,足以当之。记得小时候,他是什么烈性牲口也敢降服的,拳头扫平全村的顽童,我们对他既亲近又害怕。土改那阵,他顶多十二三岁吧,每到天黑总提一柄明晃晃的大刀,到河边护村队跟大人一起守夜,烤洋芋吃。那时的雾好像也特别大,雾幔从凤凰山拉下来,把渭河滩、磨房、高粱地严严盖住,他在雾中飘忽前行,他的刀一明一灭,我尾随他去过几回。正月十五闹社火,皮影戏开场前,他头扎白羊肚毛巾,在人圈里舞红缨枪,风车似地旋动,英武非凡。在孩子群里,他就是主见和勇敢的象征。他很早就是县里四个兜儿的干部。我读大学时放假回乡,总去看他。他一面弹着烟灰,一面讲"又红又专"的道理,我频频点头。现在他说起话来还是果断得很,大巴掌一挥,气势很大,依稀可辨少年时代的风采。

我们一见面他就说,二十多年了,你回老家看看吧,就坐我的吉普,我陪你去,当天来回。我除了感谢,还暗中艳羡地方干部的权威。其实,一到县城亲友们就争相告诉我,天宝有保加利亚吉普。乖乖,不简单哪!

保加利亚吉普开过来了,并非想象的那么神气。车门总也关不严,司机老罗总用脚踢它;沙发座里像藏有硬物,直扎屁股,猛一颠叫你浑身出凉汗;里程表已坏,是个黑洞洞,像老人没牙的嘴。更有趣的,走着走着,老罗就停车,跑到前面,掀起前盖,用手又拉又揪又拍某个部件,我就莫名其妙地想起一句唐诗,"轻拢慢捻抹复挑"来。可天宝依然有不易察觉的自负。

车爬到凤凰山顶时,落起小雨,游丝一般,路面仅被打湿,泛着白光。天宝忽然紧急挥手,老罗遵命刹车。只见天宝挪身下车,稳健谨慎地、以伟人般的步伐边走边审视每一寸路面,老罗则像堂吉诃德的随从桑丘,亦步亦趋,像低头找什么东西。

我大惑不解:这点小雨算什么呢?干嘛要停车?出于好奇,我也跟上来,也弓腰审视每一寸地面,但看不出有啥奥妙。结果,天宝用庄重的口吻说："这样的路，这样的天气，非出事不可！"老罗不知是受了启发，还是惯于从命，立刻点头道："不行哎，这路怕走不成了。"我感到大怪了，想分辩，但一看他俩脸色的严重，竟张不开口；我想笑，脸上的肌肉却僵住了。

怎么劝说天宝也没有用，越说，他越固执，摇摆大手，用固执来掩饰恐惧。他把前景描绘得可怕无比，好像开下去必死无疑。我这才注意到，他那原先炯炯的眸子闪动着怯懦的光，伛巴得像个老农，我甚至生出一丝怜悯了。听说，这些年他辗转过好多单位，有时愉快有时很不愉快。有一年他来北京，说是来"看病"，其实无病可看，每天访游名胜，细问才知道他正在闹情绪。还听说，他曾在某处经历过一次车祸，别人都栽到崖下，他一个前滚翻出来了，仅擦破头皮。莫非人生的暴风雨，人事关系的烦恼，抑或昔日的噩梦，把他吓出了毛病？

救驾的人终于来了，一辆卡车昂首嘶鸣，飞驰而来，在天宝身边停了几秒。里面的人说句什么，就大大咧咧开了下去。原来，车内是位副县长，要给老家送点煤和粮食。我颇有深意地瞟了一眼天宝，他倒无需转思想弯子，只吩咐老罗开车继续前行。

细雨中的路面不起尘埃，清风徐来，草木轻摇，天宝来了兴致，扭头说，这天气坐车最舒服了，我报以颔首微笑。其实，他也许永远不会想到，此刻我心中涌起的是一种莫名的失望情绪。我当然知道，世间原本没有永恒不变的东西，可人又是一种没有永恒的念想就活不下去的动物，于是才在心灵深处贮藏许多美的回忆的吧。你经历过的生命的辉煌，你品味过的诗意的瞬间，你热恋或倾慕过的女子，甚至一种吃食、一个物件，在世俗生活的潮流中都会变色变味。美，最怕第二次光顾。那么，是否最好不轻易"启封"？不要重新碰"她"？这岂不又有违人类追求美的天性了吗？

哦，故乡在雨后的雾岚中出现了，她静静地斜倚在河谷里，似在等待我的到来。渭河如弓弦划出一道弧线，好似我臂弯上鼓突的血管。

可是，我的渡船呢，我的因独轮车滚过而呻吟着的草桥呢，我的蓝蒙蒙的布满松柏的坟院呢？我的波光闪闪的水渠呢，我的高低错落的永远哼唱着的磨房呢，还有我的鳞次栉比的乌黑瓦屋顶上软软的、悠闲的炊烟呢，怎么全都找不见了。是我的眼睛迷蒙了吗？我只看见一座曾在电影里见过的钢铁吊桥悬浮于渭河之上，又看见昔日低矮的瓦屋群里，像突起的蘑菇似的，伫立着不少两层小楼，让人想起京沪线上的江南农村。不过，待我抬头看见四嘴山上蹲伏的家庙时，才实实在在觉得到家了。家庙油漆一新，灼灼照人，是这里最雄伟的建筑。两年前，老家来信募捐，说要翻修家庙，还说我名列乡贤第二，曾让我哭笑不得，现在"乡贤第二"终于回来了。

汽车下到谷底，沿着渭河跑起来，路边是刚放学的娃娃与赶集的村民。奇怪他们管自走路，对汽车和车中的"乡贤"并无兴趣，不复多年前对汽车的好奇。记得有年我从城里来，一个跑在场院用链枷打麦的小脚老婆婆问我："都说汽车汽车的，到底是驴拉哩还是人掀（推）哩？"我说，"驴也不拉人也不掀，它自己跑哩。"老婆婆惊诧道，"噢，这么说它是个活的？那它吃啥哩？"我说"吃汽油哩。"老婆婆于是拉长声啧叹了许久。唉，我的故乡曾经是多么贫穷和蒙昧啊。而现在，还有谁稀罕汽车呢。

我低头下望，看见河里拥后簇的浪花在急急赶路，它们像不断伸出的手爪，似要揪扯住我，仰面诉说沉埋河底的往事和无尽的悲欢。我有些悚然了。还是一个突遇的场面，把我拉回到现实中来：车进村口时，我瞥见卖凉粉的小摊，那个左手平托一块粉右手用刀快切的老妇，不正是五娘吗？我差点大喊起来。不料，天宝却淡淡地说："什么五娘？她要活着，还不快一百岁了？那是她女儿淑贤。"我惊异地回望叫淑贤的女人，那面相、皱纹、装束，真是酷似五娘，且含有一种难以言喻的神秘和苍凉。这一瞬间，我感到了时间的古老，又体味着岁月的无情。

天宝和他的车到别处去了，我独自沿着泥泞、熟悉而又陌生的村路走下去。路上不时遇到一些我好像认识，又不认识的男女。乡人老实，不敢贸然向生人，特别是干部模样的生人打招呼，或者他们也在回忆，于是双方皆鹄立着，相顾无言。我此时忽然觉得，人一到这里，连走路的速度都放慢了，昨日的拥挤、浮嚣、嘈杂全都远遁，周遭的宁静能听到自己的心跳声。隐隐有渭河的涛声传来，偶然有唧喳的春雀儿掠过，让人想到，城里人按钟表的节奏旋动，这里可是依自然的节奏生活，你本身就是自然的一分子，你与蜿蜒的路，高阔的天，含烟的树融为一体了。

我终于跨进了门楣上写着"耕读第"三个大家的家门，字迹的斑驳显示着它的古老。陇东南一带，即使赤贫的农家也不忘在门上漆这三个字，表示对农耕，读书，孝悌的敬重。这个门我不知进出过多少回了，此时跨入，顿感生疏；异母兄嫂，侄儿女辈蓦然相见，大有"相对如梦寐"之感。然而，正像很多文章里写过的，欢乐的气氛很快把我包裹。亲房本家一些上年纪的人，也朗声呼喝着我的小名，跺着泥鞋来了。我被推搡到炕上，盘膝而坐，连忙一遍又一遍地抛撒香烟，把糖果点心塞到挂鼻涕柱的碎娃们手里。不知怎么一来，我开始改用略显生硬、毕竟地道的乡音说话。改为乡音既使我腼腆，又使我暗暗得意。这才体味出，尝见上海人的一见面即用上海话叽哩哇啦交谈，那么得意洋洋的原委。过去我以为那是很可憎的。我望着炕沿下一些叫不上名字的碎娃，我的后裔，看他们用黑乎乎的眼珠盯视陌生客的傻憨态，恍惚觉得，他们中间的一个就是我。时间猛然间倒流回去，真不知今夕何夕，身在何处。

此时，我嗅到了一股熟悉的气味，一股湿秫秸烧进灶火，浆水面溢出锅，或者洋芋豆腐粉条大杂烩的浓厚气味，它直冲鼻腔，有大年初一早晨的感觉。我知道厨房里正在举火做饭。哦，我有些明白了，我从几千里外跑来，跑到这疏隔几十年的地方，原来就为了寻觅这股混含着秫秸、洋芋、浆水面的味道而来。为了成为这块土地上的一员而来。多少回了，人到这里，心儿安详，睡觉踏实，一夜醒来，推开沉重的木窗，常见大雪压弯枝桠。这里自有温暖宽厚的胸怀。困难时期我在省城饿得受不了，偷偷跑回，嫂子也饿得面色发绿，却不顾几个侄儿女的哭闹，抖空面袋，给我烙了几个大馍。我像大富翁一样，怀揣这几个高粱面馍，满足地回到城里。"文革"时母亲受冲击，命如悬丝，多亏回到这里躲藏，才保住了一条命。这里有种无可言说的安全感，依托感。我相信，一切饱尝孤独，挫折，虚假之苦的灵魂，一切曾被生活欺骗过的人，都会产生一种回归乡土的冲动的。

然而，归来的踏实感却转瞬即逝。我发现，与亲友们的谈话进行得艰难，好像几十年的沧桑用几句话就说完了，总是我问得多，他们答得简短，或者简直就是"嗯"、"啊"、"对着呢"、"好得很"之类。常出现冷场，大家都憨笑着。饭菜端上来了，"陇南春"斟满了酒杯，似乎一个小高潮又掀起了。大家尽量热情地向我这"北京稀客"敬酒，"满上"，"再满上"，"干了"的吆喝声打破了沉闷。但是，我又发现，每当举杯喝酒时，我是主角，我存在，一旦酒杯落下，酒酣耳热的亲友就无形中把我撇在一边,津津有味地谈论谁家的媳妇打公公,谁谁到兰州办货去了,谁谁谁一怒之下到青海去了。大概估计我也听不懂,连看都不看我,这时我非但不是主角,连配角也不是,甚至不存在了。我荒诞地想,我跑了几千里,莫非专为喝几杯酒而来,好像我的任务就是喝酒。啊,难道独在异乡的"稀客",才是我的真面目吗?

侄女改兰早先来过北京,我们就谈得多些。她也是我隐约觉得要找寻的人中的一个。这三十岁刚出头的小媳妇,耳坠、戒指、项链都戴全了,黄金把她黑葡萄似的俊脸映衬得格外动人。别看她打扮上追逐时髦,其实性极憨厚。她最怕城里伶牙俐齿的女售货员,得了恐惧症,每次买衣服由于心怯总买错尺码,只好送人了事。春节上火车上明令禁带烟火,她全然不知,大模大样地扛着花炮竹上车,结果给抓了典型,闹得一车人捧腹大笑。有一次她赶集时钱包被偷,不知回来如何交待,就怯生生地对丈夫世仓试探说:"嗨,今天集上丢钱包的人多得很哪。"世仓翻着眼说:"咱的钱包没丢就对了,说啥哩。"她于是不得不拖着哭腔说:"哎,咱的钱包也丢了。"一时传为笑谈。俗话说,傻人有傻福,"瓜(傻)娃子头上有青天",尽管她傻乎乎的,命运竟强似众姐妹。她学过织毛衣的技术,前几年政策活了,她大胆买来几台机器,就发起来了,产品销行西北五省。她生性良善,出手大方,乐于资助兄妹,就并不遭人嫉妒。我望着眼前这健壮的少妇,无论如何难以与当年卖到北山当童养媳,又逃回来,被她母亲用柴禾抽得满院滚的黑瘦丫头联系起来。

不过,她清澈的黑眼睛里似有空落、愁闷的意绪。她征求我的意见,说到市针织厂当个女工怎么样?我说,那你可就没那多钱好挣喽。她说,我不管钱不钱,现在整天圈在家里,急挖挖的,人快成织毛衣的机器了，有啥意思。她说，她攒了钱，要去看大海，要到南方转转。她的血管里有我们家族的遗传，跟我一样，也是个不安分、喜冒险的家伙。她的想法，未尝不同时反映着一种属于未来的东西吧。

我还要去找寻此行欲找寻的最后一个人，这个人属于过去，已沉埋地下几十年了，他就是我的父亲。提起他，我就想起了坟院。昔日的坟院，松柏森森，坟冢累累，是个神秘，幽静，肃穆的所在。不管我走到哪里，如何一日日的老去，那一团风景常悬在心中，似斩不断的生命根系的图画。现在哪里还有昔日的踪迹？我三岁那年，戴过孝，跪过、哭过、祭奠过的地方又在哪里？只见开旷的场地上，矗立着一排排青砖小楼，据说这一片集中了近年来致富的人家。我们凭借几棵老树，才大略确定了父亲坟茔的方位。那多半只是一种推测。二哥烧起了冥纸，大家皆屏息竦立着，默默无语，各想心事。我想，这是否正是地下与地上，亡灵与生灵默契交谈的时刻？关于这个"人"的故事太长了，难以尽述，只想说，作为一个旧中国的乡土知识分子，他曾经幻想过也努力过改造乡土社会，现在他的坟头虽然平了，但平地上终究起了新的建筑，新的生活，想来他不会怨他的后代儿孙吧，说不定他还会感到真正的欣慰呢。

晚雾悄悄地升起来了，我们也该回县城了。吉普开到河边时，我很想看到鹭鸶。那是一种长着细细的腿，长长的颈的极可爱的大水鸟，幼时常见它们从冬至春成群地在河滩散步，孩子们即使挨近它们，它们也从容自若，并不惊飞。怎么现在连一只也没有了？天宝倒随口说出了一句让我吃惊的话。他说：以前的好多东西现在都没有了，现在又有了许多以前没有的东西。是啊，万物皆流，无物常住，我这次的还乡，究竟是失望，还是充实，说不清楚，只是隐隐想到，人是一种喜欢飘浮的动物，在人的灵魂中必有一种随时要飞的物质，压力来时，人可以坚实地踏在大地上，压力一去，又会飘飘然，结果招致更大的压力，如此循环，以至生命的终结，而我的还乡，终究起到了一点施压和清醒的作用。一切都被时间卷去了，再也难以找回当年的感觉；但又并非一切都被卷去，当我们承认世界和人生的有限性时，我们才会备感某些情感的珍贵啊！

大地的语言

■ 阿 来

一

朋友来电话，招呼去河南。从来没有去过河南，从机场出来，上高速，遥遥地看见体量庞大的郑州市出现在眼前。

说城市体量庞大，不只是出现在视线中那些耸立的高大建筑，而是说一种感觉：那隐没在天际线下的城市更宽大的部分，会弥散一种特别的光芒，让你感觉到它在那里。声音、尘土、灯光，混同、上升、弥散，成为另一种光，笼罩于城市上方。这种光，睁开眼睛能看见，闭上眼睛也能看见。这种光吸引人眺望，靠近，进入，迷失。但我们还是一次次刚刚离开一座城市就进入另一座城市。重复的其实都是同一种体验：在不断兴奋的过程中渐渐感到怅然若失。我们说去过一个省，往往就是说去省会城市。所以，此行的目的地我也以为就是眼前已经若隐若现的这个城市。汽车拐上了另一条高速路，这时才知道此行的目的地，下面的周口市，再下面的淮阳县。

还在车上，热情的主人已经开始提供讯息，我知道了将要去的是一个古迹众多的地方。这些古迹可不是一般的古迹，都关乎中华文明在黄河在这片平原萌发的最初起源。这让我有些心情复杂。当"河图""洛书"这种解析世界构成与演化的学问出现在中原大地时，我的祖先尚未在人类文明史上闪现隐约的身影。所以，当我行走在这片文明堆积层层叠叠的大地之上时，一面深感自己精神来源短暂而单一的；一面也深感太厚的文明堆积有时不免过于沉重。而且，所见如果不符于想象时，容易发出"礼崩乐坏"的感叹。

我愿意学习，但不论中国还是外国，都不大愿意去那种古迹众多的地方。那种地方本是适于思想的，但我反而被一种莫名的能量罩住了，脑袋木然，不能思想。这也是我在自由行走不成问题的年代久久未曾涉足古中州大地的原因吧。

拜血中的因子所赐，我还是一个自然之子，更愿意自己旅行的目的地，是宽广而充满生机的自然景观：土地、群山、大海、高原、岛屿、一群树、一棵草、一簇花。更愿意像一个初民面对自然最原初的启示，领受自然的美感。

在那些古迹众多之地，自然往往已经破碎，总是害怕面对那种一切精华都已耗竭的衰败之感。更害怕大地的精华耗竭的同时，族群的心智也可怕地耗竭了。所以，此行刚刚开始，我已经没有抱什么特别的希望。

二

行车不到十分钟，就在我靠着车窗将要昏昏然睡去时，超乎我对河南想象的景观出现了。这景观不是热情的主人打算推销给我们这群人的。他们精心准备的是一个古老悠久的文化菜单，而令我兴奋的仅仅是在眼前出现了宽广得似乎漫无边际的田野。

收获了一季小麦的大地上，玉米，无边无际的玉米在大地宽广中拔节生长。绿油油的叶片在阳光下闪烁，在细雨中吮吸。这些大地在中国肯定是最早被耕种的土地，世界上肯定也少有这种先后被石头工具、青铜工具、铁制工具和今天燃烧着石油的机具都耕作过的土地。人类文明史上，好多闪现过文明耀眼光辉，同时又被人类自身推向一次次浩劫的土地，即便没有变成一片黄沙，也早在过重的负载下苟延残喘。

翻开一部中国史，中原大地兵连祸接，旱涝交替。但我的眼前确实出现了生机勃勃的大地，这片土地还有那么深厚肥力滋养这么茁壮的庄稼，生长人类的食粮。无边无际的绿色仍然充满生机，庄稼地之间，一排排的树木，标示出了道路、水渠，同时也遮掩了那些素朴的北方村庄。我喜欢这样的景象。这是令人感到安心的景象。

如今是全球化城市化时代，在我们的国家，数亿农民耕作的田野，吃力地供养着越来越庞大的城市。农业，在经济学家的论述中，是效益最低，在GDP统计中越来越被轻视的一个产业。在那些高端的论坛上，在专家们演示的电子图表中，是那根最短的数据柱，是那根爬升最乏力的曲线。问题是，他们当中的任何一个人，又不能直接消费那些爬升最快的曲线。不能早餐吃风险投资，中餐吃对冲基金，晚间配上红酒的大餐不能直接是房地产，尽管厨师也可以把窝头变成蛋糕，并把巧克力蛋糕做成高级住宅区的微缩景观，一叉，一座别墅，一刀，半个水景庭院。那些能将经济高度虚拟化的赚取海量金钱的聪明人，能把人本不需要的东西制造为巨大需求的人，身体最基本的需求依然来自土地，是小麦、玉米、土豆，他们几十年生命循环的基础和一个农民一样，依然是那些来自大地的最基本的元素。他们并没有进化得可以直接进食指数、期货、汇率。但他们好像一心要让人们忘记大地。这个世界一直有一种强大的声音，在告诉人们，重要的不是大地，重要的不是大地哺育人类那些根本的东西。那个叫利奥波德的美国人在半个多世纪前就质疑过这种现象，并认为造成这种现象的原因是几千年的人类历史只发展出"处理人与人之间关系"的伦理观念，一种人与财富关系的伦理观念。并认为这种观念大致构成两种社会模式，一种用"金科玉律使个人与社会取得一致"，一种则"试图使社会组织与个人协调起来"。"但是，迄今为止没有一种处理人与土地，以及人与在土地上生长的动物和植物之间关系的伦理观"。

伦理观是关乎全人类的，不幸的是，我们并不生活在一个一切社会规则以全体人类利益为考量的世界上。现在的价值体系中，世界上所有的一切都只是资源。人是资源，土地也是资源。当土地成为资源，那么，在其上种植庄稼，显然不如在其上加盖工厂和商贸中心。这个体系运行的前提就是，弱小的族群、古老的生活方式需要为之付出巨大的牺牲。

农业需要作出牺牲，土地产出的一切，农民胼手胝足的劳动所生产出的一切，都是廉价的，因为有人说这没有"技术含量"。几千年才培育成今天这个样子的农作物没有技术含量，积累了几千年的耕作技术没有技术含量，因为古人没有为了一个公司的利益去注册专利。玉米、土豆在几百年前从美洲的印第安人那里传入了欧洲与亚洲，但墨西哥的农民还挣扎在贫困线上，他们离井背乡，在大城市的边缘地带建立起全世界最大的贫民窟，只为了从不得温饱的土地上挣脱出来，到城市里去从事最低贱的工作。我曾经在墨西哥那些被干旱折磨的原野上，在一株仙人掌巨大的阴凉下黯然神伤。我想起一本描述拉丁美洲如何被作为一种资源被跨国资本无情掠夺的书:《拉丁美洲:被切开的血管》。如果书名可以视为一种现实的描述,那么,我眼前这片原野的确已经流尽了鲜血。眼前的地形地貌,让我想起胡安·鲁尔福的描写乡村破败的小说《教母坡》中的描述:"我每年都在我那块地上种玉米,收点玉米棒子,还种点儿菜豆。"但是,风正在刮走那些地里的泥土,雨水也正冲刷那些土地里最后一点肥力。

三

今天,在远离它们故乡很远很远的地方,我看见一望无际的玉米亭亭玉立,茎并着茎,根须在地下交错,叶与叶互相摩挲着絮絮私语,它们还化作一道道的绿浪,把风和自己的芬芳推到更远的地方。在一条飞速延展的高速公路两边,我的视野里始终都是这让人心安的景象。

转上另外一条高速路,醒目的路牌标示着一些城市的名字。这些道路经过乡野,但目的是连接那些巨大的城市,或者干脆就是城市插到乡村身上的吸管。资本与技术的循环系统其实片刻不能缺少从古至今那些最基本的物质的支撑。但在这样的原野上,至少在我的感觉中,那些城市显得遥远了。视野里掠到身后,以及扑面而来的,依然是农耕的连绵田野。

我呵气成雾,在车窗上描画一个个汉字。

这些象形的汉字在几千年前,就从这块土地上像庄稼一样生长出来。在我脑海中,它们不是今天在电脑字库里的模样,而是它们刚刚生长出来的时候的模样,刚刚被刻在甲骨之上的模样,刚刚被镌刻到青铜上的模样。

这是一个个生动而又亲切的形象。

土。最初的样子就是一棵苗破土而出，或者一棵树站立在地平线上。

田。不仅仅是生长植物的土壤，还有纵横的阡陌、灌渠、道路。

禾。一棵直立的植株上端以可爱的姿态斜倚着一个结了实的穗子。

车窗模糊了，我继续在心里描摹从这片大地上生长出来的那些字。

麦。黍。瓜。麻。菽。

我看见了那些使这些字具有了生动形象的人。从井中汲水的人。操耒犁地的人。以臼舂谷的人。

"爰采麦矣？沫之北矣。"

眼下的大地，麦收季节已经过去了，几百年前才来到中国大地上的玉米正在茁壮生长。那些健壮的植株上，顶端的雄蕊披拂着红缨，已然开放，轻风吹来，就摇落了花粉，纷纷扬扬地落入下方那些腋生的雌性花上。那些子房颤动着受孕，暗含着安安静静的喜悦，一天天膨胀，一天天饱满。待秋风起时，就会从田野走进了农家小小的仓房。

就因为在让人心生安好的景色中描摹过这些形状美丽的字眼，我得感谢让我得以参加此次旅行的朋友。

就在这样的心情中，我们到达了周口市淮阳县。我是说到达了淮阳县城，因为此前，已经穿过了大片属于淮阳的田野。让人心安的田野，庄稼茁壮生长的田野，古老的，经历了七灾八难仍然在默默奉献的田野。还未被加工区、开发区、新城镇分割得七零八落的田野。

四

没想到此地有这么大个还活着的湖。

我说活着的意思,不只是说湖盆里有水。而是说水还没有被污染,还在流动循环,晚上,住在湖边的宾馆里,浏览东道主精心准备的文化旅游菜单,就可以闻到从窗外飘来水和水生植物滋润清新的气息。

有了这份菜单上的一切,淮阳人可以非常自豪,对我而言,不要菜单上这一切的一切,我也可以说我爱淮阳。爱窗外广大的龙湖。爱曾经穿越的广阔田野。爱那些茁壮生长的玉米。想着这些的时候,电视里在播放新闻,是世界性粮食危机的消息。其实,不要这样的消息佐证,我也深爱仍有人在勤勉种植,仍然有肥力滋养出茂盛庄稼的田野。但这样的消息能让人对这样的土地加倍地珍爱。

席上,主人向我们介绍淮阳。太昊。伏羲。神农。八卦。陈。宛丘。虽然肉体不是华夏血脉,但精神却受此文明深厚的滋养,但我更愿意这种滋养是来自典籍浩然的熏染,而不是在一个具体的地点去凭吊或膜拜。饭后漫步县城,规模气氛都是那种认为农耕已经落后、急切地要追上全球化步伐的模样——被远处的大城市传来的种种信息所强制、所驱迫的模样。是一个以农耕供养着这个国家,却又被所忽视的那些地方的一个缩影。

晚上,在宾馆房间里上网搜寻更多本地资讯。单独的词条都是主人热心推荐过的,就是在本地政府网站上,关于土地与农业介绍也很简略,篇幅不长可以抄在下面:

> 淮阳县地处黄河冲积扇南缘,属华北平原的一部分……地

势由西北向东南倾斜。西北海拔高度50米,东南海拔高度40米,……全县总土地面积220.18万亩,其中耕地面积177.32万亩,占总土地面积的80.53%,土壤主要有两合土、砂土、淤土三大类。土质大都养分丰富,肥力较高,疏松易耕,适于多种农作物和林木生长。县境内地势基本平坦,但由于受黄河南泛多次沉积的影响,地面呈"大平小不平"状态,造成了许多面积大小不等深度不一的洼坡地,其面积约48万亩,占总耕地面积的27%。这些洼坡地昔日是大雨大灾,小雨小灾,"雨后一片明,到处是蛙声",十年九不收。新中国成立后,党和政府带领全县人民对洼坡地连年进行治理,现已是沟渠纵横交错,排水系统健全,历史上的涝灾得到了根治,昔日"十年九不收"的洼坡地已变成"粮山"、"棉海"。

正是这样的存在让人感到安全。道理很简单,中国的土地不可能满布工厂。中国人自己不再农耕的时候,这个世界不会施舍给十几亿人足够的粮食。中国还有这样的农业大县,我们应该感到心安。国家有理由让这样的地方,这样地方的人民,这样地方的政府官员,为仍然维持和发展了土地的生产力而感到骄傲,为此而自豪,而不因另外一些指标的相对滞后而气短。让这些土地沐浴到更多的政策性的阳光,而不是让胼手胝足生产的农民都急于进入城市,不是急于让这些土地被拍卖,被置换,被开发,被污染,并在其耗尽了所有能量时被遗弃。

我相信利奥波德所说:"人们在不拥有一个农场的情况下,会有两种精神上的危险。一个是以为早饭来自杂货铺,另一个是认为热量来自火炉。"其实,就是引用这句话也足以让人气短。我们人口太多，没有什么人拥有宽广的农场，我们也没有那么多森林供应木柴燃起熊熊的火炉。更令人惭愧的是，这声音是一个美国人在半个多世纪前发出来的，而如今我们这个资源贫乏的国家，那么多精英却只热衷传递那个国度华尔街上的声音。

我曾经由一个翻译陪同穿越美国宽广的农耕地带，为的就是看一看那里的农村。从华盛顿特区南下弗吉尼亚常常看见骑着高头大马的乡下人，伫立在高速公路的护坡顶端，浩荡急促的车流在他们视线里奔忙。他们不会急于想去城里找一份最低贱的工作，他们身后自己的领地那么深广：森林、牧场、麦田，相互间隔，交相辉映。也许他们会想，这些人匆匆忙忙是要奔向一个什么样的目标呢？他们的安闲是意识到自己拥有这个星球上最宝贵的东西时那种自信的安闲。就是不远处，某一座小丘前是他们独立的高大房子，旁边是马厩与谷仓。在中西部的密西西比河两岸，那些农场一半的土地在生长小麦与大豆，一半在休息，到长满青草的时候，拖拉机开来翻耕，把这些青草埋入地下，变成有机肥让这片土地保持长久的活力。

就是在那样的地方，突然起意要写一部破碎乡村的编年史《空山》。我就在印第安纳大学旅馆里写下最初那些想法。看到大片休耕的田野，我写道："这是在中国很难看到的情形，中国的大地因为那过重的负载从来不得休息。"

在那里，我把这样的话写给小说里那个故乡村庄："我们租了一辆车，从六十七号公路再到三十七号。一路掠过很多绿树环绕的农场。一些土地正在播种，而一些土地轮到休息。休息的地开出了这年最早的野花。"

从那里，我获得了反观中国乡村的一个视点。

我并不拒绝新的生活提供的新的可能。

但我们不得不承认，城市制造出来的产品，或者关于明天，关于如何使当下生活更为成功更为富足的那些新的语汇，总是使我们失去内心的安宁。城市制造出来了一种蔑视农耕与农人的文化。从城市中，我们总会不断听到乡村衰败的消息，但这些消息不会比股指暂时的涨落更让人不安。我们现今的生活已经不再那么静好简单了，以至于很多的东西不能用一个字来指称，而要组成复杂的词组。词组的最后一个字都是"化"，城市化、工业化、市场化、商品化、全球化。这个世界的商业精英们发明了一套方法，把将要推销的东西复杂化，发明出一套语汇，不是为了充分说明它，而是将其神秘化，以此十倍百倍地抬高身价。

粮食危机出现了，但农业还是被忽视。这个世界的很多地方饿死人了，首先饿死的多半是耕作的农民。比如，我们谈论印度，不是说旱灾使多少农民饿死，多少农民离乡背井，大水又淹没了多少田野，对于这个疯狂的世界，这是可以忽略不计的大概率事件。媒体与精英们最热衷的话题是这个国家又为欧美市场开发了多少软件，这些软件卖到了怎样的价钱。不反对谈论软件，但是不是也该想想那些年年都被洪水淹没的农田与村落，谈谈那些天天都在种植粮食却饿死在逃荒路上的人们？或者当洪水漫卷，国家机器开动起来救助一下这些劫难中的供养人时，城里人是不是总要以拯救者的面目像上帝一样在乡村出现？

五

平粮台。

这是淮阳一个了不起的古迹。名副其实，这是一个在平原上用黄土堆积起来的高台。面积一百亩。被认定为中国最古老的城池——宛丘。

　　子之汤兮，宛丘之上兮。
　　洵有情兮，而无望兮。

　　从那么久远的古代，原始的农耕就奉献出所有精华来营造城市，营造由自己供养，反过来又慑服自己的威权了。这个龙山文化时期就出现的城市的雏形如果真的被确认，无疑会在世界城市史上创造很多第一，从而修正世界城市史。几千年过去了，时常溢出河道的黄河水用巨量的泥沙把这片平原层层掩埋。每揭开一层，就是一个朝代。新生与毁灭的故事，陈陈相因，从来不改头换面。但这个高丘还微微隆起在大平原上。它为什么不仍然叫宛丘，不叫神农之都，却叫平粮台？是不是某次黄水袭来的时候，人们曾经在这个高地储存过救命粮食，放置过大水退后使大地重生的宝贵种子？在这个已然荒芜的土台上漫步时，我很高兴这片土地仍然具有生长出茂盛草木的活力。那些草与树仍然能够应时应季开放出花朵。草树之间，还有勤勉的村民开辟出不规则的地块，花生向下，向土里扎下能结出众多子实的枝蔓，芝麻环着节节向上的茎，一圈圈开着洁白的小花。人类不同的历史在大地上形成了不同的文化，但大地的奉献却是一样。我记起在俄罗斯的图拉，由森林环绕的托尔斯泰的庄园中，当大家去文豪故居中参观时，我没有走进那座房子，看干涸的墨水瓶、泛黄变脆的手稿。我走进了旁边的一个果园。树上的苹果已经收获过了，林下的草地还开着一些花。淡蓝的菊苣，粉红的老鹳草，再有就是与中国这个叫平粮台的荒芜小丘上轮生着白色小花一模一样的芝麻。人操持着不同的语言，而全世界的土地都使用同一种语言。一种只要愿意倾听，就能懂得的语言——质朴，诚恳，比所有人类曾经创造的，将来还要创造的都要持久绵远。

前　方

■ 曹文轩

　　一辆破旧的汽车临时停在路旁，它不知来自何方，它积了一身厚厚的尘埃。一车人，神情憔悴而漠然地望着前方。他们去哪儿？归家还是远行？然而不管是归家还是远行，都基于同一事实：他们正在路上。归家，说明他们在此之前，曾有离家之举。而远行，则是离家而去。

　　人有克制不住的离家的欲望。

　　当人类还未有家的意识与家的形式之前，祖先们几乎是在无休止的迁徙中生活的。今天，我们在电视上，总是看见美洲荒原或者非洲荒原上的动物大迁徙的宏大场面：它们不停地奔跑着，翻过一道道山，穿过一片片戈壁滩，游过一条条河流，其间，不时遭到猛兽的袭击与追捕，或摔死于山崖、淹死于激流。然而，任何阻拦与艰险，也不能阻挡这声势浩大、撼动人心的迁徙。前方在召唤着它们，它们只有奋蹄挺进。其实，人类的祖先也在这迁徙中度过了漫长的光阴。

　　后来，人类有了家。然而，先前的习性与欲望依然没有寂灭。人还得离家，甚至是远行。

　　外面有一个广大无边的世界。这个世界充满艰辛，充满危险，然而又丰富多彩，富有刺激性。外面的世界能够开阔视野，能够壮大和发展自己。它总在诱惑着人走出家门。人会在闯荡世界之中获得生命的快感或满足按捺不住的虚荣心。因此，人的内心总在呐喊：走啊走！

离家也许是出自无奈。家容不得他了，或是他容不得家了。他的心或身抑或是心和身一起受着家的压迫。他必须走，远走高飞。因此，人类自有历史，便留下了无数逃离家园，结伴上路，一路风尘，一路劳顿，一路憔悴的故事。

人的眼中、心里，总有一个前方。前方的情景并不明确，朦胧如雾中之月，闪烁如水中之屑。这种不确定性，反而助长了人们对前方的幻想。前方使他们兴奋，使他们行动，使他们陷入如痴如醉的状态。他们仿佛从苍茫的前方，听到了呼唤他们前往的钟声和激动人心的鼓乐。他们不知疲倦地走着。

因此，这世界上就有了路。为了快速地走向前方和能走向更远的地方，就有了船，有了马车，有了我们眼前这辆破旧而简陋的汽车。

路连接着家与前方。人们借着路，向前流浪。自古以来，人类就喜欢流浪。当然也可以说，人类不得不流浪。流浪不仅是出于天性，也出于命运。是命运把人抛到了路上——形而上一点说。因为，即便是终身未出家门，或未远出家门，但在他们内心深处，他们仍有无家可归的感觉，他们也在漫无尽头的路上。四野茫茫，八面空空，眼前与心中，只剩下一条通往前方的路。

人们早已发现，人生实质上是一场苦旅。坐在这辆车里的人们，将在这样一辆拥挤不堪的车里，开始他们的旅途。我们可以想象：车吼叫着，在坑洼不平的路面上颠簸，把一车人摇得东歪西倒，使人一路受着皮肉之苦。那位男子手托下巴，望着车窗外，他的眼睛里流露出一个将要开始艰难旅程的人所有的惶惑与茫然。钱钟书先生的《围城》中也出现过这种拥挤的汽车。丰子恺先生有篇散文，也是专写这种老掉牙的汽车的。他的那辆汽车在荒郊野外的半路上抛锚了,并且总是不能修好。他把旅途的不安、无奈与焦躁不宁、索然无味细细地写了出来:真是一番苦旅。当然,在这天底下,在同一时间里,有许多人也许是坐在豪华的游艇上、舒适的飞机或火车上进行他们的旅行的。他们的心情就一定要比在这种沙丁鱼罐头一样的车中的人们要好些吗?如果我们把这种具象化的旅行,抽象化为人生的旅途,我们不分彼此,都是苦旅者。

人的悲剧性实质,还不完全在于总想到达目的地却总不能到达目的地,而在于走向前方、到处流浪时,又时时刻刻地惦念着正在远去和久已不见的家、家园和家乡。就如同一首歌唱到的那样:回家的心思,总在心头。中国古代诗歌,有许多篇幅是交给思乡之情的:"日暮乡关何处是?烟波江上使人愁。"(崔颢)"近乡情更怯,不敢问来人。"(宋之问)"还顾望旧乡,长路漫浩浩。"(《古诗十九首》)"家在梦中何日到,春来江上几人还?"(卢纶)"不知何处吹芦管,一夜征人尽望乡。"(李益)"未老莫还乡,还乡须断肠。"(韦庄)……悲剧的不可避免在于:人无法还家;更在于:即便是还了家,依然还在无家的感觉之中。那位崔颢,本可以凑足盘缠回家一趟,用不着那样伤感。然而,他深深地知道,他在心中想念的那个家,只是由家的温馨与安宁养育起来的一种抽象的感觉罢了。那个可遮风避雨的实在的家,并不能从心灵深处抹去他无家可归的感觉。他只能望着江上烟波,在心中体味一派苍凉。

这坐在车上的人们,前方到底是家还是无边的旷野呢?

祖 籍

■ 苏 童

人口流动有其悠久广阔的历史，假如追溯几代而上，今天的城市人无一例外地有着一个异乡他壤的祖先，他的个人资料中出生地是 A 城，祖籍一栏中却是 B 城，对此人们已经习以为常了。

祖籍对一个城市人意味什么？意味着某一个遥远的从未涉足的地方，意味着某一个古代男婴在那地方呱呱坠地，意味着每一个人都有他的来处。

那是一根看不见的细线，它把城市人与陌生人、模糊的家族、乡村以及人类迁徙史联结在一起或者说它只是城市人身上形形色色标签中的一张，恰恰这张标签对他们的现实生活是无足轻重的。

从前人们在旅途上闲聊，相邻而坐的人常常会向对方问这样的问题：先生哪里人？答话那人报出的地名通常就是他的祖籍。从前在城市街道上很容易看见××同乡会，××会馆这样的处所，从前的人们把老家、同乡的概念看得很重，这概念也在人们生活中成为一种极为主要的人际关系，因此有许多集体行为的解释听来极为简单：我们是同乡，我们是一个村子的。

如今在一些社交场合你也能听见类似的声音，哦，我们原来是同乡啊！但这种声音的实质已经退化为一种虚无，就像美国人说 Nice to meet you，如此而已，通常那两个人对他们共同的故乡已了无记忆，他们可能根本没去过那里，故乡留给他们的印象只是一个地名几个汉字，如此而已。一切都依赖于在新的时代中的心态的演变，你可以想象在九十年代，城市人是多么自觉的淘汰着情感世界中的多余部分！

人们就这样奔走在祖先未曾梦见的土地上，今天我们看见大批具有北方血统的青年男女匆匆行走在上海、香港、台北的街道上，大批黑头发黄皮肤的中国人漂洋过海来到了南洋、欧洲、美国，你会在纽约第五大道上突然听到熟悉的乡音，一抬头就看见了你的同乡，有时你们相视一笑，有时你们形同陌路，一切都很自然，许多人已经抛弃了故乡，有时那是一种历史，有时那是一种选择。

祖籍在哪里？在身份证上；故乡在哪里？在铁路和公路的另一端；同乡在哪里？在陌生的人群中，只有他自己在自己的路上。

有些人走到天边也要遥望他的故乡，记得有一次我在美国旧金山一个留学生家作客，她的房子紧靠太平洋的海湾，窗口海景美不胜收，房租当然很贵。我问她，既然经济拮据，为甚么要租这么贵的房子，她说，这里能看太平洋。过了一会儿，她又说，你知道，海那边就是中国，我很想妈妈，我很想家。我一时无语，忍不住问，为什么不回去？就一张机票的事啊。我看见她的脸上流露出一种奇怪的表情，然后她轻轻地说，回不去了。也许我的表情依然疑惑，她又补充了一句，其实，也不愿回去。

西藏大地

■ 马丽华

　　山是大山，川是大川，青藏高原这片荒寒的高大陆就由这些大系山水所组成。用心地想一想，全世界哪里还能见到比它们更加浩瀚些的崇山峻岭呢？尤其是，连脚下的地平线都已遥遥地高出海平面几千米，成为世界高极。我喜欢视野里充满山的时候，喜欢从几乎所有可能的角度端详它们：平视，俯瞰，仰望；喜欢看它们在各种光影里：朝晖里，迟暮里，光天化日下；喜欢以各种方式：乘车或徒步，去尽其所能地穿越和跋涉过它们。在藏十七八年，以山为伴。

　　——它是焦干的……

　　在不经意时，我总是习惯于用北方母语自语。焦干这方言用在眼下刚好合适——不错，它是焦干的，焦干而茫茫。

　　山野上苍茫无际的阳光季风丝丝缕缕地剥蚀了岁月，干涸着生命。这生命，不光是哪一个人的，不光是哪一人群的，生命是一种泛指。所有的。

　　智者说，水是最好的。幸好有了这些奔流不息的水。它们总在山与山对峙的峡谷和平川上要么平缓要么急急地经过。不舍昼夜，而且永不回返。凝神于流水的人，终将成为智者。它们不舍昼夜永不回返地远程奔走着，直到海洋的怀抱。沿途，它们就汇集了两岸永不止息地涌流而下的雪水、雨水和泉水。亘古以来雨雪泉水的冲刷就这样渐深渐宽了纵横交织的山谷。深深浅浅，枝枝蔓蔓，天造地设出这样一个自然环境。人类悄悄地出现并植根于这些大山的皱褶中——那种令我多年来感慨不尽的生命和生活之流正从谷底静静地流淌开来，这生命与生活的原汁呵！我所到过的那许多村庄，无一不坐落在水经过的地方。我总是从这一山谷，进入另一山谷。涉过这一条河，走向另一条河。

近两年来，我这样穿梭奔走于西藏中部的拉萨、雅鲁藏布江山结水流之间，访问着越来越熟悉的村庄和人们。那些山野不再是一扫而过的彼此类同的，不再是纯粹客体的漠不相关的。某种共同和共通维系着我的情感和视线。探求与整理这一地区的文化现象对我来说无疑很重要，不然何以急切向往并兴致勃勃地走近那些村庄和房屋呢。这是一股重要的动力，在民俗学家和人类学家没能张望过的地方，先人一步地去领略少为人知的生活存在，无疑是一种优厚待遇的被赐予。然而——

意义不止于此。至少最终和最高的意义不止于此。对我来说，必经的过程要比目标的到达更富有魅力和乐趣——为何对某一现象和行为兴趣浓厚，它们因何感召了我，从哪里获知线索，用何种方式从流至源，经由哪些人们去明了它，由此又牵扯出哪些未知问题，引我走向哪些更纵深的阡陌歧途……

更不待说这些神奇的事物是以我长久感到新鲜的思维方式和语言方式来表现和表述的——我对于西藏民间的全部知识，差不多都是通过藏语获得的。富有表现力的藏语格外悦耳，格外奇崛，抑扬顿挫有如峭崖陡壁；而操藏语者无不健谈，又如同汩汩不歇的江河流水。访谈的时刻正是神思飞扬的时刻，一些能够捕捉到的单词脱离它本来的轨迹去引领思想天马行空。简单的翻译提示，就使心领神会，引申联想，举一反三。在那种时刻，就想到自己是存心不肯去精通这门语言了的。

更何况在这一过程中，能够有缘分与那样一些泥土里生长起的人们相逢，从一些表象入手，一度参与了他们的生活。在那里，最神秘的也是最明朗的，最繁琐的也是最单纯的，最平凡的也是最神圣的，最无心的也是最难以忘怀的。

也终于走进了最神奇最玄奥的超验世界。

一度加入了群舞与合唱的行列。

水乡茶居

■ 杨羽仪

在广东水乡,茶居是一大特色。

每个村庄,百步之内,必有一茶居。这些茶居,不像广州的大茶楼,可容数百人;每一小"居",约莫只容七八张四方桌,二十来个茶客。倘若人来多了,茶居主人也不心慌,临河水榭处,湾泊着三两画舫,每舫四椅一茶几,舫中品茶,也颇有兴味。

茶居的建筑古朴雅致,小巧玲珑,多是一大半临河,一小半倚着岸边。地板和河面留着一个涨落潮的落差位。近年的茶居在建筑上有较大的变化,多用混凝土水榭式结构,也有砖木结构的,而我却偏好竹寮茶居。它用竹子做骨架,金字屋顶上,覆盖着蓑衣或松树皮,临河四周也是松树皮编成的女墙,可凭栏品茗,八面来风,即便三伏天,这茶居也是一片清凉的世界。

茶居的名字,旧时多用"发记茶居"、"昌源茶室"的字号。现在,水乡人也讲斯文,常常可见"望江楼"、"临江茶室"、"清心茶座"等雅号。

旧时的水乡茶室,多备"一盅两件"。所谓"一盅",便是一只铁嘴茶壶配一个瓦茶盅。壶里多放粗枝大叶,茶叶味涩而没有香气,仅可冲洗肠胃而已。所谓"两件",多是粗糙的大件松糕、芋头糕、萝卜糕之类,虽然不怎样好吃,却也可以填肚子,干粗活的水乡人颇觉实惠。现时,水乡人品茗,是越来越讲究了,茶居里再也不见粗枝大叶，铁嘴壶也被淘汰了，换上白雪雪的瓷壶。柜台上陈列着十多种名茶，洞庭君山、云南普洱、西湖龙井、英德红茶……偶有一两种大众化的，也至少是茉莉花茶和荔枝红了。至于那"两件"，也绝非粗品，而时兴"干蒸烧卖"、"透明鲜虾饺"、"蛋黄鱼饼"、"牛肉精丸"之类，倘要填肚子，也很少吃糕，而多取"荷叶糯米鸡"了。在"史无前例"的年月，糯米鸡也被什么"化"掉了，原先渗着清气的荷叶，因为《爱莲说》的作者是士大夫，这块荷叶也应该"清队"了，"糯米鸡"变成了"裸裸鸡"。倘糯米饭中真的裹着鸡肉，虽然是"赤膊上阵"，也还不失真趣。可是，不知哪个发明家，来个偷梁换柱，把鸡肉变成一块肥猪肉，这只"糯米鸡"变成了"裸裸糯米猪"。唉，那个时代酿造的虚伪，竟也渗入了"糯米鸡"的馅里！现在，水乡荣居的糯米鸡，不但恢复了传统的荷叶包裹，而且糯米饭里头的确裹着鸡肉，还拌以虾米、冬菇、云耳等珍品，色香味均属上乘，百啖不厌。

　　水乡人饮茶，又叫"叹"茶。那个"叹"字，是广州方言，含有"品味"和"享受"之意。不论"叹"早茶或晚茶，水乡人都把它作为一种享受。他们一天辛勤劳作，各自在为新生活奔忙，带着一天的劳累和溽热，有暇"叹"一盅茶，去去心火，便是紧张生活的一种缓冲。我认为"叹"茶的兴味，未必比酒淡些，它也可以达到"醺醺而不醉"的境界。

　　"叹"茶的特点是慢饮。倘在早晨，茶客半倚栏杆"叹"茶，是在欣赏小河如何揭去雾纱，露出俏美的真容么？瞧，两岸的番石榴、木瓜、杨桃果实，或浓或淡的香气，渗进小河里，迷濛、淡远的小河，便如倾翻了满河的香脂。也许，是看大小船只在半醒半睡的小河中摇橹扬帆来去，看榕荫、朝日及小鸟的飞鸣吧！倘在傍晚，日光落尽，云影无光，两岸渐渐消失在温柔的暮色里，船上人的吆喝声渐渐远去，河面被一片紫雾笼罩。不知不觉，皎月悄悄浸在小河里……此境此情，倘遇幽人雅士，固然为之倾倒，然而多是"卜佬"的茶客。他们"叹"茶，动辄一两个小时，有如牛的反刍，也是一种细细品味——不是品味着食物，而是品味着生活。

一座水乡小茶居，便是一幅"浮世绘"。茶被"冲"进壶里，不论同桌的是知己还是陌路人，话匣子就打开了。村里的新闻、世事的变迁、人间的悲欢，正史的还是野史的，电台播的大道新闻还是乡村小道消息，全都在"叹"茶中互相交换"版本"。说着、听着，有轻轻的叹息，有嘀嘀的笑声，也有愤世嫉俗的慨叹。无怪乎古时柳泉居士蒲松龄先生要在泉边开一小茶座，招呼过往客人，一边"叹"茶，一边收集可写《聊斋志异》的故事了。

在茶居里，也有独自埋下头，静静地读完一张《羊城晚报》的人，读着，读着，突然拍案而起，惊动四邻。他们评论着、叹息着、赞扬着……更多的议题则是农村经济政策的不断落实，正像水乡人的两道浓眉越来越舒展一样。茶客们"叹"着茶，便心碰心儿，谁个养了多少头奶牛，年产量多少；谁个治木瓜害虫有特效药；谁个万元户联合起来给穷队投资，帮助穷队改变落后面貌。茶越"冲"越淡了，话却越说越浓。一桩桩事儿，就在"叹"茶中经过"掂盘"而"拍板"了。这时，茶客们的兴致更浓了，他们举起茶杯"碰"起杯来……

这样的"草草杯盘共一欢"，便是水乡生活中的诗。生活有了诗，"叹"茶也如吃酒，且比酒味更醇，而世间最好的酒肴，莫过于生活中的诗了。有了诗，桌上即使摆着盐渍鸡、炸禾花雀、炖水鱼、炸花生米等，也味同嚼蜡了。唯独那一盅茶，绝不可放弃，因为它也能"酿"出生活中的诗来。

月已阑珊,上下莹澈,茶居灯火的微茫,小河月影的皴皱,水气的奔驰,夜潮的拍岸,一座座小小茶居疑在醉乡中。一切都和心象相融合。我始觉这个"叹"字的功夫,颇如艺术的魅力,竟使人"渐醉"……

望柳庄

■ 王宗仁

我常常觉得在我的生命深处,有一些什么东西在荒芜地漂流,使我无法平静。怀念或是感动或是遗憾?

昨天的叶子没有枯萎。

此刻,2004年早春的这个早晨。昨晚一场雪使昆仑山的天地变得很完整。但是即使到了白天,山下的格尔木也像入睡。春天的寒风挤满窗棂,窗外稍远一点的地方,那棵柳树正在费力地摇动,分明想摆脱大风的束缚。可是不能。

这样的时刻,我在稿纸上写下三个字:

望柳庄。

它有一段埋藏得很深的秘密。关于春天的秘密——一位将军在飞雪的戈壁滩播种春天的故事。

有山脊却看不见山,有村庄却不住人。只有这片柳树年年月月像遗忘了季节似的迎着风沙摇晃卷曲,枝条交错成各种形状。即使这样,它依然寂寞。

这时,一位中年军官来到柳树前,望着树枝许久,自言自语地说了一句话:我真恨不得割下耳朵,挂在柳树的肩膀上,让它听听有多少人编写了多少赞美它和它的主人的故事。

这个军官就是我。

我北京的书房就叫望柳庄。这个名字常常使我想起从前,想起从前我就觉得吃苦是一件很愉快的事。

可是,格尔木的望柳庄依然很寂寞。

不少人都是通过我的笔端知道了格尔木城里这个望柳庄。然而,谁能想到那时候格尔木根本算不上城,格尔木就有个望柳庄。望柳庄就住着将军和一伙修路的兵。

格尔木是修筑青藏公路大军在昆仑山下的第一个落脚点。从那时起,这儿就叫望柳庄。后来,望柳庄就成了修路的大本营。再后来,公路跨上世界屋脊,望柳庄所在地格尔木就成为内地进入西藏的咽喉。如今的格尔木是青海省第二大城市,青藏高原的名城,是国家命名的"中国优秀旅游城市"。

可是,谁人知道格尔木起始于望柳庄?又有几人知道是谁在望柳庄前栽下了第一棵柳树?

五十前的那个初春,昆仑莽原上仍然是弥漫的风沙卷着雪粒、石子在狂吼。世界混沌一片。春天在何处?

这时,一位老军人攥着一棵柳树在敲格尔木冬眠的门:醒来吧,我要给你换新衣!

说毕,他挥镐挖土,栽下了第一棵柳树。

这不是一棵孤零零的树。这片世界从这儿开始,跟来了一大队树的队伍,一棵挨一棵地跟着这棵树排起了队。

这个老军人就是慕生忠将军。其实他并不老,四十四岁能算老吗?

格尔木的树来自湟水河畔。

修路队伍离开西宁途经日月山下的湟源县城时,慕生忠让汽车停在一片苗圃前,两只眼睛死死地盯着那些刚刚冒出嫩芽的苗苗不放。许久,他对管树苗的人说:买一百棵。随行人员不解,问:政委,咱只管修路，买树苗做啥？

慕生忠时为中共西藏工委组织部长兼运输总队政治委员。修青藏公路了，他又成了总指挥。大家一直习惯叫他政委。

慕生忠听了这问话，瞪了那人一眼：你说做啥？扎根安家嘛。我们是第一代格尔木人，格尔木是先有人还是先有树？不，人和树一起扎根，这根才扎得牢靠！

格尔木，一片荒野，风沙怒吼。

一个惊呼上当的小伙子问慕生忠：我们要做第一代格尔木人，可是格尔木在哪里呢？

小伙子还没把话说完，一阵风沙就把他吹了个趔趄。慕生忠说：年轻人，告诉你，我们的帐篷扎在哪里，哪里就是格尔木！

说着，他一锹铲下去，沙地上就铲出了个盆状的坑坑。格尔木的第一棵柳树就栽在这坑里。

一百棵杨柳苗，都栽在了刚刚撑起的帐篷周围。一共两大片，杨柳分栽。第二年，这些小苗大都落地生根，绿茵茵的叶芽把戈壁滩染得翠翠地叫人看着眼馋：它们一路狂奔的长势一天一个样儿地蹿长着。给它喝一盆水它长个头儿，给它喂一把肥它也添叶。

看把将军喜的，他像大家伙一样咧着金豆牙笑得好美。快乐的老人，他当下就给两片树林分别命名："望柳庄"和"成荫树"。

有人问：政委，你这名字有啥讲究？

他哈哈一笑：望柳成荫嘛！

看，他还是钟情望柳庄。

将军的笑声糅进了柳的躯体里，树又蹿了一节个头儿。

广漠的戈壁滩荒芜了数千年，现在猛乍乍地生出了这两片绿茵，自然很惹眼，也醉人。毕竟是柔弱苗，难与漠风对峙。常年的飞沙把它浸染得与沙地成为一色,人站在远处就难以瞅见,有时它索性就被那气势汹汹的褐石色盖住,淹没了。

好在,它不服,顶破沙土,又伸起了腰杆。

它的根茎部连着一片阳光。

我第一次看到望柳庄的情景至今难忘。那是令我失望的一次发现。当然失望之后我滋生了更强更多的企盼。这片柳林活得很艰难也很缠绵。

那天午后,我从拉萨执勤回到格尔木,车子刚行驶到转盘路口就抛锚了。其实这地方离我们军营顶多一公里路,可是车子耍起了脾气卧下不动,我也不能回部队只好陪着它。当时风沙很大,迎面扑来人连眼睛都睁不开。助手昝义成回军营取所换的零件。

风沙越来越大,我无法承受它的无情撕打,便顺势走向路口的一排平房,站在了房檐下。风沙果然小了,身上也暖和了许多。这时我举目一看,门楣的三块方砖上刻着三个字:望柳庄。字用红漆涂过,格外醒目。我的心一下子滋润了,好像在风沙世界里望见了一片翠绿的草地。

也就在这时候,我才发现平房前的沙滩上横七竖八地半躺半立着一棵棵树苗。这就是将军带领大家栽的那些柳树,有的已经被沙土埋得不见真面目了。可是,不知为什么在我的感觉里,它们仍然是亭亭站立的硬汉子。

望柳庄前的树站在冬风和春风之间。它们要告别寒冬实在不容易,要把春天迎来路途也蛮艰难。然而,大海不会老去。望柳庄前怎能没有柳树?

后来,我才知道这三个字是慕生忠将军亲笔题写。

我长久地不错眼珠地望着这三个字。高架桥点亮了星河之灯,昆仑山的世界突然变得亲切。我的眼前仿佛开满了鲜花。

风沙还是那么大。

可它绝对吹不落我心中这片春天的世界。

这就是我第一次看到望柳庄的前前后后。好些天后，战友们告诉我，次日清晨，当风沙停止以后，慕生忠带着同志们把那些倒地的柳树苗一棵一棵都扶了起来，培好土。他边收拾这残局边对大家说：吹倒一次，咱扶起它一次。吹倒一百次，咱扶它一百次。直到它可以结结实实地站在沙滩上为止。

柳树是远方来的移民，在将军爱抚的目光里它忘了惆怅和家乡，克服了水土不服的娇气，格尔木成为它的第二故乡。

瀚海孤树，林中一木。

有几棵树只绿了短暂的生命，就消失在戈壁滩。

它们死了。

这似乎是预料中的事，但人们还是觉得太突然。

它们没有来得及留下遗言……

又是一个烈日暴晒着戈壁滩的午后。我出车归来，路过望柳庄。我有意停下车，要看看那三个字：望柳庄。这已经成为我的习惯了，每次从雪线上回到格尔木，必然在望柳庄前停一下，这样我的灵魂就得到了自由，就有一种从黄昏走进晨曦的美好感觉。

可是这一次破例了，一片隐晦落在我心头。

我看到望柳庄前不远的戈壁滩上，一群人围着一堆土丘，默默静立，一个个低着脑袋，空气好像凝固了一样。

我上前打问。竟然没人理睬我。几缕阳光从云头上泻下，照射在土丘上，很有几分燥热。不过我很快就看出来了，那土丘是一个坟堆。

埋的什么人？

我又向一个人打问，他仍然不理睬我。我好生奇怪。便加入到他们的行列，一起默然地站立着，心中的疑团越挽越大。

弄清真相是后来的事。原来在头天，望柳庄前有三棵柳树死了。当然不是无缘无故死去的。这地方缺水、少氧、干旱、寒冷，其中哪一样都会把这些移栽而来的幼苗置于死地。戈壁滩的树，活下来的是强者，死去的也绝不能说是孬种。

骆驼驮着夕阳走在不归的路上。

慕生忠把三棵死去的柳树掂在手中，端详几番又几番，仿佛永远也看不够。末了，他说："它毕竟为咱格尔木绿了一回，让我们这些饥渴的眼睛得到了安慰，是有功之臣。现在它走了，我们难受，怀念它是合情合理的。不要把它随便扔在什么地方，应该埋在沙滩上，还要举行个葬礼。"

于是就出现了这个土丘，独特的柳树墓。

戈壁滩上第一个醒来的人是寂寞的人；第一棵死去的树呢？人们却没有遗忘它。

常有格尔木人给那土丘浇水。其实浇水的人想法很简单，这些树也像人一样，躺在戈壁滩会口干舌燥。浇一瓢水，让它们滋润滋润。树要喝水，就得有人递给它。

谁也没有想到的事发生了。人们有心无意浇的水，唤醒了死去的柳树。到了第二年夏天，土丘上冒出了一瓣嫩芽儿。那芽儿一天一个样，由小变大，由低变高。

啊，柳树！

这是从埋葬着三棵树的坟墓上长出的柳，是一棵死而复生的柳，是将军用怜悯的心唤醒的柳！

后来，人们就把这棵柳称为墓柳。

经过了一次死亡的墓柳，活得更潇洒更坚强了。青铁的叶子泛着刚气，粗褐的枝干储存着力量。大风刮来它不断腰，飞沙扑面它不后退，寒冬腊月它依然挺立。死里逃生的战士最显本色，最珍惜生命。

墓柳接受过无数路人投来的目光，这目光多是赞许，也有不以为然的嘲讽。嘲讽什么？嘲它孤独？讽它清高？不得而知。它继续着它的轨迹活着，藐视一切懦弱者地活着。

时间年年月月地消逝着。望柳庄前的柳树种得越来越多，树片越来越大。它们和墓柳连在了一起，混为一体。已经分不清哪棵是墓柳了。

在望柳庄生命的进程中，这肯定是个生辉发光的日子。那是青藏公路通车到拉萨后不久，彭德怀元帅来到格尔木，就住在望柳庄。彭老总的名字在青藏线上被人们神话般地传颂着，这当然与慕生忠将军有关，与修青藏公路有关。当初，国家没有把修青藏公路纳入当年计划。慕生忠修路时遇到了财力人力的困难，他便找到了老首长、时任国防部长的彭德怀。彭老总刚出国抗美援朝回来，他对慕生忠说，我回国脚跟还没站稳，手头没钱。这样吧，我把你的修路报告转递给周总理，让他解决你的问题。就这样慕生忠得到三十万元的经费。彭老总还给慕生忠调来了十辆大卡车和十个工兵，一千二百把镐，一千二百把锹，三千包炸药，才使修路工程开展起来。

现在，彭老总来到了格尔木，他不住那座专为他修的二层小楼，却和慕生忠一起住进了望柳庄，延安式的砖拱窑洞里。将帅的心相通。这一夜，美酒和春宵……

柳树的枝儿碰醒了杨树的梦。

彭老总：你们干了一件很了不起的大事，在柴达木的戈壁滩上建起了一座新城。这个地方是大有希望的。

慕生忠：没有彭总你的支持，我是不行的。大树底下好乘凉，格尔木人都感谢老总。

说话间，彭老总让人拿出一瓶好酒，对慕生忠说：人生做事就要有你们把公路修到拉萨的这股劲。猫在屋里不出门是干不成大事的。来，今天我敬你一杯。

人称慕生忠为"酒司令"，"昆仑酒神"。他浑身豪气，一腔爽笑，以至他的粗暴过失，都带着酒的精神。难怪人说这四千里青藏公路是他用酒打通的。

彭老总敬酒，这是慕生忠没有想到的。他端起酒杯，连干三杯。还要继续喝时，彭老总把酒瓶拿开了，说：

"你这酒鬼，再喝就醉了。我不想让你喝醉，还要你干事。"

慕生忠说："谢谢彭总，我已经喝好了。你有什么任务就下达吧。"

彭总走到墙上挂的中国地图前，右手从西北甘肃敦煌方向往西南角上一划，说："这一带还是交通空白，从长远看，是需要修一条路！"

还是慕生忠在北京请求修筑青藏公路时，彭老总就提到要修格尔木到敦煌的公路。慕生忠照办了，在青藏公路修到可可西里时，他就派工程队修通了格敦公路。现在，彭老总又提起了这件事，慕生忠如实地告诉彭老总：

"我们已经在格尔木到敦煌之间修起了一条简易公路，下一步我们把它修成一条正式公路。"

彭老总高兴了，又端起酒杯，说：再敬你一杯。

这一杯下肚，慕生忠真的醉了……

彭老总来到格尔木的第二天，就离开望柳庄，在慕生忠的陪同下，乘车南行踏上了青藏公路，一直上到海拔四千六百多米的昆仑山口。车过纳赤台养路段，彭老总在昆仑泉边遇到一个大约四五岁的小孩，他把孩子抱起高高举过头顶，满含希望地说，你是昆仑山的第一代儿童，你的名字就叫社会主义吧！

慕生忠听了彭老总的这话，勾起了他深切的回忆。五年前就是在这个昆仑泉边，修路大军被阻挡……

彭总见慕生忠走了神，就戏说他：

"你是不是又在想把这昆仑泉水变成酒潭才好？"

"没有。我是想那年修路到了离这儿不远的地方，昆仑河真够难为我们了，为了架起青藏公路上的这第一座桥，我们想了多少办法，付出了多少代价！桥架起后我们把这桥叫天涯桥。那真是天之涯海之角啊！不久，陈毅元帅进藏路过昆仑河，是他把天涯桥改名为昆仑桥。这名字改得好！"

彭老总说，他是个诗人，我们这大老粗肚里可没这么多墨水。

当夜，两位将帅返回格尔木，仍然投宿望柳庄。他们肯定又推心置腹谈了许多，这是私房话，别人无法知晓。但是，有一点传出来了。慕生忠对彭老总说，谁都有见马克思的那一天，他说自己百年之后，就安葬在格尔木，这样能天天望见昆仑山。他这一辈子什么都可以舍弃，就是离不开格尔木，离不开昆仑山。彭总听了，爽声一笑，说，你这个慕生忠，想那么远干啥？好好活着，把格尔木建设成柴达木的大花园，好好活着！

慕生忠生命的进程严格地按照他的设计完成。

1994年10月18日，八十四岁的慕生忠将军在兰州与世长辞。10月28日，将军的九位子女护送着他的骨灰，踏上了昆仑山的土地。

在昆仑桥上,二儿子把将军的遗像安放在桥头,大儿子从车上拿出两瓶平时老人最爱喝的皇台酒,启开瓶盖,面对昆仑山,双手恭恭敬敬地把酒瓶举在头顶,说:

"爸爸,你在世时,为了你的身体,每次你喝酒时,妈妈总是背着您在酒里掺矿泉水,请您原谅。爸爸,今天您回来了,您就喝喝这醇香的家乡酒,敞开喝吧……"

昆仑桥在颤抖,昆仑河在抽泣。

随着将军的骨灰洒向高天,昆仑山忽然飞起了漫天的雪花,天地皆白!

此刻,覆盖着积雪的望柳庄格外庄严,神圣……

黑土地

■ 韩静霆

我是北方的黑土捏成的,土性浇铸在我的灵魂之中了。

我生于黑土,长于黑土。童年,我用黑土捏出我的天使:人,马,牛,羊,鸡,狗。我和黑土造就的这些众生厮守,说话,说梦。我用黑土制成能吹奏抑抑扬扬、呜呜咽咽曲调的埙。我的埙就是我的唇舌,我生命的延长,我灵魂的独白。我是黑土的上帝,黑土也是我的上帝。26年前我孑然一身进关,闯荡京华。我住在前门箭楼下的小客栈里,柔和湿滑的京腔在议论我:这个北方的小牛犊子。哦,是的。牛犊子,北方,我。我走出北方黑色的漠野,什么也没带——不不,我带走了一样东西,永生永世不可抛弃也无法抛弃,就是我的土性。

每次返乡,黑土地总是极尽了柔情待我。当我的两脚插在浸了油似的黑土地里,即便是大旱时节,温漉漉的地气也冲得脚心痒痒酥酥的。我的两足张开十个"根须"吸吮着水气,我感觉到筋络舒展的咔咔声,我感觉到血管壁冲撞着一排又一排粘稠的然而又是流动着的激情的浪头。唯有此时,我可以和刚刚拱出土皮儿的荠荠菜私语,可以得到玉米缨络扬来的花粉,可以喝到奉献到手心的的蚂蚁酒。这时候我能把目光的线一直扯到松辽平原的极处,看云起云飞,进入一种境界。我想我变成了黑土地上植根并且眺望着的树,一棵生有两个丫杈的树,一棵擎着乱蓬蓬鸟窝的树,一棵白桦树。

我想我不怕被肃杀的风摇落最后一片叶子，不怕。叶落了还会再生。我想我可以燃烧，在地上成炭，在地下变煤。因为，我是黑土地的子孙。

　　带着黑土地给我的足够的营养，我离开了故土。西北高原的风吹不倒我这北方的榛莽，海南天涯的烈日晒不干我黑褐色肌肤蕴藏的油性。有时候，我枕着塬，枕着海，闭上眼睛想到的却是北方黑土地柔软的怀抱，想到儿时睡过的桦树皮摇床。我为此心旌摇荡，依稀看到黑土地上跋涉而去的祖先。哦，努尔哈赤的雕弓拉成满月，"玉骢嘶罢飞尘起，皂雕没处冷云平"；哦，挖参人如崖上的壁虎，没入密林，"雪中食草冰上宿"；哦，刚刚冷却的火山口杉林葱茏，岩洞里举起了伐木人的炊烟；哦，田畴把黑色的垄划到天尽头，那里，一人、一犁、一牛，共同较量着耐力和韧性。犁着，耕着，走着，没有一点声音。我的黑土地就是这样一部悠远的、孔武的、神秘的、充满着内聚力的不朽经典。当然，在黑土的深层，也埋藏着古战场鲜血锈蚀的剑，也抛落了亡国之民的遗骸，也有过拼搏、绞杀、屈辱和失败。即便是失败，我的先人也是屡败屡战，不屈不挠。北方的黑土地是何等博大啊，兼容着火山与冰岸，天池与地泉，针叶林与毛毛草，红高粱与罂粟花，野性与柔情，爱情与仇恨，严峻与温馨，粗犷与粗疏，自强与自私，寥廓与孤寂。既有长久的四季轮回，又有短暂的无霜期，既有虎群的雄浑，又有狗皮帽子的寒碜，既有宽广又有偏狭，既有宁静又有躁动，坦诚而又神秘，富丽而又贫瘠。我的黑土地，我的黑土地，我对你的爱也是又宽阔又偏狭，又坦诚又神秘的。我读着你，想念你，梦过你。我也渴望走出"宇宙黑洞"，穿破固垒，渴望超越。当我远离故乡去生存，拼搏和拓荒数年之后，终于明白有一种东西是不可超越的，那就是黑土地给予我的生命的原汁。

　　是的，读懂黑土地这部博大恢宏、悠远深邃的自然、历史和人生的巨卷，需要时间的穿凿和精神的反刍。如今，我头上的野草荣而又枯，年已不惑，似乎才领略了一点她的教诲。她从我呱呱坠地的一刻起，就用日出日落、阳春严冬和风霜雨雪教导我。她要我生来就成熟，就懂得什么是沧桑，什么是坚韧，什么叫忍耐，什么叫不屈。黑非洲谚语说，创世之初，上帝赐给每个人一抔土，人们从杯中吸吮生命的滋养。北方黑土地给我的滋养令我受用无穷，也就铸成了我终生的土性。不论在哪儿，人们一眼就可以认出我是北方佬。不管我会不会饮酒，没有海量轻易不敢和我碰杯；不论我是否剽悍高大，人们不可以对我施暴；不论我是否富有尊贵，人们不可对我蔑视；不论我的人生旅途遇到怎样的雷电，怎样的绝境，我都将默默地踏过去。因为，我是黑土捏成的，我经过了北方流火的烧冶，十二月风雪的锻打。人们应该知道，无论多么狂暴的雨雪，北方的黑土地都能吞咽，并且让那雨雪化作三月的桃花水。

　　不可改变，我北方的土性。因为，自我落生的时候，黑土地就给我打上了胎记。我的黑土铸成的肌肤和魂魄不可改变。因为，我不能选择也不愿意改变我的籍贯。我为此感到荣幸——当我走在异乡异域的时候，人们会顷刻间认识我和我的内涵：中国，北方，黑土地。

野旷天低树

■ 杨闻宇

中年人在烦恼里常常怀念儿时，久住现代化的闹市很容易回忆起田野上的风景。西行入陇，身住兰州，我忘不了我儿时的故土在关中，那是原野上到处分布着云团一样的绮丽大树的关中……

杏树，早春里最先着花。仿佛是隐形的春神跨着来自日边的娇艳轻捷的一骑骑"骏马"，当先闯进了旷野，通体的云霞之色与蹄下刚刚立起的麦苗儿同降同生，粉红嫩绿，洁净如洗。杏花展绽得疾速繁盛，褪落得也齐促彻底。待那小麦泛黄时，叶儿里时时亮开的杏儿也黄澄澄的，丰腴润泽，十分诱人。杏树以粉红、翠绿、澄黄之色彩将花叶果实铺排在一个紧凑、简练的序列里，以悄无声息的方式显示着春之多情，春之浩茫。麦收之后，使命已毕的杏树仅余青叶，静下来了，一直平静到落叶之秋。

洋槐，万花凋谢它才开。在刚刚波荡开来的绿色里，槐花一嘟噜一嘟噜素白似雪，雅秀高洁，清芬阵阵，鲜洌的气氛夜静时尤其袭人。这正是青黄不接、许多人家揭不开锅的时候。有那盈盈新妇，捏一长钩，挎一竹篮，拽弯带刺的青枝，小心翼翼地采撷槐花，花串儿嗅之幽香，生啖之则微甜。回家去洒以井水，一笸箩白花撒上三五把麦面，敷霜敷粉，两手和匀，尔后入笼捂蒸，熟时趁热拌以少许油盐，油香淡淡，花香微暖，筋实而耐嚼，妙不可言，村人便称之为"麦饭"。陆游的"风吹麦饭满村香"，很切合关中的这一景况。鲜花白面，调料不宜重，火候不宜猛。新过门的小媳妇外表俊样，是不是兼有内秀？这春日里第一课就考个八九不离十了。槐从鬼，有鬼气，其考试新妇之手段也相当诡秘。

柿树，无疑是色调至为沉着的一种果树。春深时节，它才将指甲盖似的蜡黄花儿隐蔽在密叶里，不露色相，什么异味也没有。有的玩童长成棒小伙了，仍以为柿树十年二十年不作花哩。经夏而入秋，雁唳长空，寒霄里杀下了严霜，碧绿的柿树这才着火一样旺烘起来，蜡黄花儿偷偷结下拳样的青柿子先红，红灯笼一样惹眼，接着是巴掌大的叶儿突然间洇染而红透，整个硕大树冠像是坠接在西海的残阳，泼血一样焚烧，泼血一样红。火炬在黑夜里最热烈，柿树在秋野上最壮观。它是自然界的最后一抹成熟，是天地间所有绿色卷旗回营的号令。

杏树掀开了春之裙裾，柿树则收揽了缤纷的秋意，以杏花之粉红为始，以柿叶之绛红终局，既关乎人事，也正属于造化的安排。

更有花色雅淡者，是柳树。在村外贴河近渠的野地里，鹅黄初上，茸如小茧，谁晓得是叶芽呢还是花苞？丝缘如帘，叶儿秀媚，荫凉浓淡相宜，正好隐蔽住人身，也正好泄漏下月辉，这正是男儿的粗犷青春与女儿纯贞的情愫迸射出生命的第一朵火花的所在，这"火花"便是柳树所独有的天然花朵了——论绚丽，论神奇，大千世界里难得其俦。

柳树是天地流水差遣于月地里的爱的信使，由它撮合成的姻缘是最美满的姻缘。村巷媒婆们捏弄下的婚姻，全不及柳下之盟来得幸福，来得如意。

兰州市区里，我住六层楼，在最高层。东过马路，是"宁卧庄"宾馆，宾馆外围林木荫荫，内部设施是相当出色，自北京来的高级领导，俱安排在那里。"宁卧庄"，好漂亮的名儿，和平安恬，高枕无忧，有出尘脱世之意味。有一天，一进城的菜农忽然告诉我："这地方以前是庄稼地，村名叫'牛卧庄'，后来改名儿时动了一个字。"一字之移易，截然形成的是两重境界，何况我是远走他乡，从戎西上千余里呢！回得家来，俯倚阳台，我又一次眺望那个宾馆，自"宁卧庄"往东，在那黄河投奔而去的远方，便有我的故乡，思絮如云，我又想起了乡村原野上一株株的大树……

——这几样树，花果枝叶动不动被人攀折，立身多艰，躯干是怎么也射不高长不直，形貌不扬，绳墨成性的木匠们也便不屑为顾；匠人不屑，反而能长命高寿。田垄、井台、河道旁边，一株株龙干虬姿，偃蹇，倔强，默默然伫立于野。乍然看去，偻腰俯首，又一如阅世颇深的老人。老人自有老人的信念：饥馑岁月兮新树繁花，风骨弥刚；接济人世兮不拘一格，丑又何妨！

我的儿女们自小从城市里长大，日后不论有多大的沧桑变迁，他们也不会有这样一页廖廓而富于野性的回忆了。失却此忆，在他们是有幸呢，还是不幸？

铁匠铺的雨声

■ 葛水平

谁把打铁声摁在了文明的深处?

此时的雨覆盖了山村的各个部位,那个叫铁匠铺的地方,蛛网上粘着许多小虫子,我能想象出当年铺子里热闹,所有的人都是顶着雨声到来的。

铁匠铺,永远像一个动词,动在雨声的浸淫之下。

它的持续时间是那么久。

红钢从烈火中钳制到铁砧上,锤起锤落,叮当磅礴,小锤点击,大锤紧跟。铁匠对于铁是一场浩劫般的侵扰。

铁匠铺的热闹为什么总是在雨天里?当然,更多的热闹是在冬天。北风呜呜吹过,一路卷起干枯的树叶和草根。农人看在眼里的活计都拾掇完了,收拾好残缺的农具,沿着蜿蜒曲折的路走进铁匠铺。一个长长的冬季,锄头、镢头、铁钎、镰刀,日出或日落的声音,对于敏锐听觉的农人,大锤小锤的声音都是奢望,都是天籁,都是比时间要重要得多的来年春暖河开。

猎人走进了铁匠铺,他是来捡漏铁砂的。我曾看到过一只狼的腹部,一杆猎枪冲着它直射过去,视野里没有遮挡,那只狼却打了个滚抽搐着,它被猎人提回到村庄,它的胸腔开满了紫色的小花。那只狼的死亡是一种神秘的感应,它活着时曾绕道来到村庄,它学着小孩的哭声,声东击西叼走了一头母猪。

轧钢淬火，好铁匠的声名是一把镢头能刨几亩地。钢水好能出活。农人说：好地废农具，好汉废老婆。

铁匠的另一功夫是给马蹄钉蹄铁，冬天用的蹄铁要打出三个防滑蹄爪，夏季蹄铁是平薄的。牵马人站在铁匠铺门前，铁匠揽住马腿，削平蹄底的老皮。铁匠和马腿，在我看来，是臻于禅境的，无悲无喜，对造化万物心存感念。也归于化境，只见那铁匠把一排铁钉含在口中，肩膀顶紧马后胸抱紧弯曲朝上的马腿，把蹄铁合紧马蹄，钉子穿入蹄铁的孔眼，那一片唾沫湿，随蹄铁直接钉入马蹄深处。铁匠此时或可抬头看一下远处，廊外斜阳下的青山，风姿万千的杨柳，目无所视，手有所触，寸寸光阴，都只在盈手之间。那双手，就那么优雅而琐碎地忙活着。

那是一个打铁的镇子，每年的农历九月十三，一年一度的庙会开始，铁匠们聚集在集市上，搭起炉灶，燃起炭火，拉起风箱，将烧红的铁块放在砧子上，抡起铁锤，甩开臂膀，叮叮当当，各自施展本身的绝艺，吸引四乡八方的商人。空气里弥漫着烧红的铁锈味，这气味又随着热风，浸入一切开放的空间。形成热浪，一阵紧似一阵，像潮汐奔来涌去。镇子上因为交易铁货，所有的木门，木窗户都钉了密麻麻的铁钉。嘎吱作响的铁门用劲推开时，门头上挂着南瓜样大小的铁铃铛，如现代人用的门铃。

铁门上的铺首敲打出岁月的古拙沧桑，门环轻叩，从门楼上倒挂下来的雨滴，像一只素手，到底是撩人的。人生故事都是在轻叩中寻来。是的，那铺首，在过去，无论是帝王将相的皇宫、宅邸，还是平民百姓的小家小院，一般都要有一座院门，两扇街门中央门缝两侧、在一人来高的地方都装有一个类似门把手的物件，可以是门环，也可以是菱形的门坠，而衔着门环或吊着门坠，固定镶扣在大门的底座称为铺首，又叫门铺。

谚说，龙生九子不成龙，各有所好。铺首由龙子演变而来。世上本无龙，龙的神话由人创作。编造龙神话的枝枝蔓蔓，于是有"鲤鱼跳"，有"生九子"。关于铺首，兽首衔环，作为龙的九子之一，其"形似螺蛳，性好闭，故立于门上"，由商、周人模仿螺蛳，到椒图"形似螺蛳"。螺为水族，归于龙的家族应该说是顺理成章的。成了龙子，就唤它为椒图。包含在形式里的内容，即所谓"性好闭"，以螺之闭，来强调门之闭。于是，这"守御"，闭塞，闭藏周密，铺首将一种农耕文明的精神，在朱漆黑漆的门扇上展示了几千年，透露着属于中华门文化精髓的东西，由铁匠铺锻打出形。

铺首造型之精美，以庙宇皇宫大门为贵。华贵的铺首呈圆形，兽首下面，分上下两层，上层形若衔环，饰以飞龙戏珠图案，叫做"仰月千年锦"，只具装饰功能，而无门环功用。这一层之下，有飞龙饰纹衬托"仰月千年锦"，铺首有朱漆宫门上，同金色门钉相互映衬，显示出皇家气派。铺首别名金铺、金兽。汉代司马相如《长门赋》："挤玉户以撼金铺兮，声噌呐以面似钏音。"描写叩响门环的情形，玉户金铺的视觉效果和金属碰撞的听觉效果。皇家流落到民间的东西少，尤其是金子做的，如果不是含了足量的铜，那响声能出得来还是两说。我喜欢民间的铁铺首，轻叩门环的响在夜静的时候是压得住黑暗的，可以使走向村子的东西远远停住，也可以让它们悄无声息地融进墙影尘土中。

与兽面铺首相类，是门钹。门钹状似钹，周边通常取圆形、六边形、八角形，中部隆起如球面，上带钮头圈子。变通民宅门上的这种门钹，样式特别，有的还带着吉祥符号，或外圈配如意纹，或镂出蝙蝠的图形。

我记得有一个谜语说：河南上来个物，脊背朝前肚朝后。谜底是谷子。春天的谷子到秋天黄灿灿的，在北方的泥地上，谷子、玉米、大豆、高粱、麦子，全都要镰刀来收割。我还记得五月端阳，娘领我去一个叫雨井山的高处割艾，家家门前的铺首上插艾，让我欢愉、心安、美好。我依然用我若干年前铁匠送的锤子。我一直不喜欢钢钉，手工的铁器不守规矩，可它们适合挂厨房的用具，时间越久它们越黑得像天空下的夜色。

我在夜空下看到过最壮丽的铁花，化开的铁水由匠人拍打进夜空，那是堪与秋日丰收无垠的繁华相媲美的一种壮观，一种极为廓大的气象，看的人和被看的人嘴都咧开很大，铁花映着他们的笑脸，分外夺目。那是乡村人的节日。

我喜欢铁匠，喜欢铁匠铺子里的雨声。大锤小锤的击打声，仿佛天地间万物生出无数的口子，它们从隐处进入显处，我看到铁匠手中的铁精巧灵活，它们构成了人世间的故事，让我看到了某些奇迹。铁匠，铁匠铺子，我一想到它，手心就充满了热气。

如今的村子里再没有铁匠铺的打铁声，没有了铁匠铺子，似乎整个村子里都没有了声音。往昔高雅的铁铺首，也都锈烂，铁钉换成了膨胀螺栓，五毛一斤的旧门板被人买去烧木炭。一切只是在回忆中，才可想象完整的乡村文明。我不能得知，在某些文明器物的流失和精神的衰败中，唯一不想放弃的难道只是想入非非？

在民俗里蹲着的村庄

■ 李雪峰

老鸹柿

  农历九月末的风刮过乡村的时候,把村庄周围的庄稼和山冈上的一切都带走了,成熟的玉米、大豆、高粱、水稻被带回了稻场和村庄,枯黄的树叶被带到了树根或者被带到了大风喘息的地方。鸟也被风带走了,大雁一行一行在长空里啼鸣着追着几缕云朵去了南方,而那些画眉、八哥鸟、喜鹊,还有鹳河上的鹳鸟都被风带到了我们不知道的地方去,村庄里只剩下那些在风里缩头缩脑羽毛凌乱的麻雀。空旷的山冈上,只剩下那些叫声凄厉的老鸹了。

  除了风,村庄里谁也不知道那些鸟儿都去了哪里,在寒风即将吹彻的时候,只有麻雀和我们俗称老鸹的乌鸦和我们留在了村庄和田野里,它们将和村庄一起历霜披雪,同我们一同度过北方冬天的寒冷。

  在霜降以前,村庄必须拾掇回它所有散落在田野和山冈上的果实。板栗已经晾在檐下,核桃的青皮已经在庭院的墙角里腐黑了,几乎一切都已经回到村庄了,田野的地塍上和空空落落的山冈上,只有一树一树灯笼串子似的柿子还在火红着。那年的一个深秋,父亲没有在家,母亲给我和弟弟一根长长的竹竿,让我和弟弟去下自家的柿子。下柿子,就是摘柿子,那是我们那方村庄中的土话。我和弟弟担了荆筐，扛着竹竿就去了村庄后面的山冈上。其实，下柿子这种活儿，对于村庄里的人来说太不是活儿了，有些游戏的意思，村庄人爬高钻低，谁还没有几下子猴上树鱼潜水的功夫呢？我和弟弟甩掉鞋子，呸呸往掌心吐几口唾沫，光着脚丫噌噌噌噌就爬到了树上，然后就骑在树丫上端着竹竿夹柿子，这时的柿叶早凋落尽了，树上满是绛红色的柿子，有些已经熟透了，软软的，吃到嘴里又面又甜。

  我和弟弟只用了小半天，便将树上的柿子全下了，连最顶梢枝上的也没落下一个。我们在树上下柿子的时候，一群一群的老鸹喳喳叫着，在我们头顶和脚下盘来盘去的，似乎那个树蓬间有老鸹的巢，但我和弟弟正忙碌着下柿子，根本没理睬它们。抬着一筐一筐的柿子下山时，我们路经几棵邻家的柿树。他们的柿子已经下过了，黳黑色的柿树顶梢上，还都有七八个绛红色的柿子，在深秋的风中荡呀荡的。我说这两棵可能是陈老歪家的柿树吧，弟弟不屑地说："陈老歪牛皮哄哄的，瞧，连顶梢上的柿子都没敢下。"

  我和弟弟回到家里，向正在屋檐下挂金黄玉米穗子的母亲炫耀说："别人家的柿子都落了几个，咱家那树上，今年可是连一个柿蛋都没落下。"母亲一听，一怔说："坏了，俺忘交代你们留老鸹柿了，这下子可咋办呢？"过了几天，父亲乐滋滋地回来了，但他在村子里转悠了半天，便又沉着脸踽踽回来，进了院子便气急败坏地劈头盖脸大骂说："连几个老鸹柿都不留，连鸟食儿都黑着眼抢，让别人咋看咱们这家人呢？咱们咋在乡亲们面前过活呢？"父亲转身走出去后，母亲这才小心翼翼地跟我和弟弟解释说，老鸹柿是咱村庄人给鸟雀们留的食儿呢，人劳作一年收割了粮食，那鸟儿们也忙碌了一年，柿子总有几个应该是它们的。接着母亲絮絮叨叨说过去村里的哪一家人不留老鸹柿被人瞧不起了，哪一个年轻人因为不留老鸹柿传出去，眼看就要娶进门的媳妇又被退亲啦……

第二天早上，父亲用龙须草吊了一嘟噜的柿子早早就上山了，在我们家光秃秃的柿树上又挂了几十个鲜红的柿子。

如果你在深秋或冬天去我们豫西南乡下，如果你在某个村庄的山冈或田野里看到每棵柿树上都留有几颗灯笼似鲜红的柿子，你不要以为那是因为村庄人手不能及而落下的，也不要以为它是因为摘果子人的疏忽而被遗忘的，那是村庄人留给鸟儿的，那是我们豫西南乡村人关于人关于鸟儿关于收获的一种传统的民俗。

"绕庄三栖，不忍飞去。"这可能就是鸟儿们为什么扑棱扑棱飞梭在乡村，而不愿飞入城市的乡间秘密了。"爱他（它）的地方，才是他（它）灵魂的真正故乡。"不管是人，还是鸟。

鸟儿们的故乡在村庄，在留有老鸹柿的温暖乡间里。

药　罐

在村庄，药罐并不是每户都有的家什。一个村庄也就那么三两个药罐，他们大多被放在几家年老体衰经常煨药的老头儿或老太婆家里，被放在床下或灶台的角落里。

乡间的药罐基本上是陶罐，灰嘟嘟的，里面涂上了黑红黑红的釉子，而罐表面是粗糙的灰陶质地，没有丁点的修饰。药罐的造型也极一般，微微凸起的罐肚，稍稍收缩但仍然阔大的罐口，只在口边留一个鸟嘴似的小小口槽，除了这个口槽，它和村庄里的每个罐子几乎一模一样，几乎看不出它是一个药罐。

村庄里的一个药罐，可以说就是一个村庄的中草药加工厂，沟渠边的抓地龙，滩地上的茅草根、车前草，山冈上的连翘、血参、五味子、百合、桔梗等等无不被戴着老花镜的乡村老中医组合在药罐里，然后煨成黑糊糊的药水，滋养着这方水土上乡人的岁月和康健。在一个黑黑的药罐上，可以嗅到一个村庄草木的气息，甚至可以嗅到一个村庄泥土、草木和四季风雨的气息。一个老药罐的气息，几乎就是一个村庄的气息。在我们庄上白四爷家的那个药罐上，我就嗅到了庄东泥土的腥香，庄西河滩上茅草根的腥甜，隔河山冈上那些柴胡、连翘、血参、五味子等的苦香等诸多气息，它们缭绕成一团，构成了我们村庄每一个乡亲和每一头牲畜的气息，构成了我们那鲜明而醇厚的浓浓庄气。

在村庄里，借用药罐是不容许客气的，甚至不许说"借"，只说"用一下药罐"就行。"用"过后，更不必去还，涮过了放在自家的灶下或床下，等着别的人家再来取去用。如果你不知道这种乡俗，把借来的药罐用过又还了回去，那么主人家会十分生气的，心直口快的人家甚至会破口大骂你。村庄里的一个药罐，不管是谁花钱购置的，但它都不属于哪一家、哪一个人。有时，村庄的一个人家刚买了一个药罐，只用了一次或两次，就被乡邻们取走用了，它从张三家到李四家，过了许多时日，又从李四家到了赵五家，有时它在一个家庭里待三五天，有时它在一个家庭里待上小半年，它就这么浪荡着，从村庄东头到村庄南头，从村庄南头到村庄西头，又到东头，三五个月，甚至三两年，才能偶然回到买它的主人家里。有时，为了急用药罐，可能会打听完半个或一个村庄的乡邻，也有凑巧的时候，刚要取用它，它刚好就浪荡在隔墙的邻家里。

十几岁的时候，我借用过一次村东头赵大爷家的药罐，用过后，我兴冲冲地把它涮净送还到了赵大爷家，平时笑眯眯的赵大爷却冷着脸。回来后我问父亲，父亲一听叫苦不迭说："你怎么能还药罐呢？

还人家药罐，还不就是把疾病还给人家了？"父亲忙拉着我去赵大爷家赔礼道歉，最后对赵大爷说："大槐树下的土地爷要用药罐，俺帮他捎过去。"赵大爷一家的皱眉才慢慢展开了。走时，父亲果然提了那个药罐，拉着我把它提到了村中央的大槐树下，把它放在了那个几块石板搭起的土地庙里。

我问父亲说："赵大爷都怕不吉利，把药罐送给土地爷，难道土地爷不怕吗？"父亲说，赵大爷是凡体肉胎，忌讳，土地爷不一样，他老人家是神仙，担承得起。

这是我一辈子都记忆犹新的一个村庄的幽默，它是关于乡下人、药罐和神仙的，我第一次明白了，那些被乡村人顶礼膜拜的神仙，在乡村人走投无路的时候，它们也是可以被乡村人大不敬地借用一次的。

我喜欢村庄里的那些药罐，喜欢那药罐上缭绕的村庄气息，喜欢那药罐里弥漫的一个村庄土香、水香和草木苦香。一个在村庄里浪荡了许多年的药罐，这个村庄里的土香、水香、草木香早就把它浸润透了，它会具有这个村庄关于泥土、水、草木、炊烟、牲畜等等一切的灵性，到异乡萍踪般迢迢浪荡的时候，一小片故乡的药罐碎片，也足可以疗好一颗心灵的乡思和乡愁，它的一缕气息也足以医尽一颗灵魂乡恋的疼痛。

带一块村庄药罐的残片上路吧，你怀揣着它，你的故乡的气息就缭绕着你；你怀揣着它，你故乡的泥土、水、炊烟就跟着你；你怀揣着它，你故乡的风雨和草木的气息就跟着你；你怀揣着它。你故乡故人的欢欣和忧伤就连着你……

带上一块故乡药罐的残片，你的乡愁，时时都有医治的药了。

太阳是村庄的牲口

村庄是农人的村庄,更是牲畜们的村庄。

一个村庄里。人远没有牲畜多,那些牛羊,那些猪狗,那些骡马,那些鸡鸭,它们远比村庄里生活的人更多。村庄人劳作的田里,牛、骡子去过了。村庄人走的路,骡子、驴和马匹也跟着走过了。人们不多下的河,鸭子、鹅天天在里面生活,它们比村庄里的人更清楚村庄的河流里有多少涟漪、多少浪花。村庄人不常去的山冈,牛去了,羊去了,它们日日在山冈上生活,村庄的人说不清他们村庄周围的山坡上有多少棵树,但村庄的牛羊却知道一个村庄拥有过多少草木。就是人生活的庭院,有许多的角落人是不常去甚至没有去过的,但村庄里的狗肯定去过,它们高高跷起自己的一只后腿,骄傲地在那里撒上了一泡骚骚的热尿。村庄里的猫和鸡也一定去过,在那里悠闲地打盹或者掘地三尺地找虫子。

谁都说不清楚一个村庄是人的,还是那些牲畜的。谁也说不清楚在一个村庄里,究竟牲畜是人的影子,还是人是村庄牲畜的影子。但如果从数量上来比较,人肯定是村庄生命的少数民族,所以人们常常形象树庄说"鸡犬之声相闻",而不说"人声相闻"的。村庄的喧闹常常是牲畜的喧闹,清晨时,鸡鸣了,狗猎猎叫了,于是羊们咩咩叫着从栏里出来了,牛和骡子、马匹的蹄声嗵嗵捣着村庄巷道的沉寂,鸭子和鹅们嘎嘎叫着涌出村庄,村庄的生气一下子被牲畜们升腾起来了。村庄的人不能从山坡上捡拾的青草牛羊们用舌苔替村庄捡拾回来了,村庄人不能从河流里捡拾的浪花鹅鸭替村庄捡拾回来了,村庄人不能从泥土里找出的虫子,鸡们替村庄一条条叨出来了,村庄里人们不能承受的拉犁、拽车等体力之重,牛、骡子驴和马匹替人承受了。许多时候，你甚至不能说清楚是人领着牲畜在生活，还是那些牲畜们领着村庄的人们在生活。

过大年时，村庄的人在扫刷房屋、筹备年货，准备喜喜庆庆过大年，当然，除了自己的房屋和食物，那些牛圈、羊圈也是一定要缮修和清扫的，贮备了一年的好草好料也要拿出来，让自己的那些牲畜们享受。许多的人们扯春联，一定要扯几幅"六畜兴旺""槽头兴旺"之类，贴在庭院的树干上、牛羊栏上和猪圈上，给牲畜们也披上那种大年的喜庆。在年节的日子，村庄人是从不吆骡子喝马的，骡马这些牲口跟着自己忙忙碌碌一年了，它们也是该歇歇的。

村庄里的女人们这个时候最忙碌，里里外外的活计拾掇完了，窗子和家具擦洗净了，过年的肉、馍、饺子、大米、青菜备好了，男人们可以悠闲地坐在院子里喝茶抽烟，或者走门串户聊去了。各种牲畜的栏圈清扫干净、上好的草料装满牲畜们的食槽了，她们就搬出大木盆蹲在干净、清爽的院子里洗衣服。洗衣服多在腊月二十九，这个腊月是大月，就二十九洗，今年腊月是小月，没三十的话，就放在二十八的下午洗。一筐筐的衣服洗好后谁也不忙着晾晒，就湿湿地堆放在屋檐下的盆子里。年三十的太阳再暖再亮，村庄里的人也是不会晾晒衣服的，村庄里的人们说，太阳也一年照到头了，要让太阳歇一天。虽然年三十的太阳还暖暖地照，它照着村庄，照着田野，照着落了雪或没落雪的山冈，照着结了冰或没结冰的河流，但村庄的女人认为，只要太阳没晒到她们的衣物和被褥，太阳就是在休息和歇脚了。有一年，庄西头的四大婶年三十在谷场上晒衣服，不知晾衣服的绳让谁给齐截截割断了，刚洗净的衣服落了一地，沾满了谷场上灰嘟嘟的泥水。四大婶站在稻场上骂，反倒招惹来了一片的指责声："日头都照了一年了，还不让太阳歇一天！"

"骡马都得喘口气,日头也忙一年啦,咋说也得让日头歇一天!"四大婶听罢脸就红了,忙边捡衣服边分辩说:"看我忙忘了,把三十当二十九了,三十咋能晒衣裳呢?得让太阳歇一天。"说着就抱了衣服慌慌地回去了。

我不知道年三十这天不晒衣服太阳是不是真的就像村庄里的牲畜,是在卸了套歇着;我不知道村庄里的湿衣服会不会真的累着了天上通红的太阳;我不知道村庄的人们是否知道在许多国家和民族里,太阳一直是至高无上的神灵……但在我的豫西南村庄里,太阳就似村庄里的一匹马、一头牛,它只是村民心灵里的一头牛或一只牲畜,在村庄的年节里,它被允许歇一天。

我敬慕那滋养生命和万物的太阳,但我更敬慕那让太阳歇歇的村庄和村民的心灵,这是世界望尘莫及的一种博大,这是诗魂不能想象的浪漫……

太阳是村庄的牲畜。

我喜爱拥有太阳这匹或这头牲畜的村庄。不管它有名或无名,不管它庄大或庄小,不管它在一望无际的平原上,还是在一个深山的角落里。

带着村庄上路

■ 卢年初

我那时以为这一生大概只会做一件事儿：离开村庄。

我并非在村庄里过得不愉快，那里的水土很适合我，只不过村里人都说外面的世界很精彩，把离开村庄当作出息，我只能有出息点。我选择一个夏天离开，那是一个炎热的晌午，人们都在打瞌睡，我神不知鬼不觉走了，不要让他们以为我有什么留恋，以为我带走了村庄的什么东西，我走得要有出息，能留给他们的全留给他们。

后来我发现我是自欺欺人，路上累了歇脚的时候，把行囊打开，里面装的是一整个村庄。我很羞愧，我曾想在城市的某个角落把它们抖掉，但人生这段漫长的路上，想要的东西还未得到时，想丢的东西你也还无法舍弃。在县城读书，我不能舍弃我的贫穷。在寄宿的同学里，我的伙食比许多人都要差，一般我只买个小菜，另外吃自己带的家乡菜：咸鱼、坛坛菜、炸辣椒。这几道菜都是干的，耐放，很拌饭。肚子饿了，就用炒米茶充饥，炒米茶是母亲亲手做的，先炒米，炒黄豆、芝麻，炒熟后，用石磨磨成粉，只要用开水一冲，加点红糖，很香。在我陶醉于母亲说的营养时，喝着麦乳精的同学都用同情的眼光看着我。在省城读书，我以为离村庄越来越远了，我又无法摆脱家乡话的困扰，我既说不好普通话，也说不好省城的方言，说普通话边音和鼻音、卷舌音和非卷舌音分不清；说省城话，走在大街小巷，别人一听，都嗤之以鼻，我为企图抬高自己装腔作势而难受。我开始很少说话,我怀疑自己是否能够上品位地交谈,只有上厕所时,会冷不丁骂出一句家乡的脏话。在机关里办公,我摆脱不了家乡老土的作派。走路还没学会挺胸亮脖子,说话还没学会慢条斯理,办事还没学会大刀阔斧。我常常怀疑同事是不是私下里议论我是个乡巴佬。老乡来后,我打肿脸充胖子招待他们,我怕他们说我小气,说我忘恩负义,我瞧不惯他们的心眼儿,同时看到他们就像看到自己,我为此忧戚:难道真的就抛不开村庄了吗?

我在尽力掩藏村庄时,村庄却如影子一样照看我,照看着许多像我一样从村庄出来的人。我毕业后被安排到这座城市,得感谢利叔,利叔是我同村人,出来许多年了,混出了一点名堂,他常常为帮不了村庄而揪心,给我办事他找到了寄托,他说他不是在帮我,只是给村庄办了点事。在城里我单身了许久,和乡下女子相处惯了,和城里的姑娘总有点格格不入,后来我遇到一个叫莲的女子,她的一切都具有村庄的风韵,她不在乎我的家底,却看上了农家孩子的勤劳和朴实,接受她的爱情,我知道又等于接受了村庄的一笔恩惠。后来,我的继父、母亲跟着我进了城,开了一家土菜馆,弥补我的家用,曾经叫我害羞的家乡菜,全部端在了大桌上。家乡菜全部来自家乡的风水,别有一番滋味,父亲喜上眉梢地来回奔忙,有时难以应急,母亲也还会拿假土鸡充斥,算账时偷偷打点折。借助土菜馆,我发了一点小财,我真的离不开村庄了。我开始懂得,我们这些出门在外的人,永远都是村庄的骄傲,也永远都是村庄的累赘;我们把她的善良播撒,也把她的丑陋翻新。

不知何时起,我开始把村庄像糖一样含在嘴里,稍不留神,香甜就脱口而出。我走到哪里,村庄都扑面而来。村庄的竹器、村庄的粮食、村庄的花卉,全都进了城,我感到这一切似乎都是跟着我进城的,这种感觉很亲切,很暖和,也很自得。我们这些从村庄出来的人,常常在一起聚会,在街道、在集市、在公园旁若无人地侃起村庄,就好像是在村庄的某个田亩说话,高昂铿锵。当人微言轻时,我们害怕提到村庄,从而增加人们的歧视;当功名趋盛时,又总期待他人提到村庄,让人知道我们付出怎样的努力;当我们贫穷,老把村庄当作羞涩;当我们富有,又拿村庄来调味,我们永远在把村庄当作铺垫,当作背景。

  总感觉对村庄有所亏欠,总是不想爽爽快快承认,终于有一天,我的灵魂在不断的拷问中,把名利修炼成淡、成轻,这时,我的村庄才真实地凸现出来。走吧,回吧,从村庄出来的人,常常有愿望回一趟村庄,回一趟家,干点什么,或者什么也不干。村庄最初不认识我们,但等我们一开口,就知道我们是谁了,在这块土地上,我们毕竟赤身裸体地摸爬过,村庄还残留着我们的呼吸。其实正是我们想再次缩短和村庄的距离时,村庄似乎在一点点远去,村庄的风物,村人的思维,常让我们寡言少语,我们走进亲近,又走近了陌生。我们对村庄难以有什么回报,在那里久久徘徊,似乎还是在寻找什么东西,是因为过去我们带走太多,所以总认为取之不尽,我们走的时候,不是带走一把铁锹,一把斧子,那些东西对我们没有用,我们带走的是别的东西,尽管两手空空,带的东西已经很多了,这似乎只有我更知道,而我又只有独自在夜晚书写文字时才真正知道。

  而我那时疏忽了的是,我的文字又把村庄打扰了,我这后半生还有最大的一个愿望要实现,那就是什么时候,要让村庄打个盹儿,我要带着它上路。

乡间的浪漫

■ 吴锡平

现在时兴说浪漫,在现代都市里,无处不在的浪漫不仅是时尚用品推介的广告语,还是都市人别在胸前的一枚光亮的徽章。但说到浪漫,我们的想象力似乎永远停留在玫瑰、灯光和葡萄酒里,却不知道,在粗陋的农村乡野,也有浪漫的存在。用俭朴的道具,演绎出地道的浪漫,这就是乡间的浪漫和魅力。在山东的鲁西北地区流传着这样一种风俗:每年春天将要来临的时节,家家户户会在家门前的地上埋一截竹筒,在露出地面的竹筒口上放一根鹅毛,立春时刻一到,鹅毛就会飘飘忽忽地飞起来,表明地气开始萌动,春天已经来了。春天一来,农人们就要开始下田劳作,拾掇一年的农事了。这种风俗有一个很好听的名字叫"试春"。"春来鹅毛起",让春天在鹅毛的起落飘荡中忽忽悠悠地来,这是一个多么浪漫的想象和举动。

记忆里,老家靖江也有一种浪漫的"制度设计",叫夹"毛耳朵",流传在小孩子们中间。说的是夹一片"毛耳朵"在语文书里,那一页的课文就容易背熟。"毛耳朵"不是别的什么,是蚕豆叶上长着的形似耳朵、更准确地说像漏斗的小叶片,毛茸茸的,在茎叶的托举下,像一个个伸得长长的耳朵在偷听什么。"毛耳朵"不大,不多见,夹杂在绿得发黑的蚕豆叶和扑闪着眼睛的蚕豆花里,很不好找。这种说法也不知道是从哪里起源的,也没有人去验证过它的真实性,反正小孩子们都相信。乡下的孩子家里农活多,不管大小,放学后都要帮家里做些事,因此,上学的孩子最怕的就是背书,背不出来被老师批评不说,有时候还要被打手心的。于是,春天的田埂上,我们这些上学、放学的孩子们都无比仔细地在茂密的蚕豆丛里找"毛耳朵"。有时候两个人一前一后几乎同时发现了一只"毛耳朵",还会争抢起来,你推我搡的,可一回头两个人都找不到那只"毛耳朵"了,只有蚕豆花摇曳在春风里,眨着眼睛,仿佛在嘲笑我们这群不怀好意的毛孩子。找到"毛耳朵",小心翼翼地掐了,从书包里找出语文书,放到嘴边哈一口气,仔细地夹到难背的那篇课文里。还别说,这法子还真灵光,夹了"毛耳朵"的那页书上的课文的确要比平时背得快,记得牢。那时我们都习惯于把这功劳归结到"毛耳朵"身上,但现在想想,其实会不会背书与"毛耳朵"无关,只是在寻找"毛耳朵"的过程中,我们锻炼了自己的细心和耐性,而这正是背书乃至学习所不能缺少的。现在,我知道这是一个既美丽又高明的谎言,是大人的一个"阴谋"。在这个谎言的蛊惑下,乡下孩子磨掉了顽性,将分散在田野和嬉戏中的心思重新收回到课本里,直至拾回学习的自信。仔细想想,这样的谎言背后又蕴涵了多少浪漫和丰富的想象:将自然界形似耳朵的小物件具象化,并引申开来,把乡下孩子的信念夹到课本里,带他们去谛听这缤纷世界的天籁,去接受那些万千的语词和文化。

很多时候,我相信,虽然浪漫时髦得炫人耳目,但它并不是都市的专利。或许,乡野才是浪漫的故乡呢。那里不仅生长着春光,更生长着一大片一大片的浪漫。

我的家在八个家草原

■ 阿拉旦·淖尔

母羊的眼泪

母羊第一次产羔子的时候,就像偷偷地爱了一次又不小心怀孕的少女一样害羞。她还不知道肚子里这个自己孕育的生命其实更可以说是上苍的赐予,却想着尽快摆脱这个意外到来的生命的纠缠。

要知道,在我们尧熬尔人古老的经卷里,这都是不能饶恕的罪过呵!

但这些罪过,年轻的母羊和同样年轻的少女一样,她们是不知道的,需要有人去开导。

那一年,不满两岁的童巴子银耳在一个寒冷的冬夜意外地分娩了,银耳是我们羊群中最漂亮的一只小母羊,尤其是那一对耳朵,又白又亮,发着银子一样的光芒。因为这样,我们叫它银耳当然是没有错的。

银耳的分娩是顺利的,阿妈这样说。我们得到银耳顺产的消息,都为银耳有孩子快乐着,我们都期望它的孩子快点长大,也长得和银耳一样美丽。

可银耳却做出了所有牧人都不愿看到的事,它不但不照料自己的孩子,当孩子挣扎着找它吃奶的时候,它还会毫不迟疑地一头将刚刚出生的孩子顶翻在地,然后自己如释重负地摆头走开。

这可激怒了阿爸,阿爸怒不可遏地要拿鞭子抽,我们都围上去挡住了。我们姐妹几个谁也不愿意看到我们心爱的银耳挨打。

阿爸一生气,扔下鞭子走了,边走边说,自己身上掉下的肉自己不管,那就叫饿死算了。

这时候阿妈抓住了银耳,搂住银耳的脖子蹲下身来,让它和自己的孩子站在一起。然后,我们就听到了阿妈悠长的歌声。

唷……呀……噫……
帐篷被雨水淋湿了,
这不是白云的罪过。
雨水哺育肥沃的草原呵,
草原养育了万物。
生命的露珠流进你的身体呀,
这不是你的罪过。
生命走出了你的身体,
它是天爷爷所赐的神物。
伟大的山神给了牧人和牛羊慈爱呵,
我的银耳,我的银耳,
你怎能抛弃你生命里的花朵?
罪过呀,罪过。

银耳在阿妈的歌声中渐渐安静下来了,它开始低下头来闻自己的孩子,它还伸出粉红色的舌头慢慢舔着孩子身上的体液。阿妈的歌声越到后来调子越忧伤,听得我心里都酸酸的。我从羊圈的一个角落里走到了银耳身边,我看见银耳那双美丽的大眼睛里,从深深的眼底溢出一层淡淡的水波，它一动不动地垂着头，注视着自己还湿漉漉的孩子，似乎渐渐感到这就是刚刚从自己身体里爬出来的另一个生命。不一会，我就看见银耳眼眶里滚出了几颗硕大的眼泪。阿妈又唱了一遍的时候，她搂着银耳脖子的手已经松开了。可银耳的眼泪还在连续不断地流着，它的脸颊上已经有两道清晰的泪痕。阿妈用手抚摸着银耳的头，银耳的伤心是能够看得出来的。它用鼻子发出一种类似忏悔的声音，并叉开后腿，让孩子顺利地找到了它那少女一样精美的乳房。小羊羔开始吮咂的时候，我看见银耳脸上盛开了世界上最甜美的笑容。

后来我长大了，成了一个真正意义上的女人的时候，在无数个孤独的白天和夜晚，我都被多年以前那个早晨银耳流出的眼泪温暖着，感动着。它让我一次又一次在睡梦中回到我童年的故乡——八个家草原。

我们牧人们认为：世上所有一切生命的心灵都是相通的，没有什么化不开融不掉的积怨，没有解不开的疙瘩，没有接不住的绳索。

牧羊狗木克

我知道，我把牧羊犬叫牧羊狗城里人肯定会笑话我的。我从肃南草原来到这个被黄河一劈两半的城市，遭遇的城里人的讥讽已经不算少了。我就是把牧羊犬叫做牧羊狗，再多招一次他们的白眼又能怎么样呢？因为在我的家乡八个家草原上，人们都叫它们牧羊狗。

草原上有狼，所以牧人必须养狗。这样的道理听上去似乎非常简单，事实上也是如此的简单。草原哺育牧民和他们的牛羊，牧民为什么不能养几条狗呢？其实在草原上没有狼出没的地方，牧民家里也都养着狗。在千百年孤独的游牧生活中，狗和牧人已经结下了深厚的情谊，也缔造出了超过血统和类属的渊源。

一句话，牧人离不开狗。

谁家的牛羊多，谁家就会多养几只狗。这是没有人来规定的。

说到牧羊狗，我就不能不想起木克的情谊。在我独自放羊的那些大片大片的时光里，木克是我最好的朋友。

木克是那一年我们离开皇城草原的时候我们的邻居安克杰一家送给我们的。因为县上要对草原重新进行规划，我们从遥远的八个家来到富饶的皇城草原，度过了两年平静安逸的时光。皇城是距我们八个家三百多公里的另一片裕固族高山牧场，听阿爸说，这里有祁连山牧区最好的草场，人们过着幸福的生活。我们住了两年，的确是这样。

可是我们为什么又要离开呢？

我不解地睁大眼睛问阿爸。阿爸说，可是这里并不是我们的家呵。我们部落的根不在这里，这里的富饶不属于我们，我们还是离开吧。

这样我们就有了一个和我们十里外的邻居安克杰一家简单而短暂的告别仪式，阿爸给他们送去了一桶带不走的酥油和一条金黄的哈达，安克杰一家款待了阿爸一顿后，把刚出窝的小狗木克递到了阿爸怀里，然后献给阿爸一条祝愿我们一路平安的哈达。在我们返回八个家以后的几年里，木克果然给我们一家带来了好运气。我们家的母羊产羔多不说，成活得也好，我们的草原连续几年都没有遭受干旱和暴风雪的袭击。

木克来到我们帐篷的时候，就像一只黑色的牛毛团，它先是感到慌乱和不安，不熟悉的我们和帐篷里的一切使它触目惊心，它用鼻子闻闻这里，嗅嗅那里，所有的气味对新来的木克都是陌生的，甚至我们对它的呼喊也会使它感到惊讶。我一见木克就爱上这条毛绒绒的小狗了,当天晚上睡觉的时候,我就毫不迟疑地将木克搂在了我的被窝里。我和木克的亲近就是从那一刻开始的。早晨起来,木克和我们全家一起喝奶茶时,木克竟然就偎在我的脚边。接下来我就要去放羊了,木克紧跟着我,寸步不离。阿爸阿妈见了,乐呵呵地说,木克恋上我们阿拉旦了,这下她放羊可不孤单了。

一整天木克都跟着我,我渴了,要喝水的时候,我就把水壶里的水倒在手心让它舔,我饿了要吃肉干和馍,我就分一份给木克。这样的日子过得飞快,快到秋天的时候,木克已经长成一条健壮的黑色牧羊狗了。但我们依然形影不离。

那是一个阳光明媚的正午,海子湖的水面上撒满蓝天和白云的倒影。我的羊群就散在湖边碧绿的草滩上吃草,我躺在湖边一个小坡上,静静地注视着眼前这个浑然天成的世界。木克像孔武的勇士一样坐在我的身边。看着清清的湖水和空荡荡的草场,我突然有些心动,慢慢坐起来,脱光身上的衣服,踩着柔软的青草走向了圣洁的海子湖。

我的身体是第一次被冰凉的湖水这样全方位地抚摸,最初的惊悸过后,我宛如重新回到了阿妈的子宫,仿佛天地都化作大手在我的身体上滑动。要知道,我们草原上的海子湖是不能让人洗澡的,它是圣洁和美好的象征,更何况走下湖去的是一个女人了。但从我的身体被湖水紧紧拥抱的时候起,我就认为海子湖是喜欢我的,因为我相信我的身体和湖边上的青草叶一样干净。

我上岸来的时候,木克看着我挂满水珠的胴体都快惊呆了,它的眼睛里放射着五彩的光芒,粗粗地喘着气。我在铺着衣服的草地上坐下来,拧干头发上的水。这时候的木克就像一个成熟了的男人,目光里溢出水一样的柔情。它迟疑了片刻才轻轻走过来，伸出长长的舌头舔起了我身上的水珠。一阵慌乱和兴奋在我胸膛里火苗一般跳跃着，一种晕眩的感觉从我的皮肤上钻进来，我的身体被冲撞得发抖，那是怎样令人心悸的一个时刻呵，我仿佛快被熔化了一般，软软地倒在了如毯的青草地上。木克带刺的腥热的小舌头喊醒了我沉睡在草原深处少女的身体，我右手一用力，把木克推出很远……

后来，我离开草原去县城上完学又工作了的时候，也就理所当然地离开了木克。但关于木克的消息还是会不时地传到我的耳朵里。木克五次撵退了追散羊群的恶狼，木克和邻居家的大白花又生了一窝小狗狗……

最后听到关于木克的消息的时候我哭了，木克在一次与狼群的搏斗中牺牲了，在它与狼群搏斗过的地方，倒下了七匹恶狼的尸体……

阿爸把木克当做亲人一样为它举行了天葬，想必现在的木克正从高远天空俯瞰着我们吧！

牧羊人的山谷

我们所有的游牧人都喜欢这样一些山谷——坡上是青草，山顶是树林，天上白云朵朵，谷底有泉水歌唱。祁连山深处的八个家草原就是这样一个地方，这里就是我美丽的故乡。它以其特有的至纯至真的性情牢牢地印在了我童年的记忆里。

我离开八个家草原时已渐渐长大，再也不是从前那个在草原上和羊羔子马驹儿嬉戏的小姑娘了。留在我心灵深处的其实就是童年时代的八个家——那个有雪山，有松林，有青草的巨大山谷。一顶顶裕固人的黑帐篷相隔十数里扎在山坡上，羊群从这个山包上飘下来又从那个草坡上飘上去，空旷的天地之间人仿佛成了所有这一切当中最为多余的东西。羊与青草的缠绵总是无端地让我眼馋。

去位于红湾寺的县城上学以后，我就对"八个家"这个地名产生了兴趣。我们八个家草原上，部落里显然远不止八户牧民，为什么叫八个家呢？有一次我问正在挤奶的姐姐萨日朗，她听了一边不停地挤着牛奶一边仰起脸对我说，八个家么，为啥叫八个家，我也说不上，萨日朗的回答对我来说等于没有回答。我又去问正在整理羊毛的阿扎，阿扎拿掉嘴上的烟头，深情地望了望眼前墨绿色的八个家草原说，或许很早很早以前，这片草原上只有八户牧人吧。这种解释在我少年时代的记忆里一直存在了很久，但我却始终并不满意这样的解释。一个小小的地名，也就是初始居住的牧人们随口而出的，能有多少值得深究的典故。后来我就自己给自己一个满意的答案：八个家就是八个家，就是一个走出草原的裕固族女孩远在祁连山深处的故乡。

我不知道这样的解释是否叫人满意。总之我再也不会因为这个问题刨根问底了。

从我生出时，我就知道我们是生活在西部山谷中的牧羊人。阿妈用甘甜的乳汁喂养她小巧的女儿，阿扎用他温暖的大皮袄拥偎着他的天使，吃着羊肉喝着奶茶我在黑毡房里一天天长大。我像一只冬天出生的羊羔，享受着被呵护和关爱的欢乐。在我童年的眼中，高山草原是宁静的，是没有饥馑也没有灾难的。草原像母亲养育自己的儿女一样养育着牧人和他们的牛羊。每天早晨，我从热烘烘的火炕上醒来的时候，都会听到奶茶在羊粪炉子上唱歌的声音。帐篷里已经没有别人了，阿扎外出照料牛羊察看草场，萨日朗去乳牛场挤奶，阿妈呢，我也说不上她去干什么了，总之他们在太阳出来的时候就开始了一天的忙碌。我知道他们已经喝过早茶了。

我在鸟鸣声中醒来焐在被子里,把身体蜷曲在羊皮褥子上,聆听着奶茶在茶壶中低吟浅唱,羊粪炉子上金黄的火苗从壶底的缝隙里钻出来亲切地舔着胖胖黝黑的壶身。被子里涌满了奶油和香味,这时候,我真的希望萨日朗能走过来,紧紧地拥住我发烫的身子。每当那种时候,我的脑袋里都会产生想吮咂她乳房的冲动。

但最终我还是要从炕上起来的。对于童年的我来说草原上每一天都是一个新的开始。我走出帐篷,脚步踩在我们八个家草原上时,山谷里静悄悄的,只有太阳在空中牵动着无限的青草地和松林在大地上慈爱而缓慢地航行。帐篷外的毛毡上晒满了萨日朗做的曲拉。

我们的牛羊早早出牧了,八个家草原的宁静瞬间被打破。鸟在近处灌木丛中鸣唱,远处不时传来牲口的叫声,天空像一只巨大的眼睛嵌在山谷的头顶,八个家草原,一天当中最美的时候来临了,天空飘荡着祥和的云朵,草尖上晃动着璀璨的露珠。更远的高山之巅,雪的神光普照万物生灵——这一切都是那样静逸美好。我不知道远处山坡上吃草的羊和牛心里想着啥,它们会不会对眼前绿色的世界心存感激?但我能看出来,它们在这里是过得幸福的,它们一张张笑眯眯的脸在阳光里灿烂地望着我,我们的羊群和我们牧人一样深爱着这片土地。你听我们裕固民族——尧熬尔人的歌声又在蓝天上响起,我们的祖先很早以前就跋山涉水来到这里,在这巨大的山谷中,将古老的牧歌传唱了一代又一代。

草原不会叫任何一个人失望,也不会叫任何一只羊一匹马失望。

许多年后,当我在城市的楼群里被势利的目光一次次颠覆的时候,我就会悄悄地躲起来,到一个没有人的地方,闭上眼睛打开身体,用心回想我童年的八个家——那个西部牧羊人最后的山谷。

遗失的马头琴

裕固族人的祖先——古老的尧熬尔人,最早是拉着马头琴来到祁连山草原的,那时候他们已经在整个欧亚大陆上游荡了几千年。以我目前的学识是没有办法将祖先们的历史叙述清楚的,或者说对整个游牧民族历史的解读,都是不够完整的。他们所谓的对历史的完整解读,也不过是相对于另外一些很零碎的东西而言罢了。

那时的河西走廊,是世界上少有的水草丰美之地,西营河、黑河、疏勒河、党河这些巨大的水系哺育出了游牧人的天堂,这一切仿佛都是上天的恩惠。那时候,从乌鞘岭以东的天祝草原,到敦煌以西的当金山北麓,罗布淖尔以东,到处都回荡马头琴悠扬深邃的声音。那时候草地还没有被开垦,大地就像一张巨大的绿毯子,用心地呵护着尧熬尔人和他们的马匹牛羊。

尧熬尔人在千里河西大走廊上过着平静的放牧生活。这难道不是上天的福祉吗?

又过了一些时候,青藏高原上的唐古特人也赶着他们的牛马来到了这里,尧熬尔人和他们和睦相处……再后来,就是莫名其妙的战争和部落间复仇的拼杀,一次又一次地摧毁了草原的宁静。战争除了掠夺就是杀人,尧熬尔部落里的幸存者赶着他们少量的牛羊逃向祁连山深处,也有少量的唐古特人,那时候马头琴已经被牧人忧伤的眼泪打湿了。琴声会引来敌人,马头琴只能在夜深人静时细声呜咽。再后来,为了安全,马头琴渐渐走出了尧熬尔人的生活,只留下高原上飘动的经幡来抚慰他们创伤的心灵。

马头琴声在祁连山里并没有回荡多久,到了二十世纪末期,尧熬尔的草原上马头琴已经消失得无影无踪了。我们只能从尧熬尔人古老的歌谣和传说中去领略马头琴动听的琴声了,马头琴到底是怎样消失的?我常常这样问自己。也曾经用心地去寻找过它的答案,但最终还是无功而返。我相信,那里必定埋藏着尧熬尔人一段悲惨的伤心史,他们的心灵被马头琴带来的灾难无情地伤害过。

但是,马头琴有什么罪过呢?

现在,裕固草原上已经没有一个男人在拉马头琴了,当姑娘们身着节日的盛装,尽情地在草地上舞蹈的时候,她们总会因为没有自己音乐的伴奏而感到遗憾。马头琴消失的历史被久远地封存了起来,关于经的传说,也成了一些零碎的被尘封了的故事。马头琴只能留在我们的记忆里,就像我们心中有着一把古老的琴,却从来无法弹起。

用心的遗忘是痛苦的,就像你不得不舍弃心中的最爱,把它藏匿在莽莽苍苍的记忆中,每一次回忆,都是一次心的伤痛。我的心性和我的性别一样,是个柔弱的女人,我情愿活在草原阴翳的记忆中。

马头琴已不再歌唱,我们的生活依然在继续。我不知道,时间的长河还会遗忘些什么。

启 事

《中国百年散文典藏书系》收纳了百年以来的中国经典散文。读者可以从这数百篇文学佳作中,体味到散文的经典气象,领悟到不同的人生和社会内容。

书系在编选过程中,努力联系各位作者,承蒙他们的热情帮助和支持,本书才得以顺利出版,在此深表谢忱。遗憾的是,也有部分作者经多方联系未果,恳请相关作者及时拨冗与我们联系,我们将做出妥善处理。

编 者

电　　话:010-65369521
通讯地址:北京市朝阳区金台西路2号人民日报出版社